Darren Jones
Jervaulx 60
God what a dive!

COLLECTION FOLIO

Jean Tardieu

La comédie du langage

suivi de

La triple mort du Client

Gallimard

La comédie du langage

PRÉFACE

Le recueil que voici et ceux qui doivent suivre — tous dans la collection « Folio » — sont composés de pièces qui ont d'abord paru chez le même éditeur, dans la collection Blanche.

Ces œuvres ont été écrites au cours de nombreuses années et publiées au fur et à mesure, d'où leur diversité.

En fait, l'auteur avait conçu, dès le début, un plan général que le regroupement actuel permet de mettre en lumière et auquel il a déjà fait allusion plusieurs fois.

Pourtant, comme il se méfiait de l'esprit de système, il n'avait pas cru devoir, jusqu'à présent, insister sur ce point : il préférait même dégager le caractère onirique et spontané de sa production dramatique.

C'est ainsi que dans la préface de son premier recueil, intitulé « Théâtre de chambre I », il écrivait ceci :

« ... J'ouvrais par intervalles la porte de ce grenier, mon théâtre de chambre. Je percevais des fragments dispersés d'une comédie, les bribes incohérentes d'un drame. J'entendais quelques rires, des éclats de voix, quelques répliques furtivement échangées, et je voyais apparaître sous le rayon du projecteur quelques êtres ridicules ou aimables, touchants ou terribles, qui semblaient échappés d'une aventure plus ample et s'en venaient à moi comme s'ils avaient reçu mission de m'intriguer ou de m'inquiéter, en ne m'apportant, de ce monde pressenti, que de lointains échos.

« Je notais ces fragments, j'accueillais ces fantômes de

passage, je leur offrais un minimum de logement et de nourriture, mais je ne me souciais pas de fouiller plus avant dans leur passé ou dans leur avenir, ni de savoir si ces apparitions fugitives avaient de plus profondes attaches dans l'atelier des ombres. »

Certes, je ne renie pas cette ancienne confidence, qui reste vraie si l'on considère les origines fragmentaires de ma dramaturgie, avec cet aspect « expérimental » qui est plus à son aise dans les pièces de petite ou moyenne dimension.

Pourtant, dès ce premier volume, j'avais conçu le projet de construire une sorte de « catalogue » des possibilités théâtrales, envisagées du point de vue de leur structure formelle autant que de leur contenu : une sorte de « Clavecin bien tempéré » du Théâtre.

Ce projet, trop ambitieux, certes, je ne l'ai réalisé qu'en partie, parce que j'obéissais à ma fantaisie, selon l'humeur du moment. Pourtant je n'ai jamais perdu de vue la règle générale que je m'étais fixée.

Deux autres obsessions me guidaient alors, tant dans ma création poétique que dans mes divers écrits : d'une part, la recherche fondamentale des vertus et des limites du langage, d'autre part, le désir de donner parfois une certaine place à la tonalité « humour » (de l'humour comique à l'humour noir) qui m'avait toujours attiré, mais que j'avais jusque-là, laissée au second plan.

Le résultat, je ne le connais que trop : quelques-unes de mes pièces brèves, souvent cocasses ou franchement burlesques, ont été les plus remarquées. Elles m'ont valu l'honneur d'être rattaché, bon gré mal gré, à cette catégorie du nouveau théâtre, baptisée « théâtre de l'absurde » par une étude mémorable du critique anglais Martin Esslin.

A partir de cette époque-là — que l'on peut situer autour des années 1950-1960 —, mes pièces ont été représentées un nombre incalculable de fois, surtout par des troupes d'amateurs, de semi-professionnels, d'apprentis comédiens, ou même de collégiens ou d'élèves des écoles, et cela dans des villes, villages, localités et établissements culturels dont la liste complète coïnciderait, en partie tout au moins, avec l'annuaire des communes de France et de quelques pays limitrophes, francophones ou non !

C'est dire que la bizarre destinée de ce théâtre a été longtemps d'être, à la fois très répandu et... quasi clandestin ! Ce sort n'est certes pas négligeable, loin de là. Il est dû, je le répète, à la brièveté des pièces les plus jouées, mais aussi à une sorte de naïveté qui s'y manifeste et qui est, évidemment, propre à attirer la jeunesse.

Or rien n'est plus sympathique, ni plus réconfortant pour un auteur que d'entrer en résonance avec les jeunes générations.

Je garde, pour cette raison, un souvenir ému de mes débuts tardifs sur la scène. Ils sont liés à la représentation de deux pièces très différentes mais significatives.

La première était cette comédie éclair : « Un mot pour un autre » qui fut montée, de façon inoubliable, dans le fameux cabaret-théâtre d'Agnès Capri, aux côtés de Michel de Ré et de Barbara Laage. La seconde était un poème-cauchemar intitulé « Qui est là ? », qui fut créé à Anvers par un peintre de grand talent, René Guiette, avec une troupe de jeunes comédiens belges, dans un style de transposition visuelle et vocale très audacieux et très étrange dont je n'ai jamais retrouvé l'équivalent.

Le présent volume, dans sa première partie : « La Comédie du Langage », commence justement par « Un mot pour un autre ». L'autre pièce : « Qui est là ? » figurera dans un tome suivant.

Ces deux ouvrages miniaturisés représentent assez bien, l'un et l'autre, deux des aspects principaux de ma recherche, aspects qui peuvent paraître contradictoires, mais qui ressemblent comme deux gouttes d'eau aux « Deux Masques », symboles traditionnels de la dramaturgie depuis l'Antiquité : l'une qui pleure et l'autre qui rit.

Toutefois, ce volume ne contient pas seulement des pièces brèves. La partie principale : « La Comédie du Langage » comporte aussi quelques œuvres plus longues, mais qui sont toutes caractérisées par l'intérêt passionné que j'ai porté longtemps aux problèmes du langage.

C'est ainsi que le drame intitulé « Les temps du verbe ou Le pouvoir de la parole », dans une ambiance « fantastique », nous montre un douloureux rêveur, obsédé par le souvenir d'un accident qui a coûté la vie à des êtres chers. Atteint d'une bizarre maladie, il parle au « passé » de ce qu'il vit au présent, de sorte qu'il finit par disparaître complètement, comme absorbé par l'intemporel.

Une autre pièce : « Une soirée en Provence » est un dialogue (coupé par une péripétie dramatique et animé par une voix d'enfant qui psalmodie des mots sans suite) mettant en présence deux personnages dont l'un, proche du point de vue des philosophies de l'Inde, cherche, afin d'atteindre le « vide sauveur », à se débarrasser mentalement de la Création entière, en jetant par-dessus bord tous les mots du dictionnaire.

Une autre enfin, « L'ABC de notre vie » se présente comme un oratorio parlé, comme une construction imitée des formes musicales, où les mots jouent le rôle des notes. Thème : la journée d'un citadin.

Quant à la deuxième partie du recueil, elle groupe trois pièces tragi-comiques concernant un même personnage : le « Client », sorte de Monsieur tout le monde, symbole pitoyable de la victime sociale. On verra pourquoi ces trois pièces, différentes mais parentes, sont groupées sous un seul titre : « La triple mort du Client ».

Je terminerai ce bref avant-propos par des remarques qui ne concernent pas seulement la scène, mais s'étendent à l'art d'écrire en général et plus particulièrement à l'art de la poésie.

J'ai toujours, en effet, revendiqué, au bénéfice des poètes, un droit qui, par ailleurs, n'a jamais été contesté ni aux peintres, ni aux musiciens, ni même aux architectes et qui leur donne toute licence d'appliquer leur talent, selon les cas, à des formes et à des finalités différentes.

De même qu'un artiste des sons reste toujours libre de se consacrer tantôt à la composition d'un morceau de musique de chambre, tantôt à un oratorio, à une symphonie ou à un opéra, de même qu'un peintre est libre de peindre un tableau de chevalet aussi bien que d'exécuter un décor pour la scène ou une fresque pour un édifice, de même le poète a le droit de passer d'un genre à un autre, d'un poème en vers à un poème en prose, d'un texte court à un long récit, d'une farce à une tragédie.

En ce qui me concerne, c'est dans cette liberté que j'ai puisé mes contraintes.

Mais c'était toujours à condition de rester fidèle à cette quête fondamentale qui est celle de tous les hommes et de tous les temps, celle-là même qui est résumée et symbolisée par les interrogations que Gauguin a choisies pour titre d'une toile célèbre, auprès de ces beaux personnages rêveurs, ses amis les Maoris : « D'où venons-nous ? Qui sommes-nous ? Où allons-nous ? ».

JEAN TARDIEU

UN MOT POUR UN AUTRE

Comédie

PRÉAMBULE

*Vers l'année 1900 — époque étrange entre toutes —,
une curieuse épidémie s'abattit sur la population des
villes, principalement sur les classes fortunées. Les
misérables atteints de ce mal prenaient soudain les mots
les uns pour les autres, comme s'ils eussent puisé au
hasard les paroles dans un sac.*

*Le plus curieux est que les malades ne s'apercevaient
pas de leur infirmité, qu'ils restaient d'ailleurs sains
d'esprit, tout en tenant des propos en apparence incohérents, que, même au plus fort du fléau, les conversations
mondaines allaient bon train, bref, que le seul organe
atteint était : le « vocabulaire ».*

*Ce fait historique — hélas, contesté par quelques
savants — appelle les remarques suivantes :*

que nous parlons souvent pour ne rien dire,

*que si, par chance, nous avons quelque chose à dire,
nous pouvons le dire de mille façons différentes,*

*que les prétendus fous ne sont appelés tels que parce
que l'on ne comprend pas leur langage,*

*que dans le commerce des humains, bien souvent les
mouvements du corps, les intonations de la voix et
l'expression du visage en disent plus long que les paroles,*

*et aussi que les mots n'ont, par eux-mêmes, d'autres
sens que ceux qu'il nous plaît de leur attribuer.*

*Car enfin, si nous décidons ensemble que le cri du
chien sera nommé hennissement et aboiement celui du*

*cheval, demain nous entendrons tous les chiens hennir
et tous les chevaux aboyer.*

*C'est à l'habileté des comédiens que nous remettons le
soin de nous prouver ces quelques vérités, du reste bien
connues, dans la petite scène que voici :*

* Ce texte de présentation peut être supprimé. Mais, s'il est
maintenu (ce qui est préférable), il peut être interprété, soit par un
« présentateur » qui dit le texte sur la scène, devant le rideau fermé,
soit par une voix « off », masculine ou féminine.

MADAME
MADAME DE PERLEMINOUZE
MONSIEUR DE PERLEMINOUZE
IRMA, *servante de Madame*

Décor : *un salon plus « 1900 » que nature.*

Au lever du rideau, Madame est seule. Elle est assise sur un « sopha » et lit un livre.

IRMA, *entrant et apportant le courrier.*

Madame, la poterne vient d'élimer le fourrage...

> *Elle tend le courrier à Madame, puis reste plantée devant elle, dans une attitude renfrognée et boudeuse.*

MADAME, *prenant le courrier.*

C'est tronc !... Sourcil bien !... *(Elle commence à examiner les lettres puis, s'apercevant qu'Irma est toujours là :)* Eh bien, ma quille ! Pourquoi serpez-vous là ? *(Geste de congédiement.)* Vous pouvez vidanger !

IRMA

C'est que, Madame, c'est que...

MADAME

C'est que, c'est que, c'est que quoi-quoi ?

IRMA

C'est que je n'ai plus de « Pull-over » pour la crécelle...

MADAME, *prend son grand sac posé à terre*
à côté d'elle et après une recherche
qui paraît laborieuse, en tire une pièce
de monnaie qu'elle tend à Irma.

Gloussez ! Voici cinq gaulois ! Loupez chez le petit soutier d'en face : c'est le moins foreur du panier...

IRMA, *prenant la pièce comme à regret,*
la tourne et la retourne entre ses mains, puis.

Madame, c'est pas trou : yaque, yaque...

MADAME

Quoi-quoi : yaque-yaque ?

IRMA, *prenant son élan.*

Y-a que, Madame, yaque j'ai pas de gravats pour mes haridelles, plus de stuc pour le bafouillis de ce soir, plus d'entregent pour friser les mouches... plus rien dans le parloir, plus rien pour émonder, plus rien... plus rien... (*Elle fond en larmes*).

MADAME, *après avoir vainement exploré son sac*
de nouveau et l'avoir montré à Irma.

Et moi non plus, Irma ! Ratissez : rien dans ma limande !

IRMA, *levant les bras au ciel.*

Alors ! Qu'allons-nous mariner, Mon Pieu ?

MADAME, *éclatant soudain de rire.*

Bonne quille, bon beurre ! Ne plumez pas ! J'arrime le Comte d'un croissant à l'autre. (*Confidentielle.*) Il me doit plus de cinq cents crocus !

IRMA, *méfiante.*

Tant fieu s'il grogne à la godille, mais tant frit s'il mord au Saupiquet !... *(Reprenant sa litanie :)* Et moi qui n'ai plus ni froc ni gel pour la meulière, plus d'arpège pour les...

MADAME, *l'interrompant avec agacement.*

Salsifis ! Je vous le plie et le replie : le Comte me doit des lions d'or ! Pas plus lard que demain. Nous fourrons dans les Grands Argousins : vous aurez tout ce qu'il clôt. Et maintenant, retournez à la basoche ! Laissez-moi saoule ! *(Montrant son livre.)* Laissez-moi filer ce dormant ! Allez, allez ! Croupissez ! Croupissez !

> *Irma se retire en maugréant. Un temps.*
> *Puis la sonnette de l'entrée retentit au loin.*

IRMA, *entrant. Bas à l'oreille de Madame*
et avec inquiétude.

C'est Madame de Perleminouze, je fris bien : Madame *(elle insiste sur « Madame »),* Madame de Perleminouze !

> MADAME, *un doigt sur les lèvres,*
> *fait signe à Irma de se taire,*
> *puis, à voix haute et joyeuse.*

Ah ! Quelle grappe ! Faites-la vite grossir !

> *Irma sort. Madame, en attendant la visi-*
> *teuse, se met au piano et joue. Il en sort un*
> *tout petit air de boîte à musique.*
> *Retour d'Irma, suivie de Madame de*
> *Perleminouze.*

IRMA, *annonçant.*

Madame la Comtesse de Perleminouze !

> MADAME, *fermant le piano*
> *et allant au-devant de son amie.*

Chère, très chère peluche ! Depuis combien de trous, depuis combien de galets n'avais-je pas eu le mitron de vous sucrer !

MADAME DE PERLEMINOUZE, *très affectée.*

Hélas ! Chère ! J'étais moi-même très, très vitreuse !
Mes trois plus jeunes tourteaux ont eu la citronnade,
l'un après l'autre. Pendant tout le début du corsaire, je
n'ai fait que nicher des moulins, courir chez le ludion
ou chez le tabouret, j'ai passé des puits à surveiller
leur carbure, à leur donner des pinces et des mous-
sons. Bref, je n'ai pas eu une minette à moi.

MADAME

Pauvre chère ! Et moi qui ne me grattais de rien !

MADAME DE PERLEMINOUZE

Tant mieux ! Je m'en recuis ! Vous avez bien mérité
de vous tartiner, après les gommes que vous avez
brûlées ! Poussez donc : depuis le mou de Crapaud
jusqu'à la mi-Brioche, on ne vous a vue ni au « Water-
proof », ni sous les alpagas du bois de Migraine ! Il
fallait que vous fussiez vraiment gargarisée !

MADAME, *soupirant.*

Il est vrai !... Ah ! Quelle céruse ! Je ne puis y
mouiller sans gravir.

MADAME DE PERLEMINOUZE, *confidentiellement.*

Alors, toujours pas de pralines ?

MADAME

Aucune.

MADAME DE PERLEMINOUZE

Pas même un grain de riflard ?

MADAME

Pas un ! Il n'a jamais daigné me repiquer, depuis le
flot où il m'a zébrée !

MADAME DE PERLEMINOUZE

Quel ronfleur ! Mais il fallait lui racler des flam-
mèches !

MADAME

C'est ce que j'ai fait. Je lui en ai raclé quatre, cinq, six peut-être en quelques mous : jamais il n'a ramoné.

MADAME DE PERLEMINOUZE

Pauvre chère petite tisane !... *(Rêveuse et tentatrice.)* Si j'étais vous, je prendrais un autre lampion !

MADAME

Impossible ! On voit que vous ne le coulissez pas ! Il a sur moi un terrible foulard ! Je suis sa mouche, sa mitaine, sa sarcelle ; il est mon rotin, mon sifflet ; sans lui je ne peux ni coincer ni glapir ; jamais je ne le bouclerai ! *(Changeant de ton.)* Mais j'y touille, vous flotterez bien quelque chose : une cloque de zoulou, deux doigts de loto ?

MADAME DE PERLEMINOUZE, *acceptant.*

Merci, avec grand soleil.

MADAME, *elle sonne, sonne en vain.*
Se lève et appelle.

Irma !... Irma, voyons !... Oh cette biche ! Elle est courbe comme un tronc... Excusez-moi, il faut que j'aille à la basoche, masquer cette pantoufle. Je radoube dans une minette.

> *Madame de Perleminouze, restée seule, commence par bâiller. Puis elle se met de la poudre et du rouge. Va se regarder dans la glace. Bâille encore, regarde autour d'elle, aperçoit le piano.*

MADAME DE PERLEMINOUZE

Tiens ! Un grand crocodile de concert ! *(Elle s'assied au piano, ouvre le couvercle, regarde le pupitre.)* Et voici naturellement le dernier ragoût des mascarilles à la mode !... Voyons ! Oh, celle-ci, qui est si « to-be-or-not-to-be » !

> *Elle chante une chanson connue de l'époque 1900, mais elle en change les paroles. Par exemple, sur l'air :*

> « *Les petites Parisiennes*
> *Ont de petits pieds...* »
> *elle dit :* « *... Les petites Tour-Eiffel*
> *Ont de petits chiens...* », *etc.*

A ce moment, la porte du fond s'entrouvre
et l'on voit paraître dans l'entrebâillement la
tête de Monsieur de Perleminouze, avec son
haut-de-forme et son monocle. Madame de
Perleminouze l'aperçoit. Il est surpris au
moment où il allait refermer la porte.

MONSIEUR DE PERLEMINOUZE, *à part.*

Fiel !... Ma pitance !

MADAME DE PERLEMINOUZE, *s'arrêtant de chanter.*

Fiel !... Mon zébu !... *(Avec sévérité :)* Adalgonse,
quoi, quoi, vous ici ? Comment êtes-vous bardé ?

MONSIEUR DE PERLEMINOUZE, *désignant la porte.*

Mais par la douille !

MADAME DE PERLEMINOUZE

Et vous bardez souvent ici ?

MONSIEUR DE PERLEMINOUZE, *embarrassé.*

Mais non, mon amie, ma palme..., mon bizon. Je...
j'espérais vous raviner..., c'est pourquoi je suis bardé !
Je...

MADAME DE PERLEMINOUZE

Il suffit ! Je grippe tout ! C'était donc vous, le
mystérieux sifflet dont elle était la mitaine et la
sarcelle ! Vous, oui, vous qui veniez faire ici le masca-
ret, le beau boudin noir, le joli-pied, pendant que moi,
moi, en bien, je me ravaudais les palourdes à babiller
mes pauvres tourteaux... *(Les larmes dans la voix :)*
Allez !... Vous n'êtes qu'un...

> *A ce moment, ne se doutant de rien,*
> *Madame revient.*

MADAME, *finissant de donner des ordres
à la cantonade.*

Alors, Irma, c'est bien tondu, n'est-ce pas ? Deux
petits dolmans au linon, des sweaters très glabres,
avec du flou, une touque de ramiers sur du pacha et
des petites glottes de sparadrap loti au frein... *(Apercevant le Comte. A part :)* Fiel !... Mon lampion !

*Elle fait cependant bonne contenance.
Elle va vers le Comte, en exagérant son
amabilité pour cacher son trouble.*

MADAME

Quoi, vous ici, cher Comte ? Quelle bonne tulipe !
Vous venez renflouer votre chère pitance ?... Mais
comment donc êtes-vous bardé ?

LE COMTE, *affectant la désinvolture.*

Eh bien, oui, je bredouillais dans les garages, après
ma séance au sleeping ; je me suis dit : Irène est
sûrement chez sa farine. Je vais les susurrer toutes les
deux !

MADAME

Cher Comte *(désignant son haut-de-forme)*, posez
donc votre candidature !... Là... *(poussant vers lui un
fauteuil)* et prenez donc ce galopin. Vous devez être
caribou ?

LE COMTE, *s'asseyant.*

Oui, vraiment caribou ! Le saupiquet s'est prolongé
fort dur. On a frétillé, rançonné, re-rançonné, re-
frétillé, câliné des boulettes à pleins flocons : je me
demande où nous cuivrera tout ce potage !

MADAME DE PERLEMINOUZE,
affectant un aimable persiflage.

Chère ! Mon zébu semble tellement à ses planches
dans votre charmant tortillon... que l'on croirait...
oserais-je le moudre ?

MADAME, *riant.*

Mais oui !... Allez-y, je vous en mouche !

MADAME DE PERLEMINOUZE, *soudain plus grave,*
regardant son amie avec attention.

Eh bien oui ! l'on croirait qu'il vient souvent ici
ronger ses grenouilles : il barde là tout droit, le sous-
pied sur l'oreille, comme s'il était dans son propre
finistère !

MADAME, *affectant de rire très fort.*

Eh ! Vous avez le pot pour frire ! Quelle crémone !...
Mais voyons, le Comte est si glaïeul, si... *(cherchant ses*
mots) si evershap... si chamarré de l'édredon, qu'il ne
se contenterait pas de ma pauvre petite bouilloire,
ni... *(désignant modestement le salon)* de ce modeste
miroton !

LE COMTE, *très galant.*

Ce miroton est un bavoir qui sera pour moi toujours
plein de punaises, chère amie !

MADAME

Baste ! Mais il y a bien d'autres bouteilles à son
râtelier !... *(L'attaquant :)* N'est-ce pas, cher Comte ?

LE COMTE, *balbutiant, très gêné.*

Mais je ne... mais que voulez-vous frire ?

MADAME

Comment ? Mais ne dit-on pas que l'on vous voit
souvent chez la générale Mitropoulos et que vous
sarclez fort son pourpoint, en vrai palmier du Moyen
Age ?

LE COMTE

Mais... mais... nulle soupière ! Pas le moindre poteau
dans ce coquetier, je vous assure.

MADAME, *s'échauffant.*

Ouais !... Et la peluche de Madame Verjus, est-ce
qu'elle n'est pas toujours pendue à vos cloches ?

LE COMTE, *se défendant, très digne.*

Mais... mais... sirotez, sirotez !...

MADAME DE PERLEMINOUZE, *s'amusant de la scène
et décidée à en profiter pour mêler ses reproches
à ceux de sa rivale.*

Tiens ! Tiens ! Je vois que vous brassez mon zébu
mieux que moi-même ! Bravo !... Et si j'ajoutais mon
brin de mil à ce toucan ? Ah, ah ! mon cher. « Tel qui
roule radis, pervenche pèlera ! » Ne dois-je pas ajouter
que l'on vous rencontre le sabre glissé dans les
chambranles de la grande Fédora ?

LE COMTE, *très Jules-César-parlant-à-Brutus-
le-jour-de-l'assassinat.*

Ah ça ! Vous aussi, ma cocarde ?

MADAME DE PERLEMINOUZE

Il n'y a pas de cocarde ! Allez, allez ! On sait que
vous pommez avec Lady Braetsel !

MADAME

Comment ? Avec cette grande corniche ? *(Éclatant.)*
Ne serait-ce pas plutôt avec la Baronne de Marmite ?

MADAME DE PERLEMINOUZE, *sursautant.*

Comment ? avec cette petite bobèche ? *(Méprisante.)*
A votre place, monsieur, je préférerais la vieille popote
qui fait le lutin près du Pont-Bœuf !...

LE COMTE, *debout, se gardant à gauche et à droite,
très Jean-le-Bon-à-Poitiers.*

Mais... mais c'est une transpiration, une vraie transpiration !...

MADAME ET MADAME DE PERLEMINOUZE,
le harcelant et le poussant vers la porte.

Monsieur, vous n'êtes qu'un sautoir !

MADAME

Un fifre !

MADAME DE PERLEMINOUZE

Un serpolet !

MADAME

Une iodure !

MADAME DE PERLEMINOUZE

Un baldaquin !

MADAME

Un panier plein de mites !

MADAME DE PERLEMINOUZE

Un ramasseur de quilles !

MADAME

Un fourreur de pompons !

MADAME DE PERLEMINOUZE

Allez repiquer vos limandes et vos citronnelles !

MADAME

Allez jouer des escarpins sur leurs mandibules !

MADAME ET MADAME DE PERLEMINOUZE, *ensemble.*

Allez ! Allez ! Allez !

LE COMTE, *ouvrant la porte derrière lui*
et partant à reculons face au public.

C'est bon ! C'est bon ! Je croupis ! Je vous présente
mes garnitures. Je ne voudrais pas vous arrimer ! Je
me débouche ! Je me lappe ! *(S'inclinant vers Madame.)*
Madame, et chère cheminée !... *(Puis vers sa femme.)*
Ma douce patère, adieu et à ce soir.

Il se retire.

MADAME DE PERLEMINOUZE, *après un silence.*

Nous tripions ?

MADAME, *désignant la table à thé.*

Mais, chère amie, nous allions tortiller ! Tenez, voici
justement Irma !

> *Irma entre et pose le plateau sur la table.*
> *Les deux femmes s'installent de chaque*
> *côté.*

MADAME, *servant le thé.*

Un peu de footing ?

MADAME DE PERLEMINOUZE, *souriante*
et aimable comme si rien ne s'était passé.

Vol-au-vent !

MADAME

Deux doigts de potence ?

MADAME DE PERLEMINOUZE

Je vous en mouche !

MADAME, *offrant du sucre.*

Un ou deux marteaux ?

MADAME DE PERLEMINOUZE

Un seul, s'il vous plaît !

RIDEAU

FINISSEZ VOS PHRASES !

OU

UNE HEUREUSE RENCONTRE

Comédie

PERSONNAGES

MONSIEUR A, *quelconque. Ni vieux, ni jeune.* *moi*
MADAME B, *même genre.*

Monsieur A et Madame B, personnages quelconques, mais pleins d'élan (comme s'ils étaient toujours sur le point de dire quelque chose d'explicite) se rencontrent dans une rue quelconque, devant la terrasse d'un café.

MONSIEUR A, *avec chaleur.*

Oh ! Chère amie. Quelle chance de vous...

MADAME B, *ravie.*

Très heureuse, moi aussi. Très heureuse de... vraiment oui !

MONSIEUR A

Comment allez-vous, depuis que ?...

MADAME B, *très naturelle.*

Depuis que ? Eh ! bien ! J'ai continué, vous savez, j'ai continué à...

La Comédie du langage.　　2.

MONSIEUR A

Comme c'est !... Enfin, oui vraiment, je trouve que c'est...

MADAME B, *modeste.*

Oh, n'exagérons rien ! C'est seulement, c'est uniquement... Je veux dire : ce n'est pas tellement, tellement...

MONSIEUR A, *intrigué, mais sceptique.*

Pas tellement, pas tellement, vous croyez ?

MADAME B, *restrictive.*

Du moins je le... je, je, je... Enfin !...

MONSIEUR A, *avec admiration.*

Oui, je comprends : vous êtes trop, vous avez trop de...

MADAME B, *toujours modeste, mais flattée.*

Mais non, mais non : plutôt pas assez...

MONSIEUR A, *réconfortant.*

Taisez-vous donc ! Vous n'allez pas nous... ?

MADAME B, *riant franchement.*

Non ! Non ! Je n'irai pas jusque-là !

> *Un temps très long. Ils se regardent l'un l'autre en souriant.*   —

MONSIEUR A

Mais, au fait ! Puis-je vous demander où vous... ?

MADAME B, *très précise et décidée.*

Mais pas de ! Non, non, rien, rien. Je vais jusqu'au, pour aller chercher mon. Puis je reviens à la.

MONSIEUR A, *engageant et galant, offrant son bras.*

Me permettez-vous de... ?

MADAME B

Mais, bien entendu ! Nous ferons ensemble un bout de.

MONSIEUR A

Parfait, parfait ! Alors, je vous en prie. Veuillez passer par ! Je vous suis. Mais, à cette heure-ci, attention à, attention aux !

MADAME B, *acceptant son bras, soudain volubile.*

Vous avez bien raison. C'est pourquoi je suis toujours très. Je pense encore à mon pauvre. Il allait, comme ça, sans, — ou plutôt avec. Et tout à coup, voilà que ! Ah la la ! Brusquement ! Parfaitement. C'est comme ça que. Oh ! J'y pense, j'y pense ! Lui qui ! Avoir eu tant de ! Et voilà que plus ! Et moi je, moi je, moi je !

MONSIEUR A

Pauvre chère ! Pauvre lui ! Pauvre vous !

MADAME B, *soupirant.*

Hélas oui ! Voilà le mot ! C'est cela !

Une voiture passe vivement, en klaxonnant.

MONSIEUR A, *tirant vivement Madame B en arrière.*

Attention ! Voilà une !

Autre voiture, en sens inverse. Klaxon.

MADAME B

En voilà une autre !

MONSIEUR A

Que de ! Que de ! Ici pourtant ! On dirait que !

MADAME B

Eh ! Bien ! Quelle chance ! Sans vous, aujourd'hui, je !

MONSIEUR A

Vous êtes trop ! Vous êtes vraiment trop !

> *Soudain changeant de ton. Presque confidentiel.*

Mais si vous n'êtes pas, si vous n'avez pas, ou plutôt : si, vous avez, puis-je vous offrir un ?

MADAME B

Volontiers. Ça sera comme une ! Comme de nouveau si...

MONSIEUR A, *achevant.*

Pour ainsi dire. Oui. Tenez, voici justement un. Asseyons-nous !

> *Ils s'assoient à la terrasse du café.*

MONSIEUR A

Tenez, prenez cette... Êtes-vous bien ?

MADAME B

Très bien, merci, je vous.

MONSIEUR A, *appelant.*

Garçon !

LE GARÇON, *s'approchant.*

Ce sera ?

MONSIEUR A, *à Madame B.*

Que désirez-vous, chère... ?

MADAME B, *désignant une affiche d'apéritif.*

Là... là : la même chose que... En tout cas, mêmes couleurs que.

LE GARÇON

Bon, compris ! Et pour Monsieur ?

MONSIEUR A

Non, pour moi, plutôt la moitié d'un ! Vous savez !

LE GARÇON

Oui. Un demi ! D'accord ! Tout de suite. Je vous.

                    Exit le garçon. Un silence.

MONSIEUR A, *sur le ton de l'intimité.*

Chère ! Si vous saviez comme, depuis longtemps !

MADAME B, *touchée.*

Vraiment ? Serait-ce depuis que ?

MONSIEUR A, *étonné.*

Oui ! Justement ! Depuis que ! Mais comment pouviez-vous ?

MADAME B, *tendrement.*

Oh ! Vous savez ! Je devine que. Surtout quand.

MONSIEUR A, *pressant.*

Quand quoi ?

MADAME B, *péremptoire.*

Quand quoi ? Eh bien, mais : quand quand.

MONSIEUR A, *jouant l'incrédule, mais satisfait.*

Est-ce possible ?

MADAME B

Lorsque vous me mieux, vous saurez que je toujours
là.

MONSIEUR A

Je vous crois, chère !... *(Après une hésitation, dans un
grand élan.)* Je vous crois, parce que je vous !

MADAME B, *jouant l'incrédule.*

Oh ! Vous allez me faire ? Vous êtes un grand !...

MONSIEUR A, *laissant libre cours à ses sentiments.*

Non ! Non ! C'est vrai ! Je ne puis plus me ! Il y a trop
longtemps que ! Ah ! si vous saviez ! C'est comme si je !

C'est comme si toujours je ! Enfin, aujourd'hui, voici
que, que vous, que moi, que nous !

MADAME B, *émue.*

Ne pas si fort ! Grand, Grand ! On pourrait nous !

MONSIEUR A

Tant pis pour ! Je veux que chacun, je veux que
tous ! Tout le monde, oui !

MADAME B, *engageante, avec un doux reproche.*

Mais non, pas tout le monde : seulement nous deux !

MONSIEUR A, *avec un petit rire heureux et apaisé.*

C'est vrai ? Nous deux ! Comme c'est ! Quel ! Quel !

MADAME B, *faisant chorus avec lui.*

Tel quel ! Tel quel !

MONSIEUR A

Nous deux, oui oui, mais vous seule, vous seule !

MADAME B

Non non : moi vous, vous moi !

LE GARÇON, *apportant les consommations.*

Boum ! Voilà ! Pour Madame !... Pour Monsieur !

MONSIEUR A

Merci... Combien je vous ?

LE GARÇON

Mais c'est écrit sur le, sur le...

MONSIEUR A

C'est vrai. Voyons !... Bon, bien ! Mais je n'ai pas
de... Tenez voici un, vous me rendrez de la.

LE GARÇON

Je vais vous en faire. Minute !

Exit le garçon.

MONSIEUR A, *très amoureux.*

Chère, chère. Puis-je vous : chérie ?

MADAME B

Si tu...

MONSIEUR A, *avec emphase.*

Oh ! le « si tu » ! Ce « si tu » ! Mais, si tu quoi ?

MADAME B, *dans un chuchotement rieur.*

Si tu, chéri !

MONSIEUR A, *avec un emportement juvénile.*

Mais alors ! N'attendons pas ma ! Partons sans !
Allons à ! Allons au !

MADAME B, *le calmant d'un geste tendre.*

Voyons, chéri ! Soyez moins ! Soyez plus !

LE GARÇON, *revenant et tendant la monnaie.*

Voici votre !... Et cinq et quinze qui font un !

MONSIEUR A

Merci. Tenez ! Pour vous !

LE GARÇON

Merci.

MONSIEUR A, *lyrique, perdant son sang-froid.*

Chérie, maintenant que ! Maintenant que jamais ici
plus qu'ailleurs n'importe comment parce que si plus
tard, bien qu'aujourd'hui c'est-à-dire, en vous, en
nous... *(s'interrompant soudain, sur un ton de sous-
entendu galant),* voulez-vous que par ici ?

MADAME B, *consentante,*
mais baissant les yeux pudiquement.

Si cela vous, moi aussi.

MONSIEUR A

Oh ! ma ! Oh ma ! Oh ma, ma !

MADAME B

Je vous! A moi vous! *(Un temps, puis, dans un souffle.)* A moi tu!

Ils sortent.

Rideau

LES MOTS INUTILES

Comédie

PERSONNAGES

LE PRÉSENTATEUR, *sans caractéristique spéciale. Doit articuler parfaitement.*

MONSIEUR PÉRÉMÈRE, *une soixantaine d'années. Vieux beau, l'air idiot et noble, très « distingué ».*

MADAME PÉRÉMÈRE, *une cinquantaine d'années. Prétentieuse, un peu gourde, l'air toujours effaré.*

DORA, *leur fille. Jeune, jolie, insolente et provocante.*

LE PRÉTENDANT, *pâle, tendre et tremblant.*

UNE VOIX OFF

La scène se passe dans le salon d'un hôtel pour touristes élégants, à la campagne, pendant l'été.

Il est environ trois heures de l'après-midi, par une belle journée du mois d'août qui inonde de lumière le salon, malgré les stores baissés çà et là.

Au lever du rideau, Madame Pérémère est assise, face au public, près d'une porte-fenêtre (à gauche) qui donne sur un jardin fleuri. Elle tricote. Un peu plus loin, — également face au public — Monsieur Pérémère est assis devant une petite table à jeu et fait une « réussite ».

Un silence, pendant lequel le Présentateur, d'abord caché sur l'avant-scène, s'avance discrètement et, mezza voce, explique l'argument.

LE PRÉSENTATEUR

Les paroles volent, dit-on, de bouche en bouche et d'oreille en oreille.

Elles vibrent, elles bourdonnent dans l'air comme des moustiques.

D'ailleurs, chaque tête, même la plus légère, n'est-elle pas comme un dictionnaire rempli de mots prêts à tourner à tous les vents ?

Prêtez l'oreille et, à travers les paroles qu'échangent des personnes sensées, vous entendrez la danse absurde des mots en liberté.

Le présentateur disparaît.

MONSIEUR PÉRÉMÈRE, *à mi-voix,*
tout en disposant les cartes de sa réussite
avec le plus grand sérieux.

Un dix de trèfle, une dame de cœur, un valet de pique, un chat de gouttière, une vache à lait... Voyons, voyons ! *(Réfléchissant.)* Je retourne encore celle-ci, œuf à la coque, gare de triage et voici l'as de carreau !... Diable !... Et toi, l'autre petite, dans le coin, ne vais-je pas te soulever, jupon, soutien-gorge et mandragore ?...

Allons, du courage ! Du courage à la vapeur, à la hussarde, ôte-toi de là que je m'y mette, crapaud-buffle, queue de rat !

MADAME PÉRÉMÈRE, *sans lever les yeux*
et continuant à tricoter.

Vous êtes bien silencieux, Gustave ? Poil de carotte et riz caroline, vous n'êtes pas souffrant, j'espère ?

MONSIEUR PÉRÉMÈRE

Mais non, mon amie, chiendent, moleskine ! *(Avec une nuance d'humeur.)* Crocodile, pistache, jujube, vous voyez bien que je fais une réussite !

MADAME PÉRÉMÈRE

Bon, bon ! *(Avec un soupir :)* Mais vous savez, linon, téléphone et bretelle, combien votre silence me pèse, à la ville comme à la campagne. *(Comme en écho atténué :)* au chenil comme au poulailler, boule de gomme, sinapisme, aventure...

MONSIEUR PÉRÉMÈRE, *agacé, haussant les épaules et continuant sa réussite.*

Depuis trente ans que vous le subissez, mon silence, Artaxerxès, plume de coq, poule au pot, vous vous y habituerez bien un jour.

> *Un court silence. Puis, chacun, continuant, l'un sa réussite, l'autre son tricot, se met à murmurer ou ronchonner des mots sans suite qui, pareils au vain crissement des insectes dans l'herbe, semblent symboliser la chaleur d'un après-midi d'été.*

MONSIEUR PÉRÉMÈRE, *comme encore en colère.*

Grosse mère, pile ou face, je pose six et je retiens mouche ! Râteau, ficelle, boulet, la truite, bande de vauriens, si je vous tenais, va te faire lanlaire, fille de peu, propre à rien, fais tes malles et fiche-moi la paix...

MADAME PÉRÉMÈRE, *comme rongeant son frein.*

J'aurais dû, tarte aux fraises, mais aussi, cinquante kilos, attends un peu, fils à papa, saltimbanque, billet de banque, compte en banque, rastaquouère, moustache en croc, croc-en-jambe, bilboquet, savon, locomotive, surprise, soupière...

> *Dora, en costume de plage, provocante et joyeuse, entre brusquement par la porte du fond.*

DORA

Tiens, vous êtes là ? Vous dormiez, boules de suif ?

> *Monsieur et Madame Pérémère relèvent brusquement la tête, comme sortant d'un assoupissement.*

MONSIEUR PÉRÉMÈRE

Mais non, bouteille !

MADAME PÉRÉMÈRE

Pas du tout, pois chiche !

DORA

Je croyais, homard ! *(S'approchant :)* Vous ne venez pas un peu à la plage ? Vulcain, groseille, tyran, satin, miracle, il y fait bien meilleur qu'ici.

MADAME PÉRÉMÈRE, *dédaigneusement.*

Non, vois-tu, tout ce bruit, tous ces gens qui parlent à tort et à travers, sébile, astrakan, Canada, pour ne rien dire, pince à épiler, hors classe, rage de dents, corne de cerfs — cela me fatigue les oreilles.

MONSIEUR PÉRÉMÈRE, *sentencieux.*

Ta mère a raison, pousse-caillou, rhume des foins, parlementaire. Il ne faut jamais, sucre de canne, patrouille, Trafalgar, parler pour ne rien dire !

> *Dora fait mine de s'en aller puis revient.*
> *Elle paraît hésiter à dire quelque chose.*

DORA, *se décidant.*

Bon ! Alors, amusez-vous bien, tarte à la crème, aile de pigeon, poudre aux yeux... Vous recevrez peut-être une visite tout à l'heure...

> *Monsieur et Madame Pérémère ont paru*
> *ne pas entendre.*

DORA, *insistant.*

Syphon, cascade, Armada, n'avez-vous pas entendu : j'ai dit que vous recevriez peut-être une visite, tout à l'heure...

MONSIEUR PÉRÉMÈRE, *désinvolte.*

Ah !

MADAME PÉRÉMÈRE, *l'air résigné.*

Ah !

DORA, *l'air à la fois mystérieux et badin.*

Je n'en dis pas plus : Crocus, populus, Antiochus.

> *Elle s'éloigne. Dès qu'elle a disparu, Monsieur et Madame Pérémère se penchent l'un vers l'autre et se parlent sur un rythme rapide, avec des airs conspirateurs.*

MONSIEUR PÉRÉMÈRE

Encore un, tête de moule !

MADAME PÉRÉMÈRE

Pourvu, casque à mèche, que ce soit le bon !

MONSIEUR PÉRÉMÈRE

Cette fois-ci, garde à vous, Waterloo, sabretache, nous saurons bien à qui nous avons affaire. Nous le questionnerons...

MADAME PÉRÉMÈRE

Nous l'écouterons...

MONSIEUR PÉRÉMÈRE

Nous l'épierons, nous l'époussetterons, nous le mitraillerons...

MADAME PÉRÉMÈRE

Nous le saupoudrerons, nous le tartinerons, nous l'entrelarderons...

MONSIEUR PÉRÉMÈRE

Il n'aura plus un poil de sec !

> *Peu à peu, ils s'échauffent et radotent furieusement avec une sorte de férocité croissante.*

MADAME PÉRÉMÈRE

Il n'aura plus de moelle au bec.

MONSIEUR PÉRÉMÈRE

On verra s'il a des kopecks.

MADAME PÉRÉMÈRE

Des biftecks.

MONSIEUR PÉRÉMÈRE

Des biceps.

MADAME PÉRÉMÈRE

Un forceps.

MONSIEUR PÉRÉMÈRE

Un brick.

MADAME PÉRÉMÈRE

Une Buick.

MONSIEUR PÉRÉMÈRE

Des pics, des briques.

MADAME PÉRÉMÈRE

Des clous, des choux.

MONSIEUR PÉRÉMÈRE

Des sapajous, des marlous, des Zoulous.

MADAME PÉRÉMÈRE

S'il est pauvre, on le tue.

MONSIEUR PÉRÉMÈRE

S'il n'est pas duc, on le butte.

> *Un jeune homme, d'allure timide et naïve,
> est entré dans la pièce. Monsieur et Madame
> Pérémère, se retournant, l'aperçoivent.*

MADAME PÉRÉMÈRE,
enchaînant, mais ralentissant le débit.

Butte en blanc... Phylloxera...

MONSIEUR PÉRÉMÈRE, *même jeu.*

Mastaba... Collutoire... Isocèle...

Le jeune homme sourit d'un air stupidement aimable.

MADAME PÉRÉMÈRE, *s'efforçant de sourire,*
se levant et allant au-devant du jeune homme.

Monsieur ? Éléphantiasis, propitiatoire ?

MONSIEUR PÉRÉMÈRE, *même jeu, mais sans sourire,*
gardant l'allure digne et « militaire ».

Sauvage, agrément, corpuscule, qui êtes-vous ?

LE PRÉTENDANT, *saluant avec grâce.*

Monsieur et Madame Pérémère, je pense ?

MONSIEUR PÉRÉMÈRE

Je suis Monsieur Pérémère et voici Madame Pérémère, pithécanthrope et gueule de loup... A qui ai-je
l'honneur, vaporisateur, réfrigérateur ?...

LE PRÉTENDANT, *s'inclinant.*

Un jeune homme qui sollicite de vous un entretien,
porc-épic, souffre-douleur, mésange...

Monsieur et Madame Pérémère échangent
un coup d'œil, puis Monsieur Pérémère,
d'un geste noble, désigne les sièges.

MONSIEUR PÉRÉMÈRE

Eh bien, asseyons-nous, voulez-vous, sur nos
genoux ?

MADAME PÉRÉMÈRE

Ce ne sera pas long, j'espère, hémisphère ?

Ils s'asseyent. Un silence gênant.

MONSIEUR PÉRÉMÈRE

Je vous écoute, la croûte !

LE PRÉTENDANT,
intimidé, baissant les yeux
et comme se parlant à lui-même.

Arkansas, calamité, roulette, Eurêka, misère, colle
de pâte, Syracuse, élégie...

MADAME PÉRÉMÈRE,
charitable, cherchant à l'aider.

Vous venez nous parler de notre fille, sans doute, de notre faucille, de notre pouliche, de notre salamandre ?

LE PRÉTENDANT, *acquiesçant avec enthousiasme.*

Oui, Madame ! Justement ! Une si charmante jeune fille ! *(Avec admiration :)* Une corniche, un clapier, une enquête, une armoire, une...

MONSIEUR PÉRÉMÈRE,
l'interrompant, rogue et inquisiteur.

Votre profession, votre station, votre conflagration ?

LE PRÉTENDANT

Vétérinaire, notaire.

MONSIEUR PÉRÉMÈRE, *sévère.*

Vétérinaire ou notaire ?

LE PRÉTENDANT

Vétérinaire, actionnaire, caractère.

MONSIEUR PÉRÉMÈRE, *sec.*

Ne nous égarons pas ! Parlons net, colifichet, croquet, paltoquet !

MADAME PÉRÉMÈRE, *pitoyable.*

Ne te fâche pas, qui vivra verra !

MONSIEUR PÉRÉMÈRE, *à sa femme.*

Laisse-moi, croise tes bras. *(Au prétendant :)* Êtes-vous fortuné ? Qu'apportez-vous ? Un panier ? Une pelle, un berceau, un tableau ?

LE PRÉTENDANT, *lyrique.*

J'apporte mon talent, mon avenir, soupir, infini, ruissellement, voie lactée, anémone, horticulture, hélicoïdal.

MONSIEUR PÉRÉMÈRE, *ricanant et cynique.*

Ce n'est pas avec ces beaux sentiments, bonne d'enfants, Jamaïque et troïka, que l'on fonde une famille, une charmille, une chenille !

LE PRÉTENDANT

Mais je gagne ma vie !

MONSIEUR PÉRÉMÈRE,
sur le ton d'un juge d'instruction.

Et combien gagnez-vous, asphodèle, arboricole, métabolisme ?

LE PRÉTENDANT, *se troublant.*

Tant par mois, pour moi, et les bénéfices et les bénéfusses en plus, et les honoraires pour les puces...

MONSIEUR PÉRÉMÈRE

Ce n'est pas beaucus ! Stradivarius ! Honorius ! Garde à vus !

MADAME PÉRÉMÈRE, *à son mari, à voix basse.*

Sois donc plus aimable ! Tu vois bien que ce jeune homme tremble sur ses pommes ! Sois charitable, mets-le à table ! *(Au prétendant, avec poésie :)* Je suis sûre que vous êtes poète ? Ah les mandibules, mortadelles, sarcelles, le soir descend, vous avez vingt ans...

LE PRÉTENDANT, *ridiculement sentimental,
se levant, une main sur le cœur.*

Oui, j'ai vingt ans, je prends le large, je passe à la nage, les yeux au sec, le nez au ciel, passe-moi le miel et le sel. La terre est ma poussière, mon cœur est ma sœur. Sacrificateur, hyposulfite, cardinal, ambiance, amarante, herboriste, humidité, puériculture...

> *Pendant qu'il parle ainsi, Dora est entrée
> subrepticement et donne des signes d'impa-
> tience ; puis elle éclate de rire.*

DORA, *interrompant le prétendant*
et le désignant du doigt.

Ce n'était pas ce pied-plat qui devait vous rendre
visite ! Ce galapiat. Ah non ! *(Avec une joie brutale et
provocante :)* Ce mouchoir, ce tartiné ! Celui que
j'aime est un Asdrubal, tout en galoches, avec des
lotus plein les poches. Mirus, étincelle, ordure, il me
serre dans ses draps, contre son moteur. Il ne fait rien
de ses dix bras. Tout le jour, sur le port, il joue aux
filles, lance la quille, et la boule. Un vrai néant ! Je
vais le retrouver de ce pas ! *(Presque crié :)* Fulgure !
Astrale ! Vertébré ! Atlantique ! Éperon ! *(A tue-tête :)*
Ca-ra-van-sé-rail !

Elle sort.

CE QUE PARLER VEUT DIRE

OU

LE PATOIS DES FAMILLES

PERSONNAGES

LE PROFESSEUR *F*...,
   (sans âge!)

LE PROFESSEUR *F*...,
   (sans âge!)

MONSIEUR B... moi   ⎱ *Premier exemple (le Rite du*
MADAME B... ♀   ⎰   *Retour-à-la-Maison).*

MONSIEUR X...   ⎱ *Deuxième exemple (le Devoir*
MADAME X...   ⎰   *conjugal).*

LES ÉLÈVES   ⎱ *Troisième lot d'exemples (le Dic-*
  (dans le public) ⎰   *tionnaire).*

MONSIEUR Z...   ⎱ *Quatrième exemple (l'Argot fami-*
MADAME Z...   ⎰   *lial).*

L'AMI

LA BONNE

LE JEUNE SPECTATEUR OBÉISSANT, *rôle muet.*

LE PHONOGRAPHE, *rôle mécanique.*

LE REPRÉSENTANT DE L'ORDRE, *rôle administratif.*

NOTA. — *De tous les personnages apparaissant dans ce sketch, un seul doit obligatoirement être interprété par le même comédien : celui du Professeur.*

Les autres, étant appelés seulement à illustrer, par de brèves scènes, le cours du Professeur, peuvent être interprétés par un petit nombre de comédiens jouant successivement plusieurs rôles.

Le rideau est baissé. Le Professeur apparaît sur le proscenium et salue.

LE PROFESSEUR

Mesdames, mesdemoiselles, messieurs,

Ma longue expérience de la Linguistique, jointe à mes observations cliniques et sociologiques sur les mœurs contemporaines, m'a — ou m'ont — permis de dresser un catalogue à peu près complet de toutes les déformations que subit le langage à l'intérieur des groupes sociaux — principalement dans les familles.

Ce catalogue — véritable Herbier de la Flore verbale — comporte un trop grand nombre de spécimens pour que je puisse, en une seule séance, vous donner une idée, même approximative, de son ampleur et de sa diversité.

Néanmoins, permettez-moi de vous présenter ce soir quelques exemples choisis parmi les curiosïtés du langage vivant — avec toute la « mise en scène » dont ils sont le plus souvent accompagnés.

Voici d'abord, dans le groupe très important des *Langages familiaux*, un sous-groupe remarquable que j'ai baptisé « Le dialecte de la Lune de Miel », lui-même subdivisé en *espèces*, telles que le « Marmottement préliminaire », le « Roucoulement des Fiançailles », etc.

Vous allez assister à une scène — voyons *(Il cherche dans ses notes.)* c'est le cas n° L 4, 7803 — qui se reproduit tous les soirs, lorsque Monsieur B..., vingt-huit ans, rentre chez lui et retrouve Madame B..., vingt-cinq ans. Je l'ai nommé le « Rite du Retour-à-la-Maison ».

Le rideau se lève derrière le Professeur. Celui-ci se place de côté, de façon à laisser voir la scène et à pouvoir commenter, pour le public, ce qui s'y passe.

LE PROFESSEUR

Le décor que vous voyez représente un intérieur de petit ménage, symbolisé par cette table et ces deux chaises. Madame B..., jeune femme, jolie et toute simple, est debout face au public. On sonne. Elle va ouvrir. Monsieur entre. Il vient de terminer sa journée de travail.

Vous avez là un bel exemple de rite conjugal. Monsieur B..., par sa mimique expressive, s'efforce d'évoquer une bête fauve, un lion probablement, ou encore un jeune puma : il a les pattes en avant, les griffes dressées, il secoue sa crinière et son rictus semble celui d'un animal féroce.

> *Monsieur B... rugit deux ou trois fois.*

Tiens ! le voilà qui rugit. Cependant, ce n'est point là un rugissement de chasse — prenons-y garde ! — ni de colère. Nous le voyons bien par l'attitude de Madame B... Elle joue, à n'en pas douter, la comédie de la femelle du félin, surprise par le retour du mâle.

Le rite, qui ne dure en tout que quelques secondes, se termine souvent par la courte scène que voici. Monsieur B... rugit encore une fois, mais sur un ton interrogatif...

> *Monsieur B... rugit ainsi qu'il a été dit.*

... Cela veut dire : « Veut-tu venir te promener avec moi ? » Or, si Madame B... répond sur un ton lassé, chromatique et descendant... *(Madame B... rugit lamentablement.)* ...cela veut dire : « Non ! Je suis fatiguée, restons à la maison. »

Si, au contraire, elle répond avec entrain *(Madame B... fait entendre un « Iroum » joyeux),* ...cela veut dire : « Oui, je veux bien. Sortons ! »

Si enfin elle rugit avec allégresse deux ou trois fois en sautillant... *(Madame B... fait comme il dit.),* ...cela veut dire : « Allons au cinéma ! »

> *Le rideau se ferme. Court silence. Le Professeur s'embrouille dans ses notes.*

LE PROFESSEUR

Je vais maintenant vous présenter, dans la même série, un spécimen de dialogue *secret*, dont la signification est telle... que je crois de mon devoir d'avertir les pères et mères de famille : s'il y a, dans cette salle, des enfants de... moins de vingt ans, je leur conseille de sortir, pendant quelques moments, juste le temps que dure la scène.

> *Le Professeur s'arrête et scrute l'assistance. Du milieu du public se lève alors un immense jeune homme à la moustache naissante, aux vêtements trop courts. Il s'extrait péniblement des rangs des spectateurs. Le visage pourpre, il a l'air horriblement gêné.*

LE PROFESSEUR

Merci, jeune homme ! Vous êtes très raisonnable... Bon ! Voilà qui est fait. Je disais donc, Mesdames et Messieurs, qu'il s'agit d'un dialogue familial rituel, comme le précédent, mais ayant trait, celui-ci, comment dirai-je, voyons, à... ce que... l'on appelle quelquefois le « devoir conjugal », vous voyez ce que je veux dire ? C'est tout à fait confidentiel. Je n'insiste donc pas.

Ceci est une observation tout à fait curieuse. Elle a été recueillie par une de mes préparatrices, qui eut beaucoup de mal à l'obtenir. C'est, en effet, un langage à clé, un *secret* jalousement gardé par les deux sujets en présence : Monsieur X... trente-quatre ans, Madame X..., vingt-sept ans. La scène se passe au domicile des conjoints... *(Le rideau s'ouvre. Tout va se passer comme l'indique le Professeur.)* ...Monsieur et Madame X... sont assis dans leur salle à manger. Ils viennent de dîner. Madame brode, Monsieur termine un petit verre...

MONSIEUR X..., *d'un air entendu.*

Dis donc, Arlette, ma chérie, si nous allions réviser la Constitution !... Tu sais, les noisetiers sont couverts de kangourous.

> *Madame se tait pudiquement.*

LE PROFESSEUR

A cette invitation, Madame répond, suivant le cas, soit par un refus :

MADAME X...

Non, mon chéri ! Il y a des nuages de sainfoin sur les coteaux de Suresnes et le rossignol n'a pas été reçu à l'Agrégation !

LE PROFESSEUR

... soit par un acquiescement :

MADAME X..., *avec tendresse.*

O mon ami, tu sais bien que le cri des canards sauvages réjouit le cœur du Samouraï.

LE PROFESSEUR

Parfois même, elle ajoute :

MADAME X..., *commençant une phrase
avec un sourire prometteur.*

Si le jardinier de l'Empereur s'aperçoit que les buissons du parc...

LE PROFESSEUR, *l'interrompant avec effroi.*

Non, non ! Arrêtez, mademoiselle, arrêtez ! Après ce que je viens d'expliquer, tout ce que vous diriez serait affecté de sous-entendus... gênants ! Restons-en là, je vous prie !

Le rideau se ferme.

LE PROFESSEUR, *s'adressant au fond de la salle.*

Maintenant, le bon jeune homme peut revenir !

*A cette injonction répond, de sa place,
telle ou telle personne préposée au maintien
de l'ordre, une ouvreuse, par exemple.*

LE REPRÉSENTANT DE L'ORDRE

Monsieur le Professeur, je ne crois pas qu'il... revienne.

LE PROFESSEUR

Bravo, mon ami, pour ce conditionnel dubitatif !...
Mais, dites-moi, pourquoi le bon jeune homme ne
reviendrait-il pas ?

LE REPRÉSENTANT DE L'ORDRE

Eh bien... on l'a vu d'abord se promener de long en
large devant la porte. Et puis une dame... qui passait
lui a demandé son chemin. Alors... ils sont partis
ensemble.

LE PROFESSEUR

Brave jeune homme ! Il n'a pu résister à la tentation
de rendre service ! *(Un court silence. Il consulte encore
ses notes.)* Mesdames et messieurs, avant d'aller plus
loin, je voudrais vous faire entendre un disque où sont
enregistrées quelques-unes de ces interjections, de ces
petits phonèmes brefs qui, émaillant notre conversation, ne sont pourtant pas des mots véritables et n'ont
pour ainsi dire de sens que s'ils sont *prononcés* d'une
certaine façon. Comme vous le savez, en effet, les
artifices de la voix, tels que les intonations, les sons
gutturaux, les bruits de soufflet, les sifflements, les
toussotements, les claquements de langue, et cætera,
n'ont pas encore l'honneur d'être notés dans le langage écrit !... *(On apporte un phonographe. Le Professeur pose un disque sur le plateau. Mais les interventions
du Disque enregistrées sur des « sillons » séparés et
repérés à l'avance vont, après un début normal, « sur-
prendre » le Professeur, comme si la machine parlante
était devenue subitement autonome et douée d'une
initiative propre. Le Disque, tantôt imaginera une réplique, tantôt répétera ironiquement ce que vient de dire le
Professeur, à la façon d'un malicieux écho ou d'un
perroquet trop bien dressé, le tout si rapidement que,
même si les répliques du Disque et du Professeur se
chevauchent, l'effet comique n'en sera pas moins
obtenu.)* Écoutez d'abord les « ouais » de l'incrédulité.
*(Le Disque répète plusieurs fois : ouais... ouais...
ouais...)* ... puis le « ah ! là là ! » d'une personne lassée,
excédée, par quelqu'un qui l'ennuie, qui, par exemple,

lui fait faire un travail fastidieux, trop connu, trop rabâché, dont cette personne voudrait bien être délivrée. Écoutez bien ce « ah! là là! ».

> *Le disque commence à répéter plusieurs fois : Ah! là là!... Ah! là là! Le Professeur, la tête penchée, l'index levé, écoute son disque avec satisfaction. Soudain, celui-ci ajoute quelque chose de son cru.*

LE DISQUE

Ah! là là!... Ah! là là!... Ce qu'il est embêtant avec ses exemples!... Ce qu'il est embêtant avec ses exemples!... Ce qu'il est embêtant avec ses exemples... Ah! là là!...

LE PROFESSEUR, *stupéfait*
et comme s'adressant au Phonographe.

Mais... mais... mais! Je n'ai pas dit ça, voyons!

LE DISQUE, *imperturbable.*

Mais... mais... mais! Je n'ai pas dit ça, voyons! Mais... mais... mais! Je n'ai pas dit ça, voyons... Mais... mais... mais! Je n'ai pas dit ça, voyons!...

LE PROFESSEUR

Je n'y comprends rien! Mais c'est à devenir fou! Mais c'est un scandale!... Mais cette machine est possédée par le diable!... *(En s'adressant au Disque.)* En voilà des initiatives!... Me faire ça à moi!... Vous devriez avoir honte!... *(Menaçant).* Je ne sais ce qui me retient...

LE DISQUE,
*mélangeant ses répliques à celles du Professeur
et les répétant avec des « variantes » imprévues.*

Tu n'y comprends rien! Ça ne fait rien! Tu peux toujours parler!... C'est à devenir fou!... Ne te gêne pas!... Mais c'est un scandale!... Mais cette machine est possédée par le diable!... Me faire ça à moi!... Vous devriez avoir honte!... Je ne sais ce qui me retient... *(A ce moment, comme s'il y avait une panne électrique, le*

Disque ralentit et répète sur un registre de plus en plus
caverneux, sur un rythme de plus en plus lent et
lamentable :) ... Je ne sais ce qui me retient !... Je ne
sais ce qui me retient !... Je ne sais ce qui me retient !...

> *Puis s'arrête tout à fait.*

LE PROFESSEUR, *s'épongeant.*

Ah ! là là !... *(À peine a-t-il dit ce mot, qu'il jette un*
regard inquiet et soupçonneux sur le Phonographe —
mais celui-ci ne dit mot. Alors le Professeur ajoute :) ...
Ouf !... *(Même jeu.)* ... Mesdames et messieurs, je tiens à
m'excuser auprès de vous de cet incident technique...
(À la cantonade.) S'il vous plaît... Délivrez-nous de cet
insupportable bavard !...

> *On emporte l'appareil. Le Professeur suit*
> *des yeux le déménagement et s'apprête, ras-*
> *suré, à continuer sa conférence lorsqu'on*
> *entend, dans la coulisse, le Disque répéter en*
> *« accéléré », c'est-à-dire sur un ton suraigu*
> *et sur un rythme endiablé.*

LE DISQUE, *dans la coulisse,*
comme furieux d'avoir été emmené de force.

Délivrez-nous de cet insupportable bavard !... Délivrez-nous de cet insupportable bavard ! Délivrez-
nous...

> *La voix du Disque s'éloigne et s'arrête.*

LE PROFESSEUR, *haussant les épaules et continuant.*

Afin d'oublier... Mesdames et messieurs... ce
fâcheux incident, je vais vous prier de participer à un
petit jeu scolaire qui, avec votre permission, doit me
fournir d'utiles renseignements sur l'usage de certains
mots... Quels sont ceux d'entre vous qui ont lu mon
Dictionnaire des mots sauvages de la Langue française ?

> *Il tire un livre de sa poche.*

DEUX OU TROIS COMPÈRES,
placés dans les rangs des spectateurs.

Moi !... Moi, monsieur !... Moi, m'sieu !

NOTA. — *On peut prévoir pour cette scène trois compères dont un adulte et deux collégiens — un garçon et une fille de quinze ou seize ans. On peut aussi imaginer que l'on imprime et distribue à l'entrée, à chaque spectateur, la liste des mots — avec leur définition — sur lesquels le Professeur va interroger les élèves. Et cela pourrait être un jeu assez vif auquel participerait le public.*

LE PROFESSEUR

Bon, bon, bon!... Heu... voyons! Vous savez, je suppose, que ce dictionnaire a, pour la première fois, opéré le recensement de ces petits mots, en apparence insignifiants, et cependant très répandus — diminutifs familiers, phonèmes imitatifs, etc. — qui émaillent notre discours et nous laissent apercevoir, soudain, je ne sais quels reflets terrifiants du balbutiement primitif des sociétés, je ne sais quels échos d'une danse rituelle de sauvages en pleine forêt vierge : galops des *dadas*, furie des *zizis*, *boum-boum* des *tam-tams*, *papattes* des *bêbêtes*, piques des *coupe-kikis*, hurlements des *totos* et *niam-niams*, ondulement des *chichis*, des *dondons*, et *clic* et *clac* et *bing* et *crac*, *tralala*, *panpan*, *hop là*, *poum!* (*S'étant un peu trop excité au cours de cette énumération, le Professeur s'éponge le front.*) Voyons, vous, monsieur, voulez-vous me donner la définition du mot *bibi?*

L'ÉLÈVE, *récitant de façon très scolaire.*

Un : première personne du singulier du pronom personnel : moi, je, ma pomme, mézigue... Deux : petit chapeau féminin... Trois : petit baiser.

LE PROFESSEUR

Parfait... Et vous, mademoiselle, maintenant. Voulez-vous me dire quelle est la signification du mot *chou?*

LA JEUNE ÉLÈVE

Un, substantif : légume rond, replié sur un cœur tendre. Deux, petit gâteau *idem*. Trois, petite personne *idem*. Quatre, adjectif : aimable, complaisant, gentil.

LE PROFESSEUR

Exemple :

LA JEUNE ÉLÈVE

Soyez *chou*, emmenez Lolotte en *teuf-teuf*.

LE PROFESSEUR, *quêtant une réponse
dans l'assistance*.

Traduction ?...

UN ÉLÈVE

Soyez assez aimable pour inviter Charlotte à faire une promenade en automobile.

LE PROFESSEUR

Parfait !... Et maintenant, le sens du mot *Dudule ?*

UN ÉLÈVE

Diminutif de Théodule. Par extension, sert aussi de diminutif pour Alfred, Gaston, Ambroise, Pierre, Eusèbe, Émile et Antoine.

LE PROFESSEUR

Dondon ?

UN ÉLÈVE

Dame ayant de l'embonpoint. La grosse *dondon* est la femme du gros *patapouf*.

LE PROFESSEUR

Cz... cz... cz... cz...

UN ÉLÈVE

Phonème strident par lequel on excite au combat, contre un adversaire, quelqu'un pour qui l'on prend

parti. Exemple : « Cz... cz !... » faisaient les Romains
pendant le combat des Horace et des Curiace.

LE PROFESSEUR

Brr !... brr !...

UN ÉLÈVE

Primo : accueil glacial. « Le ministre vient de me
recevoir, brrr !... » Secundo : épouvante. « Brrr !... Un
fantôme !... »

LE PROFESSEUR

Attention, maintenant. Qu'est-ce que le *kiki* ?

UN ÉLÈVE

Premier sens. On admet que cet organe se situe à un
point quelconque entre les maxillaires et les clavi-
cules. Serrer le kiki, étrangler. Exemple : « l'État
serre le kiki des gogos ». L'État moderne étrangle les
contribuables. Deuxième sens : adjectif, mesquin,
médiocre. Voir aussi rikiki.

LE PROFESSEUR, *d'un geste de la main, appelle
aussitôt la réplique d'un Autre Élève.*

Rikiki ?

UN AUTRE ÉLÈVE

Rikiki : mièvre, petit, d'une conception étriquée. Le
style *rikiki* n'est pas le style *rococo*.

LE PROFESSEUR, *même jeu.*

Rococo ?...

UN ÉLÈVE

Voir *coco*. Le *coco* est au *rococo* ce que le *kiki* est au
rikiki.

LE PROFESSEUR, *même jeu.*

Coco ?...

UN ÉLÈVE

Un, de barocco, baroque. Terme d'esthétique : art périmé ou académique. La peinture *coco* employait des couleurs *caca*.

LE PROFESSEUR,
enchaînant très rapidement par gestes,
comme aux enchères,
à chacune des définitions suivantes.

UN ÉLÈVE

Deux : noix de coco, fruit exotique. Au figuré, crâne chauve.

UN AUTRE ÉLÈVE

Trois : jus de réglisse très apprécié des lycéens.

UN AUTRE ÉLÈVE

Quatre : nom d'un stupéfiant. « Il prend de la *coco*. »

UN AUTRE ÉLÈVE

Cinq : œuf à la coque, diminutif de la première syllabe du nom de Colomb, Christophe. D'où : l'œuf de Colomb.

UN AUTRE ÉLÈVE

Nom du perroquet apprivoisé. « A bien déjeuné, Coco ? »

UN AUTRE ÉLÈVE, *très vite.*

Autres expressions : « mon coco », terme affectueux, « un joli coco », un sale type, « un drôle de coco », personne bizarre.

LE PROFESSEUR, *se frottant les mains.*

C'est parfait. Voici une excellente leçon... Je vous remercie. *(Il remet le dictionnaire dans sa poche.)* Terminons, voulez-vous, sur un exemple d'importance, puisé, comme tout à l'heure, dans le groupe de mes observations sur les « langages familiaux ». Ici, nous allons voir une famille aux mœurs respectables, et même austères, adopter pour son usage particulier — j'allais dire : pour l'usage interne — une langue étrange, une sorte d'argot privé, un « sabir » composé presque uniquement de vocables empruntés au langage enfantin. Ces vocables, vous ne l'ignorez pas, sont de deux sortes. Il y a les mots inventés par les petits enfants eux-mêmes, c'est-à-dire des mots courants simplifiés ou déformés. Exemples : « mazé » pour « manger ». « Toutou » pour le chien. « Toutou a mazé fiture. » : « Le chien a mangé de la confiture. » Et puis, il y a ces mots touchants et ridicules qu'inventent les grandes personnes — bien à tort, il est vrai ! — sous prétexte de « se mettre à la portée des enfants ». Ces mots consistent, le plus souvent, en syllabes à répétition niaise et bêtifiante. Exemples classiques : « Toutou » (déjà nommé) pour « le chien », « dada » pour « le cheval » ou « lolo » pour « le lait ». La famille-type qui va vous être présentée, en une courte scène, emploie exclusivement ce vocabulaire, dès que ses membres se trouvent réunis pour ainsi dire « à huis clos ». Par contre, ces braves gens recouvrent instantanément l'usage du français normal dès qu'ils se trouvent en présence d'une personne étrangère à leur groupe. C'est là ce que j'ai appelé le « Dialecte défensif d'appartement », ou plus simplement : le « blabla de bébé ». Voici d'abord Monsieur Z..., rentrant chez lui, accompagné d'un de ses amis. Comme vous pourrez le constater, il parle, pour le moment, de façon très normale.

> *Le rideau s'est levé sur une pièce quelconque. Monsieur Z... ouvre la porte, s'efface pour laisser passer son camarade et entre après lui en secouant son trousseau de clés avec satisfaction.*

MONSIEUR Z..., *il est d'un aspect sévère et suffisant. Un lorgnon d'or tremble sur son nez.*
Et nous voici arrivés ! *(Soupir de contentement.)* Mon cher, tu me feras bien le plaisir d'accepter quelque chose, avant de repartir ?

L'AMI, *consultant son bracelet-montre.*

Non vraiment. Merci mille fois, car je dois renter. Mais je suis ravi d'avoir pu bavarder avec toi jusqu'ici... Ainsi, tu estimes que, dans cette affaire, mon intervention ne te serait d'aucun secours ?

MONSIEUR Z...

Mais non, mon bon, mon cher ami ! Mais non !... Note que je ne te suis pas moins reconnaissant de tes offres. Ah ! ah ! tu es un ami, toi, un vrai — et moi aussi d'ailleurs ! Nous mériterions que l'on applique à notre vieille amitié ce qu'écrivait ce... grand essayiste, en parlant de...

Il hésite.

L'AMI

Eh bien, de... cet autre ! Allons ! Au revoir et mes respects à ta femme.

MONSIEUR Z...

Au revoir, au revoir, mon vieil et excellent ami !

Exit l'ami. Aussitôt après, apparaît Madame Z...

LE PROFESSEUR, *à mi-voix.*

Voici Madame Z... Observez bien le changement !

MONSIEUR Z..., *toujours aussi digne.*

Coucou à la mémère ! Bozou la dadame à bibi !

MADAME Z..., *avec naturel.*

Bozou le peussieu ! Kiki c'était qu'était avé le peussieu ?

MONSIEUR Z...

C'était le zami.

MADAME Z...

L'est déjà pati, le zami ?

MONSIEUR Z...

L'est pati, pati.

MADAME Z...

Pouka qu'est pati ? Pouka qu'est pu là ? Pouka qu'a pas mazé avé nous, le zami ?

MONSIEUR Z...

Paque vite-vite râtrer mizon avé teuf-teuf.

LE PROFESSEUR, *traduisant à mi-voix.*

Parce qu'il avait hâte de rentrer chez lui en taxi.

MADAME Z...

L'avait ben cavaillé, le ché peussieu à la dadame ?

LE PROFESSEUR, *même jeu.*

Mon cher époux a-t-il bien travaillé ?

MONSIEUR Z..., *rêveur, avec un soupir.*

Eh oui ! Cavaillé ! Ben cavaillé ! Bôcou cavaillé ! Touzou cavaillé, pou gagner sou-soupe à dadame et bébé.

MADAME Z..., *soupçonneuse.*

Tur-lu-tu-tu ! Ben vrai, ben vrai ? Cavaillé ou pas cavaillé ?

MONSIEUR Z..., *indigné.*

Coba, pas cavaillé ! A fait bla-bla poum-poum avé les plouplous du tralala !

LE PROFESSEUR, *même jeu.*

Comment ! Je n'ai pas travaillé ! Je n'ai pas cessé de parler et de discuter avec les plus importants délégués du Comité !

MADAME Z..., *secouant son index avec un reproche gentil.*

Ah ! le peussieu encore fait kili-kili avé Mizelle Tac-Tac ! La dadame permet kili-kili, mais pas cou-couche !

LE PROFESSEUR, *même jeu.*

Je parie que mon époux a encore flirté avec sa secrétaire. « Mizelle Tac-Tac », c'est mot à mot : « La demoiselle-à-la-machine-à-écrire. » Le reste... hem... se comprend de soi-même.

> *Pendant la réplique du Professeur, la Bonne est entrée à l'improviste, une pile d'assiettes sur les bras.*

MONSIEUR Z..., *recouvrant tout à coup l'usage du parler normal. D'un air sévère et offensé.*

Mais non, voyons ! Que veux-tu dire ? C'est une ridicule plaisanterie. Je n'ai aucune familiarité avec mon personnel, tu le sais bien !

MADAME Z..., *de même.*

Bon, bon ! mon ami ! Admettons que je n'aie rien dit !

Rideau.

LE PROFESSEUR, *toujours devant le rideau.*

Ainsi, mesdames et messieurs, se termine notre promenade à travers les curiosités sociales du langage contemporain. Elle n'était guère rassurante, cette promenade ! Nous avons vu partout l'*à-peu-près* se substituer au mot propre, le *geste* remplir les vides béants du vocabulaire et le *galimatias enfantin* envahir le langage des adultes !... *(Changeant brusquement de ton.)* Et maintenant, *au dodo !*

> *Le professeur disparaît derrière le rideau.*

DE QUOI S'AGIT-IL ?

OU
LA MÉPRISE

Comédie

PERSONNAGES

LE JUGE, *il est aussi médecin, maire, confesseur, etc.*

Les témoins
{
MONSIEUR POUTRE, *méticuleux et craintif.*
MADAME POUTRE, *épouse du précédent. Un peu paysanne.*
}

LE GREFFIER, *personnage muet, « tapant » sur un clavier de machine à écrire également muet.*

Une salle de greffe ou de commissariat quelconque. Tables et chaises ordinaires. On introduit les témoins qui restent debout un moment.

Le juge compulse ses dossiers longuement. Scène muette ad libitum : il peut s'embrouiller, perdre ses papiers, les témoins et le greffier se précipitent ; il leur arrache sauvagement les documents, etc.

LE JUGE

Asseyez-vous !

> *Les témoins s'assoient. Le greffier se tient prêt à « taper ».*

LE JUGE

Voyons. Madame heu... Madame... ?

TÉMOIN FEMME, *se levant à moitié,*
puis se rasseyant.

Poutre. Madame Poutre.

LE JUGE

C'est cela. Madame Poutre... Madame Poutre, c'est
vous que je vais interroger la première.

MADAME POUTRE

Eh ben, tant mieux !

LE JUGE, *surpris.*

Pourquoi tant mieux ?

MADAME POUTRE

Pas'que mon mari, y sait jamais rin.

LE JUGE

On verra, on verra... Madame Poutre, voyons, *(Il lit*
les états civils.) Ah : Madame Poutre, Adélaïde,... née
Soliveau, née le... *(murmure indistinct)* le dix-neuf... de
l'année dix-neuf cent... à... mariée à Jean-Joseph
Poutre son époux, dont elle est l'épouse... *(Successive-*
ment et très rapidement, à l'énoncé de leurs noms,
Monsieur et Madame Poutre se sont levés, puis rassis
mécaniquement.) Bon ! Madame Poutre, pouvez-vous
vous rappeler aussi exactement que possible quand
vous avez fait sa connaissance, quand vous l'avez vu
pour la première fois ?

MADAME POUTRE

Qui, mon mari ?

LE JUGE

Mais non, voyons, celui qui, enfin vous me comprenez... celui dont il s'agit, celui qui a motivé votre
présence ici.

MONSIEUR POUTRE, *à sa femme.*

Oui, tu sais bien, nous sommes là pour ça, pour
témoigner, pour témoigner en sa faveur.

LE JUGE, *gravement*.

Ou contre lui! C'est selon! Nous verrons, nous verrons!

MONSIEUR POUTRE

Oui, c'est cela : pour témoigner contre lui, en sa faveur.

MADAME POUTRE, *après un coup d'œil courroucé à son mari*.

Ah, je sais, je sais! Tu n'as pas besoin de me le dire. Je ne suis pas plus bête qu'une autre, va! Je sais ce que parler veut dire!

LE JUGE, *geste évasif*.

Alors! Je répète ma question : quand l'avez-vous vu pour la première fois?

MADAME POUTRE, *réfléchissant*.

Quand je l'ai vu... pour la première fois? Eh! ben, c'était il y a dix ans environ.

> *Le greffier commence à taper silencieuse-ment.*

LE JUGE

Nous notons, nous notons. Bon. L'avez-vous revu souvent depuis?

MADAME POUTRE

Bien sûr! Même qu'il a fini par s'installer tout à fait! Notez qu'on ne le voyait jamais que pendant le jour. Le soir, plus personne!

LE JUGE

Étiez-vous chargée de le nourrir?

MADAME POUTRE, *l'air étonné*.

Qui ça?

MONSIEUR POUTRE, *à sa femme*.

On te demande, Monsieur le Proviseur te demande
s'il était nourri, s'il était nourri par toi, par nous ?...
Enfin, ne fais pas la butée !... Puisqu'on l'avait
recueilli, tu sais bien qu'on était tenus de le nourrir !

MADAME POUTRE, *au juge*.

Ah, Docteur, pardon : Colonel : c'était bien plutôt
lui qui nous nourrissait, qui nous réchauffait en tout
cas !

LE JUGE, *sursautant*.

Qui vous réchauffait ? Comment cela ?

MADAME POUTRE

Ben, pardi ! C'est-y pas toujours comme ça ? S'il
était pas là, nous autres, on crèverait de froid, pas
vrai ?

MONSIEUR POUTRE

Ça, c'est vrai. Moi, quand je le vois, je suis tout
ragaillardi !

LE JUGE, *haussant les épaules*.

Il y a dix ans. Bon. Nous notons. Dix ans : ce n'est
pas d'hier ! Et pouviez-vous vous douter de quelque
chose, dès ce moment ?

MADAME POUTRE, *péremptoire*.

Je ne m'doutais de rin du tout !

LE JUGE

Comment cela s'est-il passé ? La première fois ?

MADAME POUTRE

Eh ben, voilà. J'étais dans la cuisine, à ramasser des
pommes de pin pour la soupe. On était en décembre.
Alors il faisait une chaleur lourde, comme quand c'est
qu'on chauffe beaucoup pour lutter contre le froid.
Mon mari, ici présent, était absent, comme toujours,

c'est pourquoi qu'il peut en témoigner devant vous. Et tout par un coup, voilà qu'il est entré !

LE JUGE

Par où ?

MADAME POUTRE

Par la fenêtre. Il est entré comme ça, brusquement. Il a fait le tour de la pièce. Il s'est posé tantôt sur une casserole de cuivre, tantôt sur une carafe et puis il est reparti comme il était venu !

LE JUGE

Sans rien dire ?

MADAME POUTRE

Sans rien dire.

LE JUGE, *sévèrement.*

Comment ? Comment ? Je ne comprends plus : vous venez ici pour déposer une plainte...

MADAME POUTRE, *docile mais l'interrompant.*

Une plainte en sa faveur, oui Docteur !

LE JUGE, *avec vivacité.*

Ne m'interrompez pas ! Ne m'appelez pas : Docteur ni Monsieur le Proviseur ; appelez-moi « Mon Père » ! Donc vous déposez contre lui et vous allez prétendre que sa vue vous ragaillardit, vous réchauffe, ou je ne sais quoi d'aussi absurde !

MONSIEUR POUTRE

Ça n'est pas absurde, Docteur, pardon : mon Père ! Ça n'est pas absurde, mon Père-Docteur ! On pourrait pas vivre sans lui. Surtout à la campagne. Nous autres cultivateurs ! Nous autres légumes, fruits, primeurs, laitages, comment qu'on ferait sans lui, sans qu'y vienne tous les jours nous réchauffer le cœur ?

LE JUGE, *agacé,*
frappant de sa main sur la table.

Enfin, de qui parlons-nous ?

MADAME POUTRE

Mais de... de... *(Elle désigne le ciel.)*

LE JUGE, *ironique, imitant son geste.*

Que voulez-vous dire ?

MADAME POUTRE

Ben quoi, le soleil, pardi !

LE JUGE

Ah là là ! Voici le malentendu ! Nous ne parlions pas de la même personne, de la même chose. Moi, je vous parlais de votre agresseur, de votre voleur, de votre cambrioleur et vous, vous... vous parliez de quoi ? Du soleil ! *(Levant les bras au ciel.)* C'est invraisemblable ! C'est inimaginable, i-ni-ma-gi-nable ! Mais comment avez-vous pu vous y prendre pour faire fausse route de la sorte ?

MONSIEUR POUTRE

C'est pas nous qu'on a fait fausse route, Monsieur le Professeur-Docteur, c'est bien vous, vous-même ! Nous autres, on savait de quoi on parlait !

LE JUGE, *furieux.*

Et moi, vous croyez que je ne sais pas de quoi je parle, non ? Ah ! Faites attention ! Vous ne savez pas à qui vous avez affaire ! Je vais vous faire filer doux, moi, ma petite dame, et vous mon petit monsieur ! C'est insensé ! On se moque de moi ! *(Il s'apaise peu à peu, redresse sa cravate, s'époussette. Au greffier qui s'était arrêté de taper et qui regarde la scène d'un air hébété)* Greffier, veuillez recommencer à noter... Et ne tapez pas si fort ! Vous nous cassez les oreilles ! *(À Monsieur Poutre)* À nous deux, maintenant. À votre tour, vous allez déposer.

MONSIEUR POUTRE, *abruti.*

Déposer quoi ?

LE JUGE

Déposer veut dire témoigner. Vous allez témoigner.
Racontez-moi comment les choses se sont passées, le
jour de l'événement !

MONSIEUR POUTRE

Eh bien, voilà : comme ma femme vient de vous le
dire, je n'étais pas là, j'étais absent.

> *Le greffier recommence à taper avec pré-*
> *caution, du bout des doigts.*

LE JUGE

Alors, comment pouvez-vous témoigner ? En voilà
encore une nouveauté !

MADAME POUTRE, *intervenant.*

C'est que, Monsieur le Curé, moi je me rappelle plus
rien du tout, mais comme je lui avais tout raconté et
que lui, il a une mémoire d'éléphant, alors...

LE JUGE, *haussant les épaules.*

Drôle de témoignage ! Enfin, si nous ne pouvons pas
faire autrement ! Allons, *(résigné :)* racontez !

MONSIEUR POUTRE

Alors voilà. J'étais allé à la pêche dans la rivière,
dans la petite rivière, le petit bras de la petite rivière,
autrement dit, celui où il y a des nénuphars, pas
l'autre, où il y a du courant, alors je n'attrape jamais
rien tandis que les écrevisses elles me connaissent,
elles vont lentement, moi aussi, alors on finit toujours
par se rencontrer, sauf votre respect, Monsieur le
Commissaire, autour d'un morceau de mouton pourri,
du bien frais que le Docteur, pardon le boucher, me
prépare exprès pour mes balances le dimanche...

LE JUGE, *sec.*

Abrégez, je vous prie !

MONSIEUR POUTRE

Alors, juste pendant que j'étais pas là, ni ma femme
non plus d'ailleurs...

LE JUGE, *l'interrompant.*

Pardon ! Vous venez de m'affirmer l'un et l'autre
que si vous n'étiez pas là, par contre votre femme y
était !

MONSIEUR POUTRE

C'est-à-dire qu'elle était dans la maison, mais elle
était pas là, à l'endroit même où ça s'est passé, vous
comprenez !

LE JUGE

Mais finalement, *où* ça s'est passé ?

MONSIEUR POUTRE

Ça s'est passé au jardin.

LE JUGE

Bon. Alors, de la maison, elle pouvait, je suppose,
voir ce qui se passait au jardin ?

MADAME POUTRE

Ça, point du tout, Monsieur mon Père ! Non, ça, je
peux vous le dire : de d'là où j'étais dans la maison,
c'est-à-dire de la cuisine, je pouvais rien voir au
jardin !

LE JUGE

Et pourquoi donc ?

MADAME POUTRE

Pass'que la cuisine, c'est une pièce qui tourne le dos
au jardin.

LE JUGE

Alors, comment avez-vous pu raconter quoi que ce
soit au... à votre... au témoin, enfin ?

MADAME POUTRE

C'est que, voyez-vous, je lui ai raconté les effets.

LE JUGE

Quels effets ?

MADAME POUTRE

Ben, les effets de ce qui s'est passé.

LE JUGE

Alors, racontez !

MADAME POUTRE

Ah mais non ! C'est pas à moi à raconter !

LE JUGE

Pourquoi, je vous prie ?

MADAME POUTRE

C'est pas à moi à raconter, puisque je vous dis que j'ai rien vu.

LE JUGE

Alors, comment faire, puisque lui, de son côté, votre mari, n'était pas là ?

MADAME POUTRE

Ça fait rien. Lui y raconte mieux que moi, il a plus de mémoire, ou d'imagination, je ne sais pas, moi !

LE JUGE, *avec un agacement grandissant et une insistance sarcastique.*

Alors, Monsieur Poutre, veuillez me raconter à moi qui n'étais pas là, l'événement qui s'est produit en votre absence et qui vous a été rapporté par votre femme, bien qu'elle n'y ait pas assisté !...

MONSIEUR POUTRE

Je vous disais donc que j'étais à la pêche. Quand je suis rentré, j'ai entendu un grand cri, c'était ma femme...

LE JUGE

Elle avait été blessée ?

MONSIEUR POUTRE

Mais non ! Elle était furieuse parce qu'il avait tout saccagé dans la maison.

LE JUGE, *intéressé, pensant en sortir.*

Enfin, nous y voilà ! Il avait tout saccagé. *(Au greffier :)* Notez bien, greffier !

MONSIEUR POUTRE

Tout, Monsieur le Juge, Monsieur le Professeur ! Tout, tout, tout ! Les plates-bandes étaient piétinées, la toile des transats était déchirée, les oignons étaient coupés, les outils étaient par terre. Il avait dû être furieux !

LE JUGE

Une crise de nerfs ? Delirium tremens, peut-être ? Venait-il souvent chez vous ?

MONSIEUR POUTRE

Oui, souvent. Ma femme vous l'a dit.

LE JUGE

Pardon ! Il y avait eu confusion : je parlais de lui et elle me parlait du soleil, rappelez-vous !

MADAME POUTRE

Mais c'était vrai aussi de lui !

LE JUGE

Voyons ! Voyons ! Réfléchissez ! Il y a une nouvelle confusion. Vous m'avez dit tout à l'heure que c'était plutôt lui qui vous nourrissait. Maintenant vous me parlez de ses colères, de ses déprédations. Dans un cas vous parlez du soleil, dans un cas d'autre chose... *(Un silence.)* ... Alors, parlez ! *(Nouveau silence.)* ... Mais parlerez-vous, à la fin !

*Monsieur et Madame Poutre se taisent et
se consultent du regard, d'un air embarrassé.*

MADAME POUTRE, *hésitante.*

Comment vous dire...

LE JUGE

N'hésitez pas ! Ne craignez rien ! Vous êtes ici pour
dire toute la vérité, rien que la vérité, je le jure...
D'ailleurs, dans tout ceci, vous n'êtes que des témoins.

MADAME POUTRE

Témoins, oui, d'accord, mais aussi victimes, Monsieur mon fils !

LE JUGE, *énervé,*
ses idées commencent à s'embrouiller.

Appelez-moi : mon Père, ma Sœur !

MADAME POUTRE, *docile et respectueuse.*

Oui, mon Père-ma-Sœur !

LE JUGE, *haussant les épaules.*

Abrégeons ! De qui, de quoi s'agit-il ? De l'agresseur
ou du soleil ?

MADAME POUTRE, *tout d'une traite*
et confusément.

Ben ! Des deux, Monsieur le Docteur-Juge ! C'était
tantôt le soleil, bien sûr, et tantôt l'orage. Pass'que
l'orage, voyez-vous, quand il est là, il cache le soleil.
Alors on le regrette, on est dans l'ombre et il saccage
tout. Je veux dire l'orage, avec sa saleté de bruit de
tonnerre pour le malheur des oreilles et les éclairs
pour aveugler et sa pluie pour gonfler les torrents et
inonder les pâtures ! Le soleil, lui, il réjouit le cœur et
quand on le voit, on lui dit « Bonjour, bonjour, entrez,
Monsieur ! » Alors il rentre par la fenêtre tant que
dure le jour et quand l'orage ne le cache pas et quand
il fait sec. Et quand il pleut, tout par un coup, voilà

l'orage. Et c'est comme ça qu'on est : tantôt pour, tantôt contre. Et voilà pourquoi on dépose une plainte contre inconnu et en même temps en sa faveur *(un peu essoufflée)*... Voilà, j'ai tout dit.

> *Un nouveau silence pendant lequel le juge, enfoncé dans son fauteuil, regarde alternativement d'un regard égaré les deux témoins sans rien dire. Puis :*

LE JUGE

S'il en est ainsi, Monsieur et Madame Poutre, je ne peux rien pour vous. Rien, absolument rien... *(Se tournant vers le greffier :)* Greffier, concluez au « non-lieu ». Selon la formule, vous savez... *(Il dicte rapidement.)*... Tout bien considéré en mon âme et conscience, mutatis mutandis, nous ici présent, en pleine possession de nos moyens d'existence, en présence des parties plaignantes et en l'absence des inculpés, décidons que rien de ce qui est advenu ne comporte de conséquence, sauf imprévu en tout bien tout honneur et aux dépens des prévenus, au tarif prescrit par la loi, et cætera, et cætera... *(Il se lève, sacerdotal. Les témoins et le greffier se lèvent aussi.)* Silence ! Respect à la loi ! La séance est levée. *(Aux témoins :)* Allez en paix et que nul autre que l'orage ou le soleil ne trouble désormais votre conscience !

> *Il les congédie d'un geste plein d'onction qui rappelle vaguement la bénédiction ecclésiastique. Les témoins sortent lentement et respectueusement. Le rideau tombe.*

Fin

CONVERSATION-SINFONIETTA

LE RÉGISSEUR
LES SIX CHORISTES :
   PREMIÈRE BASSE (B 1)
   DEUXIÈME BASSE (B 2)
   PREMIER CONTRALTO (C 1)
   DEUXIÈME CONTRALTO (C 2)
   SOPRANO (S)
   TÉNOR (T)
LE SPEAKER DE LA RADIO
LE CHEF D'ORCHESTRE

La scène représente un studio de la Radio ou une salle de concert, d'où la « Sinfonietta » sera retransmise.

Au lever du rideau, la salle est vide. Les chaises et les pupitres des « Choristes » sont disposés, face au public, en demi-cercle, ainsi que l'estrade et le pupitre du Chef d'orchestre, selon le plan que voici :

       S   T
    C 1   C 2
   B 1   B 2
  micro   *micro*
    Ch. d'Or.

Il y a aussi deux micros sur pied, disposés de part et d'autre de l'estrade du Chef d'orchestre. Le Régisseur arrive portant les partitions. Il les dispose soigneusement sur les pupitres, déplace de quelques centimètres les micros, puis se retire.

Aussitôt après, arrivent les Choristes. Ils sont d'aspect « quelconque », plutôt mornes. Ils s'assoient à leurs places respectives et attendent, l'air presque indifférent.

Arrive ensuite le Speaker. Il vient se placer, debout et face au public, devant un des micros. Il tient un papier à la main, qu'il relit. Il toussote, assure sa voix, puis dirige ses regards vers la coulisse, du côté où a disparu le Régisseur. A un signe que celui-ci est censé lui faire, il commence à lire le texte de présentation de la Sinfonietta.

LE SPEAKER, *débit normal.*

Mesdames, messieurs, ici le poste « Radio-Partout ». Veuillez écouter la « Conversation-Sinfonietta », du compositeur Johann Spätgott.

Cette symphonie vocale se compose de trois mouvements : *Allegro ma non troppo, Andante sostenuto, Scherzo vivace.*

L'*Allegro*, après une exposition rapide, où toutes les voix sont tour à tour présentées, développe avec autorité le thème de l'opposition entre le Rêve, symbolisé par le couple Ténor-Soprano, et la Réalité, dont les affirmations péremptoires sont principalement confiées aux voix graves. Celles-ci imposent enfin leur conclusion, par un chant triomphal à la gloire de l'équilibre humain : la santé avant tout.

LE RÉGISSEUR, *apparaissant et parlant à mi-voix.*

Voulez-vous, s'il vous plaît, accélérer le mouvement, sans quoi nous allons « déborder » !

Il disparaît.

LE SPEAKER, *avec volubilité et à toute allure.*

L'*Andante*, mouvement lent et méditatif, déroule une lamentation rêveuse et nonchalante qui fait apparaî-

tre au premier plan les inflexions pathétiques des voix
féminines dont les récitatifs émouvants consacrés aux
Esprits et aux Apparitions nous entraîneraient dans le
domaine inquiétant de l'au-delà s'ils n'étaient *in fine*
contredits par la placide intervention des basses,
reprenant encore une fois le thème de la toute-
puissance de la Vie : « Avec un bon repas ! »

LE RÉGISSEUR, *même jeu.*

Le Chef d'orchestre est en retard. Pour faire patien-
ter les auditeurs, voulez-vous aller plus lentement ?

LE SPEAKER, *très lentement*
après un haussement d'épaules agacé.

Enfin... le *Scherzo*... vivace... ressaisissant... sur un
rythme... endiablé... le thème précédent... forme...
comme une... farandole... étourdissante... de mouvements... vifs... autour du tempo... initial... devenu...
tout à coup... aussi léger... que rapide...

> *Vers la fin de cette réplique, le Chef
> d'orchestre est arrivé. Il est en habit. Il a
> l'air ardent et affairé. Il salue le public puis,
> lui tournant le dos, monte sur son estrade.*
>
> *Le Chef d'orchestre prend sa baguette sur
> le pupitre, tourne la première page de sa
> partition et indique le ton parlé aux Cho-
> ristes. Cela doit s'appeler : « donner le Ba ».
> En effet, il prononce, mezzo voce, à leur
> intention, la syllabe « BA ». A partir de cette
> indication, les Basses répètent ensemble,
> d'une voix grave : « Ba, bé, bi, bo, bu », les
> deux Contraltos ensemble : « Da, dé, di, do,
> du », le Ténor « Ma, mé, mi, mo, mu », la
> Soprano « La, lé, li, lo, lu ». Puis ils répètent
> un moment ces syllabes, chacun pour soi,
> en désordre, comme un orchestre qui s'ac-
> corde.*
>
> *Le Chef d'orchestre, qui est un rôle muet,
> conduira tout à l'heure réellement : don-
> nant le départ de chaque réplique, récitatif
> ou ensemble, et indiquant les nuances.*

Les Choristes parleront, autant que possible, sans modulation chantée, avec simplement des effets de rythme ou d'intensité. Ils ne joueront pas le sens *de ce qu'ils disent, comme des comédiens, mais le* son *comme des instrumentistes. Il y aura donc un contraste entre ce qu'ils disent et leur attitude, qui restera sérieuse et impersonnelle, avec cette sorte de détachement particulier à certains musiciens professionnels, qui s'appliquent à bien jouer, sans avoir l'air de participer à ce qu'ils font.*

LE SPEAKER

Voici d'abord l'*Allegro ma non troppo.*

Le Speaker va s'asseoir sur une chaise dans le studio.

B 1

Bonjour Madame !

C 2

Bonjour Monsieur !

B 2

Bonjour Madame !

B 1 et B 2, *ensemble, crescendo.*

Bonjour Madame !

C 1 et C 2, *ensemble, forte.*

Bonjour Monsieur !

B 1 et B 2 et C 1 et C 2 continuent à se donner la réplique en sourdine, sur un ton égal, monotone, très martelé : « Bonjour Madame », « Bonjour Monsieur », pendant que le Ténor et la Soprano, qui se sont levés, échangent leurs répliques, très « en dehors » et avec un phrasé émouvant.

T

Bonjour Mademoiselle ! Comment allez-vous Mademoiselle !

S, *un temps, puis.*

Très bien Monsieur.
Et vous Monsieur ?

T

Très bien Mademoiselle et vous ?

S

Très bien Monsieur.

T

Merci et vous ?

S

Très bien et vous ?

> *Brusquement tout s'arrête. Le Ténor s'assied.*

B 2, *se levant.*

Madame, vous qui m'accueillez ici, je suis ravis de
vous revoir
Après cette longue absence.

B 1, *très vite.*

Qui s'est absenté ?

C 1, *très vite.*

Qui donc ?

S, *très vite.*

Qui donc ?

T, *très vite.*

Qui donc ?

C 2, *très vite.*

Qui donc ?

B 2, *toujours debout.*

Je ne sais pas qui s'est absenté,
Si c'est vous ou si c'est moi,
Mais sûrement quelqu'un s'est absenté,
Puisque nous ne nous sommes pas rencontrés.

Il s'assied.

C 1, *se levant.*

Il est vrai ! Dans notre cité
On est tellement occupé...

B 1 et B 2, *ensemble.*

Occupé, occupé, occupé...

C 1, *continuant.*

... que l'on reste longtemps sans se voir.

C 2 et S, *ensemble.*

Sans se voir, sans se voir, sans se voir.

C 1, *continuant.*

Pour moi je le regrette infiniment.
Car j'aime beaucoup recevoir.

Elle s'assied. Le Ténor et la Soprano se lèvent ensemble.

T, *se penchant vers* S.

Je connais quelqu'un, Mademoiselle
Qui a toujours été là
Lorsque vous y étiez vous-même.

S, *tendrement.*

Vous avez toujours été là ?

C 1

Il a toujours été là !

C 2

Il a toujours été là !

S, *continuant*.

Vous avez toujours été là ?
Et moi qui ne m'en doutais pas !

C 1 et C 2, *ensemble*.

Elle ne s'en doutait pas !
Elle ne s'en doutait pas !

Un court silence.

C 1 et C 2, *ensemble*.

Jeune homme pourquoi pourquoi
Ne répondez-vous donc pas ?

B 1

Allons jeune homme, répondez !

B 2

Allons jeune homme, répondez !

C 1

Je crois qu'ils sont intimidés
Laissons-les, laissons-les
Et parlons d'autre chose !

T et S s'assoient.

B 1

La saison est bien mauvaise

C 2

Je la trouve épouvantable

C 1

Figurez-vous qu'aujourd'hui...

B 2

La saison est bien mauvaise

C 1

Figurez-vous qu'aujourd'hui...

B 1

Laissez donc parler Madame !

B 2

Pardonnez-moi Madame
De vous avoir interrompue,
Je suivais ma propre idée :

C 1

Figurez-vous qu'aujourd'hui
Comme je descendais les Boulevards...

B 2

A pied ?

C 1

A pied. Oui à pied, à pied,
Car je marche volontiers...

B 1

Mais laissez donc parler Madame !

C 1

Je disais donc qu'aujourd'hui
En descendant les Boulevards
J'ai rencontré, devinez quoi...

B 2

Quoi donc ?

C 2

Quoi donc ?

T

Quoi donc ?

S

Quoi donc ?

C 1

J'ai rencontré, je vous le donne en mille.
Un bateau à voile !

LES CINQ AUTRES CHANTEURS, *ensemble*.

Un bateau à voile en plein dans la rue
Quelle étrange chose !

C 1, *riant*.

Mais c'était un bateau-réclame
Ah ah ah ah ah ! ah ! ah ! ah !
En carton et en bois peint,
Porté sur une automobile,

B 2

Ah ! je comprends

C 2

Et moi aussi

B 1

Et moi aussi

C 1

C'était la Compagnie
Des Touristes Réunis
Qui faisait de la publicité
Pour les croisières de cet été.

S, *se levant*.

Moi Madame je suis déçue :
J'aurais voulu que ce fût
Un vrai bateau qui voguât dans la rue !
La vie est tellement monotone !

B 1, *bourru*.

Mais non, mais non, mais non, mais non !

B 2

Mais non, mais non, mais non, mais non !

B 1 et B 2, *ensemble.*

Mais non, mais non...

> *Ils continuent en sourdine à dire : « Mais non, mais non », tant que dure le récitatif suivant.*

C 2, *se levant.*

Les jeunes filles sont romantiques
Je l'étais moi-même autrefois
J'aurais voulu je ne sais quoi

B 1 et B 2 s'arrêtent.

C 1

Mais oui, mais oui, mais oui, mais oui.

C 1 et C 2, *ensemble.*

Mais oui, mais oui, mais oui, mais oui !

B 2 et B 2, *reprenant ensemble.*

Mais non, mais non, mais non, mais non !

C 1 et C 2, *ensemble.*

Mais oui, mais oui, mais oui, mais oui !

B 1 et B 2, *ensemble.*

Mais non, mais non, mais non, mais non !

B 1, *se levant.*

La vie est très bien comme elle est
Il faut savoir se contenter
De ce qu'on a, sans rien chercher
Dans les rêveries inutiles

Il s'assied.

C 1

Au fond Monsieur au fond
Vous avez tout à fait raison
Il faut savoir bien vivre

C 2, *pathétique.*

A la condition
Que l'on ait « de quoi » vivre !

B 1

Moi j'ai toujours vécu

B 2

Et moi je vis toujours

C 1

C'est là l'essentiel

C 2

La santé avant tout

T, *très sentimental.*

Avec un peu d'amour !

T et S, *crescendo.*

Avec un peu d'amour
Avec un peu, beaucoup d'amour !

B 1 et B 2

La santé avant tout ! La santé avant tout !

TOUS ENSEMBLE, *forte.*

La santé avant tout ! La santé avant tout ! La santé
avant tout !

Un silence.

LE SPEAKER,
se relevant et venant devant le micro.

Andante sostenuto !

Il va se rasseoir.

T

Et pourtant, croyez-moi, c'est l'*Esprit* qui fait tout !

B 1 et B 2, *restrictifs.*

Presque tout ! Presque tout !
Presque tout ! Presque tout !

C 1

Où est-il ?

C 2

Où est-il ?

S

Sa demeure est en nous

C 1, *mystérieusement.*

Moi Monsieur, moi Madame
J'irai plus loin que vous
Croyez-moi, croyez-moi, les *Esprits* sont partout !

C 2

Où sont-ils ?

S

Où sont-ils ?

C 1

Ils sont autour de nous
Ils se glissent partout

LES SIX CHORISTES ENSEMBLE

Hou, hou, hou, hou, hou, hou !
Hou, hou, hou, hou, hou, hou !

> *Ce « hou » d'épouvante est plutôt mur-
> muré, mais en crescendo, modulation mon-
> tante puis descendante et d'une durée égale
> à celle des vers précédents.*

S

Sont-ils méchants Madame ?
Pour moi, je ne puis croire
A la férocité de nos pauvres aïeux

C 1

Lorsqu'ils sont malheureux
Et qu'ils errent la nuit
Dans leur ancien logis,
Certains, dit-on, sont maléfiques
Et féroces comme des loups

LES SIX ENSEMBLE

Hou, hou, hou, hou hou hou hou hou hou hou !

Comme plus haut.

C 1

Certains au contraire sont doux
On les prendrait sur les genoux
Car ils aiment le soir revenir près de nous

C 2, *se levant et commençant un récitatif.*

J'avais une voisine
Dont le frère était fou...

B 1 et B 2, *ensemble.*

Dont le frère était fou,
Dont le frère était fou...

C 2

Et comme il était fou
Il voyait mieux que nous...

B 1 et B 2

Il voyait mieux que nous,
Il voyait mieux que nous...

C 2

Eh bien...

B 1

Eh bien ?

B 2

Eh bien ?

C 1

Eh bien ?

C 2

Eh bien, souvent dans la cuisine,
Les esprits, par espièglerie
Venaient lui chiper
Jambons et pâtés

B 1, *incrédule et goguenard.*

Et les légumes ?

C 2

Pas les légumes !

B 1

Vous le voyez : c'était le chat

B 2

C'était le chat, c'était le chat

B 1 et B 2

C'était le chat qui venait le voler !

C 2, *indignée.*

J'ai dit qu'il était fou
Mais pas assez pourtant
Pour confondre un matou
Avec un revenant !

C 1

Et moi Monsieur dans ma famille
On sait qu'un revenant
Il n'y a pas longtemps
Venait nous voler de l'argent

S

Quoi, de l'argent ?

C 1 et C 2, *ensemble.*

Oui, de l'argent, oui de l'argent, oui de l'argent !

B 1, *goguenard.*

En métal ?

B 2, *même ton.*

Ou bien en billets ?

B 1, *bonhomme.*

Voyons Madame réfléchissez !
Que voulez-vous qu'un esprit souterrain...

B 2

... ou même aérien

B 1

... fasse d'une monnaie
Qui ne vaut déjà rien !

S

On a peut-être « là-bas »
besoin d'une monnaie d'échange :
Les esprits ne sont pas des anges...

C 1

Et les hommes que sont-ils donc ?

C 2

Ah les hommes, n'en parlons pas !

S

N'en parlons pas !

C 1

N'en parlons pas !

C 2

N'en parlons pas !

B 1

Moi vos esprits, je n'y crois pas !

B 2, *affirmatif, accelerando.*

Et moi non plus, je n'y crois pas !
Ce qui existe est ici-bas
entre nos mains et sous nos pas,
cela ressemble à vous et moi
cela s'entend, cela se voit !

B 1, *même jeu.*

Ça a du volume et du poids
ça se boit ou bien ça se mange
ça se mange ou bien ça se boit !

T, *se levant, avec feu.*

Ou bien ça se prend dans les bras !

S, *hardie.*

Et ça s'embrasse au fond des bois !

LES SIX ENSEMBLE

oh oh oh oh oh oh
oh oh oh oh oh oh

      Crescendo et decrescendo comme plus haut.

B 1

Oh, oh, nos jeunes gens
sont bien entreprenants

B 2

Parlons bas, parlons bas,

C 1

Parlons bas

C 2

Parlons bas

B 1, B 2, C 1 et C 2, *ensemble.*

Parlons bas ! Parlons bas !
Parlons bas ! Parlons bas !

C 1

Profitons du moment

C 2

Profitons du moment

C 1

Et de leurs sentiments
pour annoncer la noce...

C 2

Avec un bon repas

B 1

Avec un bon repas, avec un bon repas !

B 1 et B 2

Avec un bon repas, avec un bon repas !

LES SIX ENSEMBLE, *très bas.*

Avec un bon repas, avec un bon repas !
Avec un bon repas, avec un bon repas !

Decrescendo.
Un silence.

LE SPEAKER, *se relevant et revenant au micro.*
Scherzo vivace !

Il retourne s'asseoir.

B 1 et B 2, *répétant, sur un rythme très marqué,*
douze fois la même syllabe.

J'aim', j'aim', j'aim', j'aim', j'aim', j'aim',
J'aim', j'aim', j'aim', j'aim', j'aim', j'aim',

C 1

Les fruits

C 2

Les fleurs

B 1

Les frit's

B 2

Le vin

S

Les glac's

T

Les grogs

B 1 et B 2, *même jeu.*

J'aim', j'aim', j'aim', j'aim',
J'aim', j'aim', j'aim', j'aim',
J'aim', j'aim', j'aim', j'aim',

T

Les grogs

S

Les glac's

B 2

Le vin

B 1

Les frit's

C 2

Les flans

C 1

La crème

C 1, *se levant pour dire sa partie
et s'asseyant aussitôt après.*

Qu'il soit froid ou bien qu'il soit chaud
J'aime un perdreau sur canapé.

C 2, *même jeu.*

Un rôti sur un artichaud
Une cervelle un velouté

B 1, *même jeu.*

Les pommes de terre au gratin

B 2, *même jeu.*

Un steak au poivre, un coq au vin

T

Un chateaubriand, mais à point

S, *poétique.*

Et deux ou trois éclairs au loin

B 1

Comment les cueillez-vous ?

B 2

Comment les cueillez-vous ?

T

Comment les cueillez-vous ?

S

Je les prends comme ils sont

C 1

Je les prends comme il faut

C 2

Je les coupe en morceaux

B 1

Comment les faites-vous ?

B 2

Comment les faites-vous ?

T

Comment les faites-vous ?

S

Je les hache très fin

C 1

Je les cuis dans leur bain

C 2

Je les fais au gratin

B 1 et B 2, *très martelé.*

C'est bien, c'est bien, c'est bien, c'est bien !

C 1

Au four, au gril

C 2

Au sucre, au sel

S

Avec du thym

B 1

Dans la farine

B 2

Les langoustines

T   *Accelerando.*

Au marasquin

C 1

Les saucissons
Les potirons

C 2

Les haricots
Les escargots

S

Les côtelettes
Les tartelettes

B 1 et B 2, *ensemble.*

C'est bien ! c'est bien !

C 1

Je les écras'
Je les farcis
Je les empote

S

Je les découpe
Je les saisis
Je les dorlote

B 1

Je les abouche
Je les débouche
Et je les gobe

B 2

Je les étends
Je les pourfends
Je les englobe

S, *mélodieusement.*

Et je les sers flambés au jeune homme que j'aime !

B 1

A la femme que j'aime !

C 1, *mélancolique.*

Au garçon que j'aimais !...

T, *passionné.*

A la fille que j'aime !

Un temps.

B 1 et B 2, *ensemble.*

J'aim', j'aim', j'aim', j'aim',
J'aim', j'aim', j'aim', j'aim',
J'aim', j'aim', j'aim', j'aim',

C 1

Les fruits

C 2

Les flans

B 1

Les frit's

B 2

Le vin

S

Les glac's

T

Les choux

B 1 et B 2

J'aim', j'aim', j'aim', j'aim',
J'aim', j'aim', j'aim', j'aim',
J'aim', j'aim', j'aim', j'aim',

T

Le chaud

S

Le froid

B 2

Le sucr'

B 1

Le sel

TOUS ENSEMBLE, *effets ad libitum ; crescendo
et decrescendo, parodiant certaines conclusions
interminables de la musique classique.*

Et tout
        Et tout

et tout et tout et tout et tout et tout et tout
et tout et tout et tout et tout et tout et tout

> *Un temps. Après avoir salué le public, le Chef d'orchestre et les Choristes s'en vont sur la pointe des pieds.*

> *Rideau*

LES TEMPS DU VERBE

OU
LE POUVOIR DE LA PAROLE

*A la chère mémoire
de mon cousin le Professeur Poncet.*

ROBERT
ANNA
LE DOCTEUR

La voix de JACQUELINE, *voix d'hommes et d'enfants, la cloche de l'horloge du village, la clochette de la porte d'entrée, bruits divers, etc.*

Les deux actes se passent dans le grand hall d'une maison de campagne sans âge, assez cossue. A droite, au premier plan, une porte. Au second plan, de face, un escalier de bois recouvert d'un épais tapis et aboutissant à une galerie au bout de laquelle, à l'angle gauche, en haut de la scène, il y a une porte qui donne sur les chambres du premier étage. Au fond, à gauche, une porte vitrée par où l'on aperçoit le vestibule d'entrée, lequel donne sur une cour. A gauche, en pan coupé, une vaste verrière, par où l'on aperçoit un jardin. Devant cette verrière, une table chargée de livres et de revues, un guéridon supportant une lampe à grand abat-jour, quelques fauteuils dont un de face. Pas d'ornements ni tableaux aux murs ; seulement une grande horloge sous la galerie. L'aspect de l'ensemble est de bon goût, mais sévère.

ACTE I

C'est la fin d'une journée d'hiver, un peu avant cinq heures. Un jour pâle et blanc au-dehors ; on aperçoit par la verrière de gauche le toit recouvert de neige d'une petite grange.

Robert est assis à gauche dans un fauteuil face au public, une couverture sur les genoux. Il a laissé glisser un livre sur la couverture. Il est immobile et paraît dormir, mais ses yeux sont ouverts ; il regarde fixement devant lui.

En haut, dans la pénombre qui commence à envahir la pièce, on voit Anna, après avoir ouvert très doucement la porte, s'avancer d'un pas ou deux, sans bruit, sur la galerie, se pencher au balcon et observer un moment Robert.

Cinq heures sonnent au clocher proche. C'est le tintement mélancolique, ancien, un peu fêlé, d'une horloge de village.

ANNA, *appelant très doucement,*
presque à voix basse,
pour ne pas réveiller son oncle,
car elle le croit endormi.

Mon oncle !... (Un peu plus haut :) Mon oncle !... (Un peu plus fort, commençant à s'inquiéter :) Mon oncle !... (Robert a eu un sursaut, mais ne répond pas ; il reprend son livre comme s'il allait se remettre à lire, bien que le jour du dehors soit devenu insuffisant. D'une voix très douce et très naturelle :) Vous dormiez ?

ROBERT, *d'une voix presque imperceptible,*
en secouant la tête.

Non !

ANNA

Vous lisiez ?

ROBERT, *même jeu.*

Non ! il ne faisait plus assez jour.

ANNA

Il fallait allumer la lampe. *(Elle parcourt la galerie et descend doucement.)* Est-ce bien cinq heures ? Déjà cinq heures ?!

ROBERT, *avec une sorte de doux entêtement.*

Oui, cinq heures ; cinq heures sonnaient !...

ANNA, *venant vers lui.*

Que faisiez-vous dans cette obscurité ?

ROBERT, *sans bouger la tête.*

Je ne dormais pas..., je ne lisais pas...

ANNA, *avec un tendre reproche.*

Ce n'est pas bon de rester ainsi, immobile et seul. Il fallait m'appeler.

ROBERT, *avec un soupir, comme s'il n'avait pas entendu.*

Le temps passait...

> *La nuit est presque venue. Anna va vers la lampe et l'allume.*

ANNA

Sans doute, il passait ; sans doute, il passe. N'est-ce pas ainsi qu'il emporte les mauvais souvenirs ?

ROBERT, *secouant la tête et insistant.*

Il *passait ;* le temps *passait ;* mais j'étais justement en train de me dire qu'il n'emportait rien, que tout était resté ici. Tout ! comme au premier jour.

ANNA

Alors, c'est une consolation si la mémoire...

ROBERT, *interrompant, obstiné, presque en colère.*

Ce n'était pas consolant ; ce n'était pas la mémoire.
Tu n'as pas encore compris.

ANNA, *se plaçant devant son oncle.*

Comme je voudrais que vous sortiez de ce mauvais
rêve !

ROBERT, *presque durement.*

Quel mauvais rêve ?

ANNA, *se laissant tomber dans un fauteuil
avec un soupir, comme tristement résignée
à l'inutilité de ses efforts.*

Oh ! rien ! Cette vie que vous menez là, enfermé dans
le passé.

ROBERT, *avec force, mais toujours sans bouger.*

Tout est passé : cette cinquième heure qui sonnait à
l'instant, comme celle d'hier, d'avant-hier, du mois
dernier, de l'an dernier, d'il y a cinq ans, comme celle
de ce jour où... *(Il n'achève pas et met sa main sur ses
yeux comme pour écarter une image douloureuse.)* ...
Tout désormais, est *passé* ! *(Un temps. Anna prend un
livre et le feuillette, puis elle jette un rapide coup d'œil sur
sa montre-bracelet. Robert a vu son geste.)* Tu... attendais quelqu'un ?

ANNA, *comme si elle n'avait pas entendu la question.*

Bientôt l'heure de s'occuper du dîner... *(Elle se lève,
repose le livre sur la table, puis se ravisant.)* ... Mais... et
notre lecture du soir ?

ROBERT, *avec gentillesse.*

Je l'espérais un peu, c'est vrai... mais si tu attendais
quelqu'un...

ANNA, *de nouveau feignant*
de ne pas avoir entendu,
et presque joyeusement.

Eh bien, je reste !... Voyons, que lirons-nous ? *(Elle reprend le même livre.)* ... Encore l'anthologie des auteurs du Moyen Age ? C'est drôle, je tombe toujours sur cette fameuse page de l'abbé de Sully !... Dois-je la lire une fois de plus ? *(Robert acquiesce de la tête.)* Sommes-nous donc fascinés par cette page ? Comme le vieux moine par cet oiseau ?

ROBERT, *rectifiant avec un faible sourire.*

Ce n'était pas un oiseau, c'était un ange déguisé en oiseau.

ANNA

C'est vrai !...

ROBERT

Lis donc à partir du moment où le moine, dans le jardin, est émerveillé par le bel oiseau qui l'entraîne peu à peu hors de l'abbaye... Non, lis plus loin, lorsque l'oiseau, ayant chanté, s'envole et que le moine veut revenir à l'abbaye...

ANNA

... et que personne ne le reconnaît, ni le portier, ni l'abbé, ni le prieur !... *(Riant.)* A quoi bon lire ; vous savez ce conte par cœur !

ROBERT

Alors lis seulement la fin !

ANNA, *lisant lentement.*

« Lors s'aperçut le bon homme de la merveille que Dieu lui avait faite, et, comme par son ange hors de l'abbaye l'avait mené ; et pour la beauté de l'ange et pour la douceur de son chant, lui avait démontré tant comme lui plut de la beauté et de la joie qu'ont les amis de Notre-Seigneur au Ciel. Si s'émerveilla étrangement que trois cents ans avait vu et écouté cet oiseau, et pour le grand délit qu'il en avait eu, ne lui semblait que tant de temps fût trépassé, mais que tant comme il a jusqu'à midi ; et s'émerveilla moult que dedans trois cents ans n'était envieilli, ni sa vêture usée, ni les souliers percés. »

ROBERT, *avec une nuance de mélancolique humour.*

Oui ! c'est bien là ce conte ravissant que tu me lisais !

ANNA, *comme si elle était étonnée.*

Que je vous « lisais » ? Mais... vous venez de recevoir ce livre il y a seulement deux ou trois jours !

ROBERT

Je ne disais pas autre chose ! il y a deux ou trois cents ans, c'est cela. Tout se passait hors du temps dans ce conte ; c'était la *vérité !*...

ANNA, *d'une voix très douce et très naturelle,*
persuasive sans pathétique.

Cher oncle, je vous en supplie ; revenez sur la terre, sur la terre de maintenant !

ROBERT, *continuant son rêve.*

Oui. Un jour... j'ai été attiré hors de chez moi par je ne sais quel sortilège. Le temps resplendissait. La lumière et la joie, le tumulte des choses ruisselaient. Je me suis attardé un instant dans ce paradis — et quand je suis revenu, j'étais devenu vieux, vieux, vieux ! et ceux que j'avais aimés... avaient disparu... depuis des années et des années !

ANNA

Ce n'est pas gentil pour moi ; je suis encore là !

ROBERT

Pardon, ma pauvre Anna ! je pensais à ma femme, à mes enfants, qui faisaient cette maison joyeuse. Tu

n'es venue que bien plus tard partager ma solitude. Et
tu sais combien je t'en ai été reconnaissant.

ANNA, *après un instant de silence,*
presque avec désespoir.

Vous aimez trop ce conte du Moyen Age. Il vous
émeut trop, il vous fait du mal. Je ne vous le lirai plus !

ROBERT, *après un silence où il a semblé reprendre pied*
dans la réalité, tourne lentement la tête et pose son regard
sur Anna. Avec un accent indéfinissable, presque triom-
phant, presque délirant, en insistant sur les verbes au
passé.

J'*aimais* que tu me lises ce conte. J'*aimais* ta voix !
Je te *demandais* de me relire souvent.

ANNA, *se prenant la tête à deux mains.*

Mon Dieu, allons-nous rester ainsi toujours en proie
à ce jeu cruel ? Voulez-vous donc que moi aussi je
parle au passé ?

ROBERT, *avec une terrible douceur.*

J'ai souhaité cela, en effet, de ton dévouement. *(Tout*
à coup la clochette de la porte d'entrée retentit. Anna se
lève, brusquement envahie par une nervosité qu'elle ne
réussit pas à dissimuler. Robert, avec calme.) Je savais
bien que tu attendais quelqu'un.

ANNA

Mais non, je vous assure..., c'est un visiteur
imprévu.

ROBERT, *imperturbable.*

Comment savais-tu que ce fût *un* visiteur ?

La sonnette tinte une seconde fois.

ANNA, *sans répondre.*

Attendez, je vais voir...

Elle se dirige vers la porte vitrée donnant
sur le corridor. A ce moment, Robert se lève,

avec lenteur, pose sa couverture sur le dossier du fauteuil et se dirige vers l'escalier.

ROBERT

Non !... *(Sur le ton du récit.)* Lorsqu'un visiteur *sonnait*, je *montais* aussitôt dans ma chambre...

Il commence à monter l'escalier.

ANNA, *inquiète.*

Ne viendrez-vous pas voir qui est ce visiteur ? C'est peut-être un ami !

ROBERT, *continuant sa phrase comme s'il lisait dans un livre, tout en montant l'escalier.*

... et l'on ne me voyait plus reparaître jusqu'à ce que l'étranger se fût retiré.

Anna ouvre la porte vitrée du hall, va dans le vestibule et ouvre la porte d'entrée. Paraît le docteur ; il porte une épaisse pèlerine et une casquette de fourrure sur laquelle brille un peu de neige. Pendant ce temps, Robert a traversé la galerie et a disparu par la porte donnant accès aux chambres. Anna et le docteur se sont serré la main sans un mot. Anna aide le docteur à se débarrasser de son manteau, de son cache-nez, de sa toque, qu'elle pend à un porte-manteau après les avoir secoués pour en faire tomber la neige. Le docteur apparaît en un costume de chasse ou de montagne très simple, veste de velours boutonnée jusqu'au col, culotte courte, bottes montant jusqu'au-dessous du genou.

Anna invite, d'un geste, le docteur à entrer dans le hall. Il entre, elle le suit, et referme sur eux la porte du vestibule. Puis, tandis que le docteur regarde la pièce autour de lui, avec une sorte de satisfaction, elle s'avance au premier plan et, se retournant, jette un coup d'œil sur l'escalier et la galerie pour voir si Robert s'est bien retiré. Rassurée, elle revient vers le docteur.

LE DOCTEUR

Enfin, chère Anna, après tant d'années, me revoici, en face de vous, dans cette maison où nous avons vécu enfants... Mais, au fait, est-ce que nous nous disions « vous » ou bien « tu » ?

ANNA, *souriant et le dévisageant franchement.*

Voyons, Jacques ! certainement « tu » ! et, pourtant...

Elle hésite un instant.

LE DOCTEUR, *allant au-devant de ce qu'elle va dire.*

Et pourtant cela nous paraît difficile maintenant, n'est-ce pas ?

ANNA, *détournant un peu la tête.*

Oui, peut-être... *(Se reprenant.)* Mais ce n'est pas à cause des années, Jacques, c'est à cause de tout ce qui s'est passé dans cette maison, de tout ce qui a disparu... *(Baissant un peu la voix et désignant l'étage au-dessus d'un geste à peine ébauché.)* ...et surtout à cause de...

LE DOCTEUR, *baissant le ton aussi.*

Comment le trouvez-vous en ce moment ? *(Anna hoche la tête sans répondre. Très « médecin ».)* Nous verrons cela... *(Il fait quelques pas dans la pièce.)* ... Oui, notre joyeux tutoiement d'enfants ne convient plus à ces murs... Pourtant, je m'attendais à trouver la maison plus triste. J'avoue qu'en entrant, ce que j'ai éprouvé tout de suite, c'était un sentiment d'apaisement et non de tristesse... ou d'inquiétude... C'était peut-être à cause de votre présence, Anna... *(Il revient vers elle et lui prend les mains.)* ... Toute votre personne respire le calme, la sérénité, une sorte de sagesse, avec... oui, au fond, un goût secret pour la gaieté... Ce dernier trait, sans doute, était plus accusé, dans votre enfance. Un tourbillon de joie et de malice, voilà ce que vous étiez.

ANNA, *avec une résignation très naturelle.*

Ce n'est plus tout à fait cela... évidemment.

LE DOCTEUR

Et pourtant, si, je vous assure, il y a quelques minutes seulement que je vous ai revue, après... *(Il hésite.)* vingt ans...

ANNA, *l'interrompant avec une tranquille assurance,*
une pointe d'humour.

Vous pouvez dire vingt-cinq !

LE DOCTEUR, *continuant.*

...après vingt-cinq ans et, déjà, je me sens gagné par votre calme, votre équilibre. Certainement, Anna, votre présence ici est rassurante.

ANNA, *avec intérêt.*

Vous avez besoin, vous aussi, d'être rassuré, Jacques ? Vous...

LE DOCTEUR, *se rembrunissant et l'interrompant.*

Laissons cela, voulez-vous ? Je suis médecin ; je n'ai besoin de personne ; je m'observe et je me soigne comme si j'étais un autre, un de mes anciens malades... *(Changeant de ton, avec une bonhomie robuste.)* Car vous savez, il y a près de quatre ans que j'ai cessé d'exercer !

Anna le conduit à gauche, vers le coin de
la fenêtre, des fauteuils et de la table.

ANNA, *s'arrêtant avant de s'asseoir*
et le regardant gravement.

Pourquoi, ou pour qui, avez-vous désiré venir, Jacques ? Pour la santé de... *(Léger signe de tête.)* ...ou pour vous-même ?

LE DOCTEUR

Pour les deux, et aussi pour... *(Il n'achève pas et brusquement :)* De toute façon, il valait mieux ne pas préciser ; c'est pourquoi je vous ai annoncé ma venue par un simple télégramme... *(S'asseyant.)* Mais en réalité, Anna, je compte bien rester quelque temps ici. Vous... ne refuserez pas l'air de la montagne et le silence de cette grande maison à un convalescent, non ?

ANNA, *riant.*

Comme vous y allez ! Et si je ne *pouvais* pas vous recevoir ?

LE DOCTEUR, *avec une douce fermeté.*

Vous le pourrez certainement, Anna !

ANNA, *s'asseyant et devenant soudain plus grave.*

Et si... lui, ne *voulait* pas... que vous restiez ?

LE DOCTEUR

Pour cela, nous verrons... Il ne me détestait pas autrefois, bien au contraire ! A-t-il donc changé à ce point ?

ANNA, *baissant le ton.*

La présence des autres lui fait mal. Il ne supporte que moi. Il a du mal à se supporter lui-même..., il dit... *(Elle hésite.)*

> *Le docteur a pris sur la table le livre dont Anna a lu un passage à Robert au début de la pièce. Il le feuillette distraitement, en écoutant parler Anna. Aux derniers mots qu'elle vient de prononcer, il s'arrête et la regarde vivement.*

LE DOCTEUR, *très attentif.*

Je vous écoute !

ANNA, *à voix basse.*

Il dit que le seul moyen, pour lui, de rejoindre sa
femme et ses enfants, c'est de vivre *dans* le passé, avec
eux. C'est au point que...

LE DOCTEUR

Mais il y a des quantités de gens qui parlent ainsi.
C'est une sorte de réflexe psychologique, un méca-
nisme compensateur qui vient à notre secours lorsque
notre esprit souffre de la privation brutale d'un être,
d'une présence aimée..., habituelle...

ANNA, *après un instant,*
le regardant avec une légère ironie.

Merci, docteur, pour ce petit cours !... Vous êtes tous
les mêmes ; vous avez la manie de tout expliquer, de
tout rendre « clair »..., mais vous ne m'avez même pas
laissée finir ma phrase.

LE DOCTEUR, *souriant.*

Pardon. Je vous écoute.

ANNA, *à voix de plus en plus basse.*

Je me suis mal expliquée. Du moins... imparfaitement. S'il ne s'agissait pour lui que de vivre par
l'imagination dans le passé, de plonger dans sa
mémoire pour apaiser la soif qu'il a de ce passé, vous
avez raison ; cela serait encore presque... normal.
Malheureusement, il va beaucoup plus loin.

LE DOCTEUR, *à voix basse, avec une nuance ironique.*

Comment cela ? Est-ce qu'il évoque les esprits ?

ANNA, *à voix basse.*

Non, pas cela non plus. Il ne croit pas au surnaturel.
Son délire — car c'est un vrai délire tout de même, un
délire d'autant plus terrible qu'il est permanent,
calme et, pour ainsi dire, naturel —, son délire est un
délire logique. Il dit que, par un simple effort de la
volonté, par un très léger décalage, on peut vivre

comme si, à tout moment de notre vie, tout était toujours aboli, comme si nous vivions, non pas dans ce temps présent où nous sommes, mais dans un temps constamment dépassé, dans le monde des êtres et des choses disparus...

> *Pendant qu'elle parle, on entend la porte de la galerie grincer très légèrement : quelqu'un l'ouvre.*

LE DOCTEUR, *intéressé.*

Comment parvient-il à ce... résultat ?

ANNA, *le regardant avec inquiétude.*

Vous n'allez pas être pris vous-même par cette... monomanie ?

LE DOCTEUR, *sans répondre à sa question, lui prenant la main.*

Continuez, Anna. Comment fait-il pour vivre ainsi le passé, dans le présent ?

ANNA

C'est très difficile à expliquer et pourtant enfantin ; il s'entraîne à une sorte d'exercice spirituel, par le moyen du langage. (*Le grincement de la porte se faisant plus insistant, Anna l'entend, s'arrête brusquement et met un doigt sur ses lèvres. Jacques dépose sur la table le livre qu'il tenait. On voit nettement, là-haut, la porte s'entrouvrir. D'une voix normale.*) Vous ne voulez pas une tasse de thé, Jacques ? Vous avez dû vous geler, sur la route qui monte de la gare.

LE DOCTEUR, *même ton.*

C'est vrai, Anna ! J'avais oublié tout cela. Le courant d'air glacé qui monte de la vallée..., le grondement du torrent sous le pont. Un peu de thé chaud viendrait à point... (*Déjà Anna s'élance vers la droite.*) Ah !... avec un peu de rhum, s'il vous plaît !

> *Anna disparaît par la petite porte de droite. Robert sort lentement par la porte du*

*haut et commence à parler sans élever la
voix, tandis qu'il longe la galerie et descend
l'escalier. Il a une sorte de « plaid » sur les
épaules.*

ROBERT

Je m'inquiétais; je n'entendais plus rien! Pourtant,
j'avais reconnu une voix sympathique!... (*Robert est
maintenant dans le hall et s'avance vers Jacques. Celui-
ci se lève et va au-devant de lui. Les deux hommes se
serrent la main longuement. Dévisageant le docteur.*) Tu
n'as pas changé tellement, Jacques. Tu étais un joyeux
garçon, une petite toupie chantante!

LE DOCTEUR

Et vous, oncle Robert, je vous retrouve tel que
toujours. Comment le Dieu de ce village et de cette
maison pourrait-il changer? Vous êtes perpétuel,
immuable.

ROBERT, *avec une amertume*
et un sous-entendu indicibles.

Immuable, oui, cela devait être cela; quand on a
pris le parti que j'ai pris... As-tu fait bonne route?

LE DOCTEUR

On dirait que vous trouvez ma présence ici toute
naturelle. Qui vous a prévenu?

ROBERT

Je me suis douté de ton projet à certains signes
d'impatience, de nervosité que je constatais chez ma
nièce...

LE DOCTEUR

Pourquoi ma venue l'aurait-elle rendue nerveuse?
Je ne comprends pas.

ROBERT, *souriant.*

Ne m'interromps pas. Je savais que tu avais été
malade, que tu avais besoin de l'air de la montagne...

LE DOCTEUR

En effet, c'est un peu pour cette raison que je suis venu. *(Avec entrain, prenant le bras de Robert.)* ... Cher oncle Robert, c'est vous qui serez mon médecin !

ROBERT, *le regardant attentivement.*

Pourquoi ne m'as-tu pas prévenu ?

LE DOCTEUR, *d'abord embarrassé,*
puis reprenant rapidement de l'assurance.

Je ne sais pas... Peut-être... pour vous faire une surprise, peut-être aussi par peur de...

ROBERT

Peur de quoi ?

LE DOCTEUR

De ce que j'avais entendu dire à votre sujet...

ROBERT, *tout en s'asseyant*
et en invitant le docteur à s'asseoir.

Et que disait-on à mon sujet ?

LE DOCTEUR, *s'asseyant.*

Que vous étiez devenu très sauvage, que... vous étiez décidé à fermer votre maison... aux importuns...

ROBERT, *comme pour lui-même,*
continuant à regarder le docteur.

« J'étais devenu », dis-tu, « j'étais décidé »... ? Ne trouves-tu pas ces paroles étranges ?

LE DOCTEUR, *étonné, cherchant à comprendre.*

Mais... non... pourquoi ?

ROBERT, *changeant d'idée.*

Rien. Non, rien. Ta présence ici n'a jamais été importune. Elle ne l'a jamais été, elle ne l'était pas davantage aujourd'hui.

LE DOCTEUR, *fixant Robert à son tour*
et répétant ses paroles
tandis qu'il commence à comprendre.

Elle ne « l'était » pas davantage... aujourd'hui ?...
Elle « n'était pas » ? (*Il semble avoir compris, et,*
soudain, prend le ton en apparence « naturel » de
quelqu'un qui « entre dans le jeu ».) Et... que *faisiez-*
vous..., aujourd'hui..., en attendant ma visite ?

ROBERT, *souriant tristement.*

En attendant cette visite... que je n'attendais pas ?
Rien d'autre que tous les autres jours. Le temps
passait, les heures sonnaient, les saisons se succé-
daient...

LE DOCTEUR, *après un silence, rapprochant son fauteuil*
et prenant le bras de Robert.

J'étais là-bas dans ce satané pays où j'ai laissé ma
santé, lorsque j'ai su l'affreuse nouvelle. Peut-être la
lettre que je vous ai écrite aussitôt ne vous est-elle
jamais parvenue ? Peut-être n'avez-vous pas su
combien j'étais moi-même bouleversé ?

ROBERT, *avec un geste d'indifférence désabusée.*

Peut-être !

LE DOCTEUR, *regardant Robert*
avec une insistance affectueuse.

Je devine, je *sais* qu'à partir de ce jour-là, à partir
de... l'accident, vous ne vous êtes plus senti le même.
Est-ce que je dis vrai ? (*Robert, sans un mot, acquiesce*
d'un signe de tête. Le docteur, après un silence, donnant
l'impression soit qu'il hésite à dire ce qu'il a à dire, soit
qu'il cherche une idée, un prétexte pour « faire parler » le
malade, au sens psychanalytique du mot.) Voyez-
vous..., oncle Robert, il faut... que vous m'aidiez à
chasser de mon esprit une pensée..., une pensée qui ne
m'est venue que tout récemment, mais qui m'a fait
terriblement mal.

ROBERT

Quelle pensée, Jacques ?

LE DOCTEUR, *se tait un moment, puis à voix basse.*

Je vais vous le dire très rapidement, pendant qu'Anna prépare le thé.

ROBERT

C'est d'elle qu'il s'agit ?

LE DOCTEUR, *dans un souffle.*

Oui... Il y a quelques semaines à peine, quelqu'un d'ici que j'ai rencontré à Paris...

ROBERT

Qui ?

LE DOCTEUR

Peu importe, je vous le dirai après. Quelqu'un a insinué que, peut-être..., si votre femme et vos enfants... étaient morts, c'était... à cause d'Anna ! *(Robert sursaute.)* Oh ! pas un crime, bien sûr, pas même une « intention », mais une négligence... tout de même inadmissible. C'était bien elle qui conduisait la voiture ?

ROBERT, *indigné.*

Qui conduisait ? Mais jamais de la vie ! Qui a pu dire une bêtise pareille ? Ou une pareille infamie ?... Anna venait de partir, elle n'était plus dans la voiture...

LE DOCTEUR

Elle venait de partir ? Alors, comment cela s'est-il passé ? Qui fut coupable ?

ROBERT

Mais personne, personne d'autre qu'un horrible destin. Jacqueline elle-même conduisait. C'est elle qui s'est tuée et nos enfants sont morts avec elle.

LE DOCTEUR, *regardant Robert avec force.*

Racontez-moi tout ! Revivez ce moment, pour moi qui étais absent !

ROBERT

Je n'ai cessé de le revivre depuis lors.

LE DOCTEUR

Ne le revivez pas seulement, rejouez-le ! J'aimais tant Jacqueline et les petits. Toute ma jeunesse était liée à leur vie, à cette maison. Il me semble que j'aurai moins de chagrin si je peux tout reconstituer. Il me semble que vous aussi, vous souffrirez moins si je peux partager avec vous ce souvenir.

> *Pendant ce temps, Anna est apparue à la porte dans la pénombre, portant un plateau. Elle reste un moment immobile, écoutant et regardant la scène. Le docteur l'aperçoit et lui fait signe de partir. Elle repart sur la pointe des pieds et referme doucement la porte derrière elle.*

ROBERT, *d'abord lentement, puis s'animant peu à peu.*

Ce jour-là — un jour d'hiver semblable à celui-ci — il y avait ici encore plus de vie et plus de tumulte qu'au temps de ton enfance. Jacqueline et Anna se préparaient à partir, Anna pour un long voyage à l'étranger et Jacqueline devait l'accompagner jusqu'à la gare. Craignant pour elles la neige, le verglas, je cherchais à les retenir et surtout à ne pas laisser partir les enfants avec elles. Mais j'avais auprès de moi deux amis, grands chasseurs, qui se moquaient de mes craintes... (*Cependant qu'il parle, on commence à entendre des pas pressés, pas de femmes et d'enfants, courir dans la maison, monter et descendre l'escalier et arpenter la galerie, sans que l'on voie personne, la pièce étant plongée dans l'obscurité, sauf le très court halo de la lampe. De temps en temps, des portes claquent, des voix d'homme et de femme s'interpellent dans la coulisse sans qu'on distingue les paroles. On entendra aussi le vent, la sonnette de l'entrée, le ronflement du moteur qu'on met en marche, etc.)* ... Quel tapage ! quelle joie ! Ce n'était pas longtemps après Noël. Souvent la sonnette de la porte retentissait, on apportait des cadeaux de retardataires, des lettres, des cartes venues des pays étrangers ou bien des gens du village venaient en délégation pour les étrennes d'usage... *(Il se lève, va et vient, joue tous les personnages et ses paroles se détachent en surimpression sur les bruits de la maison et du dehors.)* « ... Jacqueline, ne pars pas, je t'assure, ce verglas est excessivement dangereux ! Tu vas déraper... — Robert, fiche-leur donc la paix, tu vois bien qu'elles ont quelque chose à acheter en ville. Un bout de tissu de quatre sous, tu ne te rends pas compte, ça vaut bien d'affronter la neige, et les précipices, quand on est une jolie femme..., pardon, *deux* jolies femmes. — Ne plaisantez pas, je vous en prie, c'est stupide, et surtout n'emmenez pas les enfants. Si ça vous amuse d'avoir un accident, c'est votre affaire, mais vous êtes responsables des petits, ne les emmenez pas ! ne les emmenez pas !... » Mais j'avais beau crier, menacer, on ne m'entendait pas. Anna, seule, hésitait, craignant de m'inquiéter. Mais ma femme était enragée. Elle aimait le vent vif, elle voulait conduire comme toujours, toutes vitres baissées, humant délicieusement l'air froid. Mes amis approuvaient : rien de plus salubre ! Parbleu, des colosses pleins de santé, ne craignant ni chaud ni froid !... *(S'arrêtant un instant, rêveur).* Comme il était heureux, joyeux, ce bruit d'une maison pleine de rires, de cris, de pas pressés !...

> *Peu à peu les bruits de coulisse s'apaisent et on entend le bruit d'une auto qui s'éloigne.*

UNE VOIX DE FEMME, *très loin.*

Adieu !...

> *Puis, c'est le silence total.*

ROBERT

... Et puis, vers deux heures de l'après-midi, elles sont parties... et j'ai attendu, j'ai attendu une heure, deux heures... trois heures... (*La même cloche que tout à l'heure égrène au loin cinq heures. Aussitôt après retentit la sonnette de l'entrée.*) Et alors, peu après cinq heures, j'ai reçu la visite d'un voisin. Il avait l'air embarrassé. Je me demandais ce qu'il venait faire. Il venait de la mairie, il me parlait du prix des grains, des coupes que l'on faisait dans les bois communaux... Il m'a parlé longtemps, longtemps. Il me semblait que cette visite devenait de plus en plus pesante, de plus en plus interminable. Enfin, tout à coup, sa voix a changé, il avait des larmes plein les yeux. Il les essuyait maladroitement avec sa manche...

LE DOCTEUR, *très doucement.*

Si cela vous est trop pénible, oncle Robert, arrêtez-vous !

ROBERT, *continuant sans entendre, l'œil sec.*

« Vous savez, disait-il, il y a quelquefois des choses... qu'on ne peut pas prévoir. — Mais quoi donc ? — Je ne sais pas..., je ne peux pas dire... — Mais quoi, mais quoi ? Mais parlez donc ! — La voiture... — Quelle voiture ? — Eh bien, votre voiture. Il paraît..., le dérapage..., le torrent... » Et puis tout à coup il a dout dit : Jacqueline avait conduit Anna à son train, puis elle s'était attardée en ville, avec les enfants. Tous les trois, ils avaient visité deux ou trois magasins, ils avaient acheté une écharpe et des gants pour moi, et puis ils étaient rentrés et... au tournant de la côte avant le village... la voiture avait glissé... Notre volonté ne peut rien... A droite, à gauche ? Il n'y a plus qu'à attendre... que tout soit fini... (*Un long silence.*) Une heure après, on amenait ici les trois corps. J'étais seul tout à coup. Je suis resté seul...

> *Il reste un long moment immobile, l'œil fixe, et ne paraît pas s'apercevoir de l'arrivée d'Anna apportant le plateau sans faire de bruit. Elle et le docteur échangent un long regard.*

ANNA, *après un moment*
pendant lequel elle a servi le thé.

Mon oncle, vous ne m'en voulez pas, j'espère, de ne pas vous avoir prévenu de l'arrivée de Jacques ?

ROBERT, *sans bouger la tête.*

Je savais qu'il viendrait !

> *Un temps. Le docteur tourne une cuillère dans sa tasse de thé, longuement, semblant réfléchir.*

LE DOCTEUR,
adressant un imperceptible signe de tête à Anna,
comme pour l'avertir qu'ils vont être complices,
elle et lui, de ce qu'il va dire.

Oui, c'est ainsi, n'est-ce pas..., que vous êtes parti avec eux..., que vous vous êtes enfoncé dans le passé... *(Anna a un geste de surprise indignée. Le docteur l'arrête de la main, sans que Robert paraisse apercevoir ce jeu de scène. Le docteur continue.)* Ne sommes-nous pas emportés par le même torrent ? N'est-ce pas vous qui avez raison ? *(Anna se lève brusquement, comme pour protester. Le docteur lui adresse encore un geste qui est peut-être un geste d'apaisement, peut-être un geste de connivence. Désignant Anna.)* Tenez, Anna apportait le thé, Anna parlait, se taisait, Anna se levait soudain... Quel apaisement de se dire qu'aucun de nos gestes, aucune de nos paroles ne nous appartient jamais. Aussitôt dit, aussitôt fait, tout s'éloigne de nous..., que dis-je : tout *s'éloignait !* Si nous parlions toujours ainsi, nous serions d'avance disparus, nous effacerions toutes nos traces au fur et à mesure de nos pas..., rien ne pourrait plus nous atteindre. Plus de surprises, plus d'événements, plus d'accidents pour quiconque s'est délibérément jeté lui-même dans le passé ! *(A Robert :)* ... N'ai-je pas compris votre pensée ?

ROBERT, *étonné, mais dans une sorte d'extase.*

Toi seul as compris.

*Le docteur adresse encore à Anna un
regard. Celle-ci se rassoit, sans comprendre,
mais résignée.*

LE DOCTEUR

Là... là... Anna *s'asseyait.* Elle aussi *avait* compris.
*(Anna paraît accablée. Le docteur se lève et arpente la
pièce.)* Il me semblait que j'avais toujours connu cette
maison..., pas seulement pendant ma vie. Bien avant
ma naissance... dans un temps lointain, aboli, à
jamais présent. *(Il revient vers la table et éteint la lampe.
Le reflet blanc du clair de lune sur le jardin plein de neige
envahit la pièce. Il va vers la fenêtre et regarde au-
dehors.)* Oui, j'entendais la maison glisser lentement
dans ce paysage, j'allais et venais dans un temps sans
limite... Les saisons passaient sans bruit sur le jardin à
pas feutrés de neige, à pas feutrés de feuilles, ou de
pluie, ou d'herbes folles..., et moi, j'étais toujours là...,
auprès de tous ceux que j'aimais... Étaient-ils absents,
étaient-ils présents, vivants ou morts ?... Comme elle
m'importait peu, cette nuance imperceptible ! De
toute façon, tout avait disparu, ceux que j'avais
connus, ceux qui étaient là, ceux qui n'y étaient pas, et
moi-même qui pourtant regardais ce clair de lune que
voilà...

Un silence.

ROBERT, *continuant comme à l'unisson.*

Tu étais descendu à la gare, en bas du village, quand
le nom du pays retentissait dans l'air parfumé de
menthe ou de givre. Et, tandis que l'employé du train
agitait sa petite lanterne dans la nuit, faisant sonner
les roues avec son long marteau, tu avais dévalé le
haut escalier, salué au passage par l'hôtelier sur le pas
de sa porte. Puis tu avais franchi le pont sur le torrent
qui grondait, tout en bas, au milieu des rochers et tu
étais monté lentement jusqu'ici.

*Anna a rallumé la lampe et s'est levée, ne
pouvant y tenir.*

LE DOCTEUR, *avec intention, parlant pour elle.*

Oui, il me semblait que j'avais toujours vécu dans cette maison. Et pas seulement dans mon enfance..., quelqu'un m'y attendait peut-être...

> *Anna, qui paraît en proie à une émotion insoutenable, fait quelques pas vers la porte de droite.*

ROBERT, *qui suit la même idée.*

Tu attendais une personne qui se taisait... et qui peut-être, elle aussi, t'attendait.

> *Elle n'en peut plus ; sans attendre les derniers mots, elle a disparu en courant et en pleurant vers la porte de droite.*

Rideau

ACTE II

Même décor, quelques semaines plus tard. Une belle fin de journée d'hiver, claire et ensoleillée. Il doit être environ quatre heures et demie.

Anna, un fichu sur la tête, un torchon à la main et juchée sur un escabeau, a interrompu le ménage qu'elle était en train de faire pour essayer de remonter la pendule. Au pied de l'escabeau, un balai.

> LA VOIX DU DOCTEUR, *appelant dans le jardin,*
> *du côté de la porte d'entrée.*

Anna !... Anna !...

> *Anna hésite un instant, puis redescend de l'escabeau, laissant ouverte la porte vitrée de la pendule.*

> LA VOIX DU DOCTEUR, *plus proche.*

Anna !... Anna !...

> *Anna, sans répondre, se remet à balayer. La porte du vestibule s'ouvre. Paraît le docteur avec sa toque et sa pèlerine. Il referme la porte derrière lui, s'ébroue, quitte son manteau et sa toque, et entre dans le hall.*

> LE DOCTEUR

Ah ! tu étais là ? On m'avait dit que tu étais dans le jardin.

ANNA, *s'arrêtant et le regardant avec un sourire innocent,*
mais un peu gênée tout de même.

Non... je balayais...

> *Le docteur la considère un moment, puis*
> *regarde autour de lui. Ses yeux se posent*
> *enfin sur l'escabeau, puis remontent jus-*
> *qu'à la pendule.*

LE DOCTEUR

Ah !... tu balayais ?... Tu essayais aussi de remettre
en marche la pendule, non ?... Anna, et nos conventions ?

ANNA, *posant le balai et passant sa main sur ses yeux*
dans un mouvement d'exaspération.

Nos conventions ! Nos conventions ! « On m'avait
dit », « Tu balayais », « Tu essayais » ! Toujours, toujours ce cauchemar ! Mais où veux-tu en venir ?
Pourquoi abonder ainsi dans le sens de mon oncle ? Ce
n'est pas cela qui le guérira et c'est nous qui devien-
drons fous !

LE DOCTEUR, *allant vers elle et lui prenant les mains*
avec tendresse.

Détrompe-toi, Anna ! Il va mieux, beaucoup mieux.
Déjà il s'intéresse à autre chose qu'à sa douleur et à
ses souvenirs. Il songe à notre union prochaine, il m'en
parle...

ANNA, *dégageant ses yeux qui sont rougis de larmes.*

Qu'importe, s'il en parle au passé !... Quand je
l'entends, je suis prise de panique : il me semble que
notre... avenir est déjà révolu, qu'un abîme s'ouvre
devant nous !

LE DOCTEUR

Non, Anna ! qu'il nomme l'avenir d'un autre nom,
c'est quand même ce qui va venir, ce que nous
attendons ! Songe à tout ce qui a changé ici, depuis
mon arrivée !

ANNA, *s'asseyant d'un air las sur l'escabeau et dénouant le fichu qui couvre ses cheveux.*

Vous autres médecins, on ne sait jamais quand vous parlez en tant que praticien ou en tant qu'homme. M'aimes-tu ou bien es-tu venu pour guérir... trois malades ?

LE DOCTEUR

Je te pardonne cette remarque, parce que tu n'en peux plus, parce que tu es lasse de la comédie que nous jouons. (*Il lui prend le bras et la dirige vers le coin de la fenêtre.*) ... Viens t'asseoir ici !..., tu as oublié une malade : cette maison. Depuis que je suis ici, tu as le temps de t'en occuper. Les couleurs de la santé reviennent sur les murs, les cheminées respirent, les paupières des volets battent au soleil...

> Elle s'est assise dans un fauteuil à côté de la fenêtre. Lui s'est assis sur le bras du fauteuil.

ANNA, *penchant sa tête sur le bras droit du docteur.*

Comme c'est agréable de t'entendre parler au présent !

LE DOCTEUR, *de son bras gauche montrant le jardin.*

Et vois, ce n'est pas tout : un jour où il ne neigeait pas, j'ai taillé les rosiers, les arbres fruitiers. Ce sont aussi mes malades ; une vraie clinique ! mais, encore une fois, ce n'est pas tout !

ANNA, *avec une tendre ironie.*

Qu'est-ce qu'il y a encore, incorrigible docteur ?

LE DOCTEUR

Rien qui ne soit d'heureux augure. Je reviens de la ville où j'ai été consulter mon vieil ami d'enfance, devenu le meilleur radiologue de la région. Eh bien ! Anna... (*Se penchant vers elle en articulant avec soin.*) ... je suis guéri, tu entends : guéri ! Nous pouvons nous marier bientôt, demain, quand tu voudras.

ANNA, *pour toute réponse,*
lui prend la main et la pose sur sa joue.

Tu m'as guérie, moi aussi, Jacques ; je ne pensais pas que je pourrais m'arracher à ce monde de fantômes. J'étais partie avec notre pauvre malade. Tu m'as ramenée de très loin... et maintenant tu me guéris doublement.

LE DOCTEUR, *se moquant gentiment.*

Pourtant, vois ! tu parles encore au passé. Tu ne diras pas que c'est de ma faute. Regarde, moi, j'ai gardé l'usage de tous les temps du verbe — et surtout du futur !

ANNA

Moi aussi, Jacques, et c'est le temps qui m'est le plus cher. Mais, précisément, quand *pourrons-nous* laisser notre malade ? Quand aura-t-il recouvré toute sa raison ?

LE DOCTEUR, *se relevant d'un coup de reins*
et allant de long en large, rêveur.

Le pire, c'est qu'il n'est pas fou du tout ! Bizarre maladie ! Est-ce une maladie des sentiments, ou de l'esprit ? Est-ce une pure question de mots ? *(S'arrêtant et se plantant droit devant elle, les bras derrière le dos.)* Ma parole, il me semble parfois que ce n'est pas un médecin qu'il lui faudrait, mais un grammairien !

ANNA

Ne dis pas de bêtises ! Tu sais bien ce qu'il y a de profond, de terrible dans son mal. Il n'est plus parmi nous, il nous parle du fond des années, il accompagne nos paroles et nos gestes, mais il y a entre nous et lui comme une vitre épaisse qui nous sépare plus sûrement que la plus haute muraille... Parfois, quand il est là, devant moi, et qu'il se tait, il me semble qu'il disparaît peu à peu, sans bouger de sa place, comme... comme... une photographie imparfaitement fixée s'efface à la lumière du jour.

*Le docteur paraît frappé de ce qu'elle vient
de dire. Il se penche en avant, pose ses deux
mains sur le bras du fauteuil où Anna est
assise et la regarde dans les yeux.*

LE DOCTEUR, *vivement.*

Qu'est-ce que tu dis là ?

ANNA, *étonnée.*

Mais, rien que tu ne saches, je suppose. N'as-tu pas
éprouvé toi-même ce sentiment ?

LE DOCTEUR

Si, si, bien entendu, mais... il y a quelque chose de
plus, ou quelque chose de plus grave encore.

ANNA

Quoi donc ?... *(Parlant d'un ton plus bas.)* Ne parlons
pas si fort, veux-tu, il pourrait nous entendre.

LE DOCTEUR, *baissant la voix.*

Ce n'est pas seulement *nous* qui avons l'impression
d'être séparés de lui par cette vitre dont tu parles. *Lui-
même* semble parfois se conduire comme s'il ne *nous*
voyait pas. ... C'est là un des symptômes les plus graves
et les plus douloureux d'un mal profond de l'esprit ; le
malade s'enferme en lui-même et le monde extérieur
ne compte plus pour lui. Un jour..., mais je ne veux pas
t'impressionner !

ANNA, *courageusement.*

Continue !

LE DOCTEUR

Un jour de la semaine dernière, j'étais ici. *(Il désigne
le coin de la pièce où ils sont.)* Je lisais. Le soleil
inondait la pièce, de sorte que rien ne pouvait rester
dans l'ombre. J'ai entendu ton oncle descendre lentement l'escalier, s'avancer dans la pièce, sans un mot,
d'un pas lent et régulier, du côté où je me trouvais. Il
est venu jusqu'à la table, sans paraître remarquer ma

présence. Moi, le voyant emporté par une sorte de
rêve, je n'ai pas dit un mot, de peur de provoquer en
lui un choc émotif. Il a pris un livre sur la table,
frôlant presque mon vêtement, a jeté sur moi un
regard aussi vague, aussi dénué d'expression que s'il
voyait le fauteuil vide, puis, tournant les talons, il est
remonté dans sa chambre, comme il était venu.

ANNA

Une autre fois, il faudrait essayer de le tirer de cette
rêverie. Est-ce tellement dangereux, si l'on s'y prend
avec délicatesse ?

LE DOCTEUR

Peut-être pas si c'est toi qui l'appelles, très, très
doucement. Une voix d'homme serait trop brutale.

> *A ce moment, la porte du haut tourne sur
> ses gonds. Robert apparaît au seuil de la
> galerie, la traverse et descend lentement
> l'escalier. Parvenu en bas, il paraît hésiter
> une seconde sur la direction à prendre, puis
> il pivote sur lui-même, paraît ne pas voir
> Anna ni le docteur, qui semblent d'ailleurs
> paralysés par l'angoisse ou par l'émotion et,
> traversant obliquement la pièce, se dirige
> lentement vers la porte vitrée du vestibule.
> Le docteur fait un signe à Anna.*

ANNA, *s'adressant à Robert d'une voix chantante,
infiniment douce.*

Robert !... Robert !...

> ROBERT, *sans interrompre sa marche
> et croyant répondre
> à une voix qui l'aurait appelé du dehors.*

Oui, Jacqueline... je viens... attends-moi !

> *Anna et le docteur se regardent, boulever-
> sés. Robert ouvre la porte du vestibule, puis
> celle de l'entrée et sort dans la cour sans
> refermer. Un long silence, puis on entend la*

*clochette de la porte extérieure de la cour,
donnant sur la route.*

LE DOCTEUR, *à voix basse.*

Le voilà sur la route !

ANNA

Je suis sûre qu'il se dirige vers le cimetière... *(Se
levant brusquement.)* Tu vois comme il est guéri !... En
vérité, plus malade que jamais ! Il n'a aucune raison
d'aller aujourd'hui sur la tombe des siens..., surtout
par un froid pareil ! Je cours le chercher. *(Elle court
dans le vestibule, prend la pèlerine et la toque du docteur
et s'élance au-dehors sans refermer la porte. Bruit de la
clochette extérieure. Le docteur, interdit, reste debout
devant la porte ; puis se remet à marcher de long en large
dans la pièce. Soudain, il avise la pendule. Il monte sur
l'escabeau, referme la vitre du cadran, redescend, plie
l'escabeau et l'emporte dans la pièce voisine, en passant
par la petite porte du premier plan à droite. La pièce reste
vide un moment. La nuit commence à tomber. Au bout
de quelques instants, on voit revenir Anna, tenant
précautionneusement son oncle par le bras. Lorsqu'ils
sont dans le vestibule elle le débarrasse de la pèlerine et de
la toque du docteur, aide son oncle à entrer dans le hall et
à s'asseoir dans le fauteuil du « coin de la fenêtre ».)* Il
fait un froid très vif malgré le beau temps. Vous
risquiez d'attraper du mal, en sortant ainsi sans
manteau. *(Robert ne répond pas. Il regarde devant lui
fixement. Anna continuant.)* Je vais vous faire chauffer
un grog. Il faut boire bouillant... Attendez-moi ici !

> *Robert ne bouge pas. Elle sort par la porte
> de droite. Quelques secondes après, par la
> même porte, le docteur entre et se dirige vers
> Robert.*

LE DOCTEUR, *d'une voix qu'il s'efforce
de rendre gaie et naturelle.*

Anna vient de me dire que vous étiez sorti. Et moi
qui vous cherchais partout dans la maison !

ROBERT, *sans bouger la tête.*

Tu avais donc quelque chose de si important à me dire ? *(A ce moment, la pendule, mal remontée par Anna, se déclenche et sonne douze coups interminables. Presque durement.)* Qui est-ce qui a touché à la pendule ?... Je croyais que nous devions tous vivre hors du temps, ici !

LE DOCTEUR, *embarrassé.*

Mais personne n'y a touché, Robert. Je le crois du moins. Elle s'est déclenchée toute seule.

ROBERT, *goguenard.*

C'était une souris, peut-être !... Elle a dû en mourir, ne penses-tu pas ? Voilà à quoi devraient servir les horloges dans cette maison : des pièges à rats ! *(Il rit d'une manière un peu forcée, désagréable. Un silence.)* D'ailleurs, était-ce minuit, ou midi ? Dans ma jeunesse, lorsqu'on veillait un mort et que sonnait minuit, on se signait..., mais à midi on se mariait. *(Un silence. Insistant, mais avec un ton soudain affectueux.)* J'ai dit « on se mariait » ! As-tu entendu, Jacques ?

> *A ce moment, Anna entre dans la pièce, portant un petit plateau avec un verre d'où s'échappe une vapeur chaude.*

ANNA

Voici votre grog ; buvez vite, cela coupera tout début de refroidissement. *(Elle pose le plateau sur la table et tend à son oncle le verre, sur une soucoupe. Robert prend le verre et boit à petites gorgées en regardant alternativement Anna et le docteur. Anna, pour rompre le silence avec un air faussement enjoué.)* D'ailleurs, c'est le docteur qui l'a prescrit, ce grog !

ROBERT

Bien muet, ton docteur. Oui, tout à fait muet. *(Il boit, puis sans transition, comme distraitement.)* Qui a touché à la pendule ?

> *Anna jette un regard au docteur, puis :*

ANNA

C'est moi, là, c'est moi qui ai voulu la remonter !

ROBERT, *goguenard.*

Et savais-tu ce qu'elle dirait en se remettant à parler ?

ANNA, *étonnée.*

Non !

ROBERT

Elle a dit : Midi ! Midi en toutes lettres, en douze coups !... Et savais-tu ce qu'elle signifiait parfois, dans ma jeunesse, cette heure de midi ?

ANNA, *vaguement inquiète.*

Non !

ROBERT, *après avoir bu une gorgée.*

Elle disait l'heure des mariages. De nos amis, de nos voisins, de nous-mêmes. En hiver sur la neige bleue et rose, en été sur les cailloux secs de la route, on accourait de toutes les bourgades, de toutes les fermes isolées ; les hommes en veste noire, une fleur à la boutonnière ; les femmes avec leurs chapeaux de fête, comiques et touchants, où il y avait des oiseaux comme on n'en voyait pas dans nos champs !... La cloche sonnait à toute volée ; les enfants criaient et se bousculaient. On s'engouffrait dans la petite église, où régnaient l'ombre et la fraîcheur et où l'harmonium jouait faux... Après la cérémonie, on demandait aux mariés de rester un moment immobiles sous le porche et tandis qu'ils avaient l'air empaillés et comme prêts à être mis sous globe dans quelque musée du costume, frères et amis les photographiaient... ; puis on leur faisait un signe et ils se mettaient à bouger et à revivre — et la noce les entraînait au banquet...

> *La nuit est presque venue. Anna s'est assise auprès de la table et pleure douce-ment.*

LE DOCTEUR, *avec beaucoup de précautions.*

Cher Robert... *(Il lui prend la main.)* Que vous vous obstiniez à vous torturer vous-même..., à vivre ainsi « au passé », voilà qui « était » votre droit... Mais elle, elle qui n'a voulu que votre bien, pourquoi la faire souffrir en même temps, si... subtilement, puisque vous avez vous-même accepté l'idée de notre union...

ROBERT, *presque durement.*

Eh bien, qu'ai-je donc fait de si mal ?

LE DOCTEUR, *lâchant sa main.*

Vous le savez très bien : vous semblez vous complaire à replonger dans le passé toutes ces coutumes, auxquelles nous allons bientôt nous plier, Anna et moi. Si vous les évoquez, je voudrais que ce soit joyeusement. *(Insistant « médicalement ».)* ... Au futur !

ROBERT, *secouant la tête, doucement implacable.*

Votre mariage a *déjà* eu lieu pour moi... il y a longtemps... Comme toutes choses, d'ailleurs, qu'elles appartiennent, comme vous dites, vous autres, au « présent » ou à « l'avenir »... *(Il repose la soucoupe et le verre sur la table et se lève. Anna et le docteur se taisent, accablés.)* Quant à moi, je vous ai dit adieu, il y a longtemps déjà. Il y a déjà longtemps que je vous ai dit « soyez heureux » comme si pareille formule pouvait changer quoi que ce soit à ce qui a *déjà* eu lieu !... Il y a longtemps, moi, que j'ai rejoint ceux qui m'attendaient...

> *Il se met lentement en marche vers la droite, monte l'escalier, parcourt la galerie et referme derrière lui la porte d'accès à son appartement.*
> *Il fait maintenant presque nuit.*

ANNA, *après un silence.*

Nous ne sortirons pas de ce cauchemar ! *(Elle se lève, va vers la droite et semble écouter avec inquiétude.)* Que va-t-il faire ? Si j'allais voir ?

LE DOCTEUR, *avec une résignation désespérée,*
presque méprisante.

Non ! rien à craindre. Il est dans son refuge, il s'y
trouve bien. Il s'enivre de mélancolie. *(Faisant quel-*
ques pas rapides dans la pièce et gesticulant comme pour
rompre un envoûtement.) Ah ! vivre ! courir ! marcher !
briser ce sortilège pernicieux ! Vrai, tout médecin que
je suis, je me sens presque gagné par ce vertige.

ANNA

Tu l'as voulu, Jacques ! Ne t'es-tu pas habitué à ce
jeu douloureux ?

LE DOCTEUR

Je voulais le sauver.

ANNA, *avec une ironie douloureuse.*

Mais vois : tu parles toi-même au passé !...

> *Anna allume la lampe du coin de la*
> *fenêtre. Tout le reste de la pièce demeure*
> *plongé dans l'obscurité, sauf la porte vitrée*
> *du corridor à gauche.*

LE DOCTEUR

Je commence à me demander si le présent existe.
Horrible vision : ce malheureux, lui dont on dit qu'il
est fou...

ANNA

Parle plus bas, parle plus bas !

LE DOCTEUR, *continuant sur un ton plus bas.*

... C'est peut-être lui qui a raison : l'homme ne vit
qu'au passé ; tout ce qu'il est, tout ce qu'il possède
n'est que du passé : Histoire, prestige, gloire, faits
d'armes des héros, chefs-d'œuvre des artistes, tout ce
qui compte le plus pour nous, ici-bas, est *passé.*

> *Il appuie, d'une voix déchirante, sur ces*
> *derniers mots en se prenant la tête à deux*
> *mains.*

ANNA, *en se rapprochant de lui.*

A mon tour de te dire : réveille-toi de cette obsession ! je suis là, bien vivante, pour toi je *suis*, pour toi je *serai... (Dans un grand élan.)* Emporte-moi dans tes bras !

> *Il la serre tendrement dans ses bras. Un silence. Puis ils se séparent, souriants, presque apaisés. Le docteur va vers la fenêtre et regarde au-dehors.*

LE DOCTEUR

Comprends-moi, Anna ! Je me suis souvent demandé : ce que je vois, est-ce bien moi qui le regarde ? Est-ce que ça existe, *maintenant* ? Est-ce qu'il n'y a pas un décalage — énorme ou imperceptible ou les deux à la fois — entre ma conscience et ce qu'elle considère ? N'ai-je pas *déjà* vécu ce que je vis en ce moment ? Je sens que je marche, que je m'avance dans ma vie, et cependant il me semble que je connais *déjà* ce chemin, dans ses moindres détails. Le passé, l'avenir, tout cela n'a plus aucun sens. C'est comme si je piétinais dans le temps, comme si je tournais en rond. Et tantôt je *découvre* un passé qui est mien, mais que je ne connaissais pas ; tantôt je *retrouve* un avenir que je connais déjà d'avance... N'est-ce pas une impression bizarre, encore inexpliquée, que nous avons tous connue ? Est-elle le fait d'une simple défaillance de notre esprit ? Ou bien est-elle le signe de quelque chose d'immense, que nous ne pouvons comprendre et qui se rit de notre faible intelligence ?

ANNA

Tais-toi, Jacques ! Tu vas te faire du mal, il faut vivre, tout simplement !

LE DOCTEUR, *continuant.*

... Oui, c'est peut-être là, dans cet hiatus, dans cet incompréhensible défaut de la réalité, c'est peut-être là que notre malade retourne lentement, sûrement, comme quelqu'un qui sait, qui a découvert le secret, qui est « de l'autre côté » !

ANNA

Je t'en supplie, Jacques !

LE DOCTEUR, *continuant.*

D'ailleurs peut-être cela vaudrait-il mieux pour lui ! *(Un temps. Anna court vers lui, lui prend la main, avec inquiétude, le regardant sans un mot.)* ... Je me suis demandé quelquefois si l'on pouvait disparaître sans mourir.

ANNA

Réveille-toi, Jacques ! tu rêves tout éveillé ! Que veux-tu dire ?

LE DOCTEUR, *avec un sourire mystérieux, comme en proie à une vision.*

Non, Anna, je ne rêve pas. S'il est des temps et des espaces qui se côtoient sans se pénétrer, suspendus comme des astres, dans un lieu sans limites... S'il est des mondes de pensées, de douleur, d'amour et de désespoir qui se rencontrent dans l'éther et ne peuvent que s'adresser, dans le même instant, un éternel bonjour et un éternel adieu...

ANNA, *à voix basse, secouant sa main comme pour le réveiller d'un songe.*

Eh bien ?

> *Le docteur ne continue pas. A ce moment, la porte du haut s'ouvre lentement. On entend les pas lents de Robert qui passent sur la galerie, puis descendent l'escalier, qui s'avancent vers le milieu de la pièce, mais on ne voit personne, puisque, comme je l'ai dit, toute cette partie droite de la scène est plongée dans l'obscurité totale.*
>
> *Anna et le docteur, la main dans la main, ont fait face à l'apparition. Leur regard a*

*fouillé l'ombre où l'on entendait des pas,
leurs yeux, visiblement, ont suivi ce qu'ils
pensent être Robert descendant l'escalier.
Au moment où l'apparition est censée quitter la partie obscure de la pièce et s'avancer
vers la gauche, les regards d'Anna et du
docteur indiquent clairement qu'ils voient
passer l'apparition dans la partie éclairée du
hall, alors que le spectateur ne voit rien.
Ils suivent ainsi l'apparition vers la porte
vitrée du vestibule.*

LA VOIX DE JACQUELINE, *monte, lointaine, légère,
chantante, venant du dehors.*

Robert !... Robert !...

VOIX DE ROBERT, *c'est bien sa voix
qui semble partir de l'endroit où évolue son apparition.*

Oui, Jacqueline... j'arrive !

*Cinq heures sonnent au clocher du vil-
lage. A ce moment, la porte vitrée du couloir
s'ouvre comme si une main l'avait tirée,
puis la porte de l'entrée s'ouvre de la même
façon. On entend des pas sur le gravier de la
cour, puis la clochette de la porte extérieure
retentit, puis c'est le silence.*

LE DOCTEUR, *qui semble à peine réveillé de sa rêverie.*

Il est parti les rejoindre... Il vivait avec eux..., il
faisait semblant d'être auprès de nous, mais il vivait
dans un autre temps que le nôtre...

ANNA, *comme encore envoûtée elle-même.*

As-tu remarqué, Jacques ? Cinq heures sonnaient !

*Tout à coup, leurs mains se séparent. Ils
se regardent, se remettent à bouger, en proie
à une soudaine surexcitation.*

LE DOCTEUR, *comme secouant un envoûtement.*

Mais !... mais !... Anna ! que faisions-nous ? Rêvions-
nous ?... Que s'est-il passé ?

ANNA, *se tordant les mains.*

Je ne sais pas, Jacques !... je ne sais pas, mais...

LE DOCTEUR, *allant vers elle,*
avec toute sa puissance d'action retrouvée.

Anna ! c'est moi, sans doute, qui t'ai communiqué ma rêverie... Pardonne-moi ! On ne peut pas vivre impunément ici, dans l'ombre d'un malade, sans...

ANNA, *brusquement réalisant son effroi.*

Oh ! Jacques ; si c'était vrai quand même, ce qui vient de se passer !... *(Dans un cri, elle montre les portes ouvertes.)* Là ! là ! les portes ! elles sont bien ouvertes, pourtant.

LE DOCTEUR, *sans conviction.*

Peut-être est-ce le vent qui les a ouvertes ?

ANNA, *de plus en plus épouvantée.*

Mais que faisons-nous ici ? Qu'attendons-nous ? Il faut savoir tout de suite !... *(Comme ayant honte de sa propre peur.)* Jacques, donne-moi du courage, je vais monter voir... là-haut... (Elle n'a pas achevé qu'elle s'est élancée dans l'escalier. Elle parcourt rapidement la galerie, pendant que le docteur la suit des yeux, interdit. Elle entre dans les chambres. Un temps. Puis on l'entend crier, au comble de la terreur. Avant de reparaître.)* Il n'y est pas !... *(Elle apparaît en courant et répète en redescendant rapidement.)* Il n'y est pas !... Il n'est pas dans sa chambre !...

Comme folle, toujours courant, sans prendre garde au docteur, elle s'apprête à traverser en biais le hall, mais le docteur l'arrête en la prenant doucement, mais fermement, par les épaules.

LE DOCTEUR

Que fais-tu, Anna ? A mon tour de te dire : sors de ton rêve !

ANNA, *se dégageant et s'enfuyant par les portes*
restées ouvertes.

Puisque je te dis qu'il n'est plus dans sa chambre !...
(*Avant que le docteur ait pu faire un geste, elle a disparu*
dans la cour. On entend la clochette de la porte exté-
rieure. Le docteur, en quelques pas, a rejoint le vestibule.
Il reste un instant perplexe, puis prenant sa cape et un
autre manteau (celui d'Anna), il s'élance à sa suite dans
la nuit. On entend la clochette sonner une deuxième fois.
La scène reste un moment vide. Puis, la clochette de la
porte extérieure sonne une troisième fois. On entend des
pas sur le gravier et on voit reparaître le docteur, de dos,
comme portant un objet très lourd. Il franchit à reculons
le seuil, puis le vestibule. En face de lui apparaît Anna,
suivant ses mouvements ; ils rapportent à eux deux le
corps inanimé de Robert, recouvert de la cape du
docteur. Ils le déposent avec précaution dans le fauteuil
de gauche. Mais le corps ne garde pas l'équilibre et glisse.
Enfin, ils l'assujettissent tant bien que mal avec des
coussins. Anna s'affaire, tapant dans les mains de
Robert.) Mon Dieu ! mon Dieu ! ses mains sont glacées !
Quelle folie ! Par ce temps... pourvu que... mon Dieu,
pourvu...

LE DOCTEUR, *retrouvant sa décision de praticien.*

Défais-lui son col !... Bien... va chercher quelque
chose de chaud, une compresse, n'importe quoi !... et
des couvertures !...

ANNA, *restant comme hébétée.*

Mais...

LE DOCTEUR, *avec fermeté.*

Va... allons, va, mon petit !... (*Anna disparaît à regret.*
Le docteur déboutonne la veste et le gilet de Robert, écarte
sa chemise et colle son oreille sur sa poitrine à l'endroit
du cœur. Il écoute un moment, puis se relève et croise les
bras pendants de Robert sur ses genoux : Robert est
mort. A ce moment, Anna revient, les bras chargés de
couvertures, tenant une compresse. Elle et Jacques

échangent un long regard, sans un mot. Elle a compris. Elle pose alors sur un siège tout ce qu'elle tenait, arrive vers le docteur et se met à sangloter doucement sur son épaule. Le docteur, qui est alors de face et qui a entouré de son bras gauche les épaules d'Anna dans un geste protecteur, semble de nouveau perdu dans un rêve, comme se parlant à lui-même.) Ce corps était celui d'un homme mort depuis longtemps, très longtemps!... Est-ce lui que nous avons cru voir passer tout à l'heure? Oui, c'était bien lui, sans doute, ou son ombre... Il passait, dans le temps qui était le sien, dans cet autre monde lointain et révolu... et son ombre pâle, transparente, le suivait dans notre temps à nous...

ANNA, *relevant la tête, s'essuyant les yeux et se séparant du docteur.*

Oh! Jacques... je t'en prie, ne parlons plus au passé, maintenant... Nous sommes seuls, dans ce triste présent, mais nous y sommes et ce corps inanimé, hélas! est bien réel!

LE DOCTEUR

Rien n'est réel, que ce qui a conscience de l'être... Ce corps, si lourd soit-il à nos bras et à notre cœur, n'existe pas plus que l'ombre de tout à l'heure... Ce qui est vrai, ce qui existe, c'est l'image de cet homme dans notre mémoire.

ANNA, *se précipitant aux genoux de son oncle et lui embrassant les mains.*

C'est une image qui ne pourra pas quitter mon esprit, pas plus que la vision de ses morts ne quittait sa propre pensée! D'image en image, d'esprit en esprit, nous passons comme des ombres.

LE DOCTEUR

Tout est *présent* pour ceux qui vivent. Notre esprit contient tout. En dehors de ce moment que nous vivons, rien n'existe!

ANNA, *avec mélancolie.*

Un jour pourtant, nous disparaîtrons, comme lui, tout à l'heure, par cette porte...

LE DOCTEUR, *d'une voix pleine de décision et de santé.*

Qui sait où ce sera ? Mais sûrement pas ici. Nous partirons, nous laisserons cette maison, comme un bateau qui s'éloigne, glisser lentement à l'horizon et gagner le passé, qui est sa vraie patrie.

ANNA

J'ai connu ici mes années les plus douloureuses, mais peut-être les plus belles... : l'enfant, la jeune fille, la jeune femme que je fus resteront ici pour toujours. Peut-être sont-elles parties de moi... avec lui... *(Souriant à Jacques tristement.)* Comme il est douloureux, mon pauvre Jacques, l'effort qu'il faut faire pour gagner la rive du présent !

LE DOCTEUR, *lui prenant la main,*
et la forçant à se relever.

Cramponne-toi à mon bras, je te tiens, je te tiens, je te hisse ! Il faut, pour vivre, un effort... de tous les instants... *(Très simplement.)* Viens maintenant, il faut aller chercher les voisins, prévenir le village... Viens...

> *Il entoure Anna de son bras gauche et l'entraîne doucement vers la porte. Anna s'en va comme à regret, jetant de temps en temps un regard vers l'endroit où se trouve Robert. A peine ont-ils disparu que la lumière s'éteint brusquement. Dans l'obscurité, des pas et des voix joyeuses se font entendre en haut, comme au premier acte.*

VOIX D'ANNA, *jeune, appelant.*

Jacqueline ! Jacqueline ! dépêchons-nous, nous allons être en retard !

VOIX DE JACQUELINE

Oui, j'arrive !... mais où as-tu mis mes gants ?

VOIX D'ANNA

Dans le tiroir de la commode! Dépêche-toi!

VOIX DE JACQUELINE, *riant.*

Je vais comme le vent!

> *Pendant ce temps, le grand jour venant de la fenêtre de gauche et de la porte vitrée a envahi rapidement toute la pièce. On voit Robert se relever dispos, presque gai.*

ROBERT, *parlant à Jacqueline et à Anna qui sont censées être à l'étage au-dessus.*

Jacqueline! Anna! je vous entends! je vous entends bien maintenant! Mais où êtes-vous donc? Je ne vous vois pas.

VOIX DE JACQUELINE, *tendre.*

Moi non plus, mon pauvre Robert, je ne te vois pas, mais je sais pourtant que tu es là.

ROBERT, *marchant çà et là, comme s'il cherchait dans la nuit.*

Je vous ai tant cherchées!... Où êtes-vous?

VOIX D'ANNA, *joyeuse.*

Près de toi, toujours près de toi, Robert. Nous ne te quitterons pas!

ROBERT

Tiens! vous parlez au futur, maintenant! Il y a donc... un avenir pour nous aussi? *(Marchant sur le devant de la scène comme un somnambule, avec une sorte de ravissement.)* Passé, présent, futur, qui est vrai? Tout est à la fois l'un et l'autre! Tout s'enfuit, mais tout demeure — et tout reste inachevé!

Rideau

UNE SOIRÉE EN PROVENCE

OU
LE MOT ET LE CRI

Dialogue dramatique en quatre mouvements

NOTE

Cette pièce, primitivement écrite pour la Radio, a été réalisée en Allemagne (1962) puis en France (programme France-Culture) dans une mise en ondes de Claude Roland-Manuel, avec Michaël Lonsdale et Samy Frey.

Elle a été transformée en pièce de théâtre, par l'auteur, avec l'aide des interprètes : Gérard Lorin et Claude Aufaure et créée, au Théâtre du Rond-Point, par la compagnie Madeleine Renaud-Jean-Louis Barrault, le 24 février 1987.

ARGUMENT

Ce dialogue dramatique, composé à l'imitation d'une œuvre musicale, en quatre « mouvements », met face à face deux personnages qui incarnent deux façons différentes de vivre et de penser.

L'un, « Monsieur A », est un homme grave et méditatif. En jetant par-dessus bord les mots du langage et tout ce qu'ils représentent, choses et gens, le présent et l'histoire, il cherche un certain « Salut par le Vide », qui n'est pas le refuge de l'égoïsme ni d'un détachement hautain et désabusé, mais une quête spirituelle.

L'autre, « Monsieur B », possède un tempérament tout différent. Révolté contre le malheur et la souffrance de l'humanité, il veut à tout prix « participer ». Il veut soigner, il veut sauver, hic et nunc, comme un médecin ou comme un prêtre.

Ils auront bientôt l'occasion tragique de confronter leurs points de vue opposés, en assistant, de loin, au suicide d'un inconnu, sans pouvoir intervenir. L'amère conclusion de leur dialogue est que le mot et le cri aboutissent au même échec.

En contrepoint, au cours de la pièce, on aura entendu une voix « off » : celle d'un enfant qui, recto tono, énumère des mots en apparence désordonnés et sans suite, mais, en réalité, étroitement liés aux répliques des deux personnages.

La pièce se passe, par une belle fin d'après-midi, puis au crépuscule, sur une colline provençale ensoleillée, au bord de la Méditerranée.

La scène où évoluent Monsieur A et Monsieur B représente tantôt un vaste studio éclairé par des baies vitrées, tantôt une terrasse dominant de hautes collines boisées et la mer.

DE QUOI PARLONS-NOUS ?

Adagio maestoso

Quand le rideau se lève, Monsieur A est seul dans son vaste studio. Il est en train de jouer au piano un prélude extrait du « Clavecin bien tempéré », de Jean-Sébastien Bach. On frappe à la porte. Il cesse de jouer et va au-devant de son visiteur.

A

Entrez !

B, *entrant et serrant la main de Monsieur* A.

Bonjour !... Je vous dérange ?

A

Pas du tout !

B

Mais si, voyons : vous dialoguiez avec votre piano !

A

Non ! Avec Jean-Sébastien Bach !

B

Raison de plus pour que je m'en aille ! Je n'ai pas la prétention de rivaliser avec un tel partenaire !

A

Vous auriez tort de partir. La soirée est superbe, comme il arrive souvent près de ce golfe de Provence. Et puis, je suis seul : nous aurons le temps de parler.

B

Continuez donc à jouer ce prélude : j'écouterai, bien sagement. Et je regarderai par la fenêtre de votre atelier. Quelle splendeur ! Chaque fois que je vous rends visite, cette vue immense sur la mer et sur les monts des Maures, la pureté de l'air, le silence absolu : tout cela me comble de joie !

A

Alors, il vaudrait mieux nous taire.

B

Pour écouter ?

A

Certes, pour écouter, lorsqu'il y a quelque chose à écouter : une admirable musique, par exemple.

B

N'ai-je pas le droit de regarder « aussi » le paysage ?

A, *riant.*

Pas en même temps ! Quand j'écoute la musique, le décor, si beau soit-il, passe au second plan : je le regarde sans le voir.

B

Il faut alterner : voir sans entendre, entendre sans voir.

A

C'est une bonne recette, en ce temps de surcharge. Mais, encore une fois, on peut aussi s'arrêter de parler. Qu'est-ce que notre bavardage, comparé à un prélude de Bach ou à la lumière de Provence : un jacassement épouvantable !

B

Alors quoi : le silence total !

A

Encore faut-il le mériter. C'est une récompense, un secret, un don sans prix, puisqu'il nous permet de nous réconcilier.

B

De nous réconcilier ?

A

J'ai bien dit : de nous réconcilier !

B, *rêveur.*

Réconcilier !... curieux mot... Mais... Nous réconcilier avec qui ?

A, *tranquillement.*

Avec nous-mêmes, avec tout, avec rien.

B

Vous êtes en désaccord ? Attention ! Il paraît que cela se soigne !

A, *gravement.*

Je suis de ces malades qui ne veulent pas guérir.

B, *bougonnant un peu.*

Oui, je sais, je sais. Et puis, pour se soigner, il faut beaucoup parler, n'est-ce pas ? C'est cela qui vous fait peur ?

A

Non, ce n'est pas la parole qui me fait peur, mais l'usage que nous en faisons.

B

De toute façon, elle est dévalorisée, cette monnaie ! Galvaudée, usée, piétinée, déformée. Elle ne charrie que la douleur ! Ou encore la banalité. On ne sort pas du fait divers !

A

C'est justement pour cela que je voudrais en faire un autre usage.

B

Celui des poètes ? Un son pour un sens ! Un harmonieux malentendu !

A

Plus que cela ! Un malentendu qui aille jusqu'au bout de lui-même !

B

C'est-à-dire ?

A

Je ne sais pas, moi : peut-être jusqu'au non-sens absolu !

B

Voilà qui doit être facile ! A la portée d'un enfant !

A

Beaucoup plus difficile que vous ne croyez. Dans le sens où je l'entends, c'est un exercice qui demande beaucoup de courage et de persévérance. *(Sur un ton rêveur :)* Cela peut demander toute une vie !

B, *incrédule.*

Ouais ! Et, dites-moi : pour parvenir à quel résultat ?

A, *avec une légère irritation.*

Bigre ! Vous brûlez les étapes ! Un peu de patience ! Vous embrouillez tout : la musique et le paysage, la parole et le silence !... Voyons, tout cela mérite plus de réflexion, de lenteur !... *(Changeant de ton, soudain familier.)* Et puis, d'abord, asseyez-vous ! Vous avez fait un long chemin jusqu'ici, un chemin qui monte. Ensuite, vous avez gravi des escaliers, beaucoup d'escaliers ! Respirez, respirez fort, comme dit le médecin !

B, *ironiquement.*

Merci, docteur ! *(Un temps.)* Voilà... je m'assieds... Je reprends mon souffle... *(Un temps.)* Pardonnez ma précipitation. Oui, la vie m'intéresse, me passionne... je veux comprendre... surtout ce qui concerne mes amis... Ainsi... depuis que je vous connais, je vous pose des questions, mais...

A

Mais... qu'est-ce qui ne va pas ?

B

Il y a que nous achoppons toujours au même point !... Il y a quelque chose en vous que vous n'expliquez pas — ou bien que je ne sais pas comprendre. Et cela, je vous l'ai demandé cent fois. Toujours en vain. Oui, je vous vois ici, seul, dans cet atelier rempli de lumière. Et c'est comme si l'obscurité régnait partout !... Encore une fois, que cherchez-vous ?

A, *comme s'il allait « s'expliquer » clairement.*

Je cherche quelque chose... quelque chose qui...

B, *l'interrompant joyeusement.*

Ah ! Enfin ! Nous brûlons ! Vous allez vous expliquer !

A, *embarrassé.*

C'est que, justement... je ne puis « m'expliquer », du moins pas au sens où vous entendez ce mot, c'est-à-dire au sens habituel, logique, discursif, méthodique...

B, *avec découragement.*

Alors, nous ne sortirons pas de l'impasse !

A, *pensivement.*

Il est vrai que je cherche quelque chose qui n'a pas de nom... presque pas de « sens »...

B

Diable ! C'est une devinette ?

A

Peut-être. Quelque chose comme cela, oui.

Un court silence.

B

Alors, alors... *(Soudain prenant un ton plus « inti-miste », à la fois délicat et pressant :)* Si nous procé-dions, voulez-vous, comme...

A

Comme ?

B

Eh bien ! Justement, comme des enfants qui jouent à « deviner » une charade ?

A, *d'une voix également plus grave.*

Pourquoi pas ! Autrefois, il y a bien longtemps de cela, pendant les nuits d'hiver, autour de la table, quand parents et enfants s'assemblaient pour jouer à ce jeu et que la première voix posait la première question, j'étais saisi d'un frisson. La « première question » !

Il y avait alors, sans doute dans l'air, quelque chose de sacré. Comme si l'on allait « évoquer les Esprits » !

B, *riant.*

Donc, si je questionne, voulez-vous répondre à la façon des « tables tournantes » de nos aïeux ! En frappant du pied ? Un coup pour « oui », deux coups pour « non » ?

A

Ne plaisantez pas ! Tout cela est très grave.

B

Alors ? Je commence ?

A

Allez-y !

B

Attention ! Je pose la première question ! Vous êtes
prêt ?

A

Je l'espère.

B

Bon ! Voici la première de toutes mes questions :
est-ce une « chose » ?

A, *comme « soufflant » un conseil clandestin
au partenaire d'un jeu.*

Dz, dz ! Trop direct ! Vous devriez nuancer.

B

Bon, supposons que vous ayez répondu, ce qui n'est
pas le fait, je me permets de vous le faire remarquer !
— Et procédons autrement : cette... disons : cette
« chose » depuis quand est-elle entrée dans votre vie ?

A

Certainement depuis mon extrême jeunesse. Depuis
mon enfance, même !

B

Avez-vous un souvenir précis, une date, une heure,
un instant, que sais-je ?

A

Attendez ! Laissez-moi me recueillir un peu. *(Un
temps.)* je crois... qu'elle ne m'a jamais quitté.

B

Pouvez-vous me la décrire ?

A, *avec effort.*

Cela est difficile. Elle a pris tant de visages ! Cependant, il me semble... Oui, c'est cela ! Je vois quelque chose...

B

Quelque chose de clair ou quelque chose d'obscur ?

A

C'est selon : lumineux dans la nuit profonde, sombre par temps clair.

B

Quelque chose d'immobile ?

A

Non.

B

Quelque chose qui bouge ?

A

Oui, c'est cela. Quelque chose d'animé, tantôt très clair, tantôt ténébreux, qui s'élève et s'éparpille aux quatre vents !

B, *comme se parlant à lui-même.*

Bon. Je crois voir un jet d'eau... Peut-être ? Non, plutôt un feu d'artifice... Pourquoi pas une meule de foin qui prend feu !... Et même une « balle traçante », un chapelet de balles traçantes ! Mais, alors, est-ce la paix, la guerre ? Cet enfant rêveur...

A

Que dites-vous ?

B, *comme revenant à lui-même.*

Rien ! Je me parlais à moi-même... Continuons. Que savez-vous encore ? Souvenez-vous !

A

Je sais que je l'ai vue souvent briller de ses mille
petites mains ouvertes. De ses mille petites mains
ouvertes tendues à la lumière. A la lumière. Pour s'en
nourrir. Pour s'en nourrir. Oui, pour s'en nourrir.

B, *toujours comme s'il parlait à lui-même
et non à l'autre.*

C'est ainsi. C'est une plante. Une plante vivante au
début du printemps. Ses feuilles dépliées, ses pousses
nouvelles, bientôt ses fleurs, bientôt ses fruits, bientôt
ses fleurs, ses fruits.

A, *continuant de son côté comme s'il ne parlait
plus avec son partenaire.*

Souvent, dans ses profondeurs, dans les innombrables effets de son épanouissement, je plongeais mon
regard et je ne savais ce que je devais préférer, des
rayons recueillis sur ses bords ou de la fraîcheur que
l'on goûte à son ombre.

B, *comme s'éveillant d'un rêve.*

Étrange ! Je ne sais plus si vous parlez d'un arbre
qui vous fut cher dans je ne sais quel jardin, ou de la
lumière elle-même ! On m'avait bien dit que vous ne
parliez que par métaphores !

A, *presque durement.*

C'est faux ! Tout ce que je dis, je me le représente
avec précision ! Ce sont les autres qui voient des
métaphores là où il n'y en a pas !

B

Pardonnez-moi de vous avoir interrompu. Où en
étions-nous ?

A, *avec force.*

Je vous le répète : tout ce que je vois, je le vois avec
précision. Mais c'est un spectacle qui change sans
cesse. Mes mots et mon spectacle intérieur se donnent
la chasse mutuellement. Je ne sais qui précède l'autre.

Ainsi pendant que nous parlions, cette « chose » comme vous dites, je crois bien qu'elle est devenue un « être », un être vivant...

B

Mais, elle était « déjà » un être vivant, non ?

A

Sans doute, sans doute. En tout cas, elle offre toutes les qualités sensibles qui peuvent provoquer en nous les sentiments les plus vifs ! Parfois les plus contradictoires ! Et même...

B

Et même ?

A

Et même la passion ! Oui, la passion la plus furieuse !

B

Une passion pour un jet d'eau, pour une plante, pour un feu d'artifice, pour un arbre ?

A, *avec humeur.*

Eh ! Qui vous parle de jet d'eau ou d'arbre ? C'est vous qui l'avez dit, pas moi !

B

Vous avez parlé de « passion »...

A

Je ne me dédis pas. Oui, si j'en ai fait ce que j'ai fait, c'est parce que je ressentais au fur et à mesure, l'amour d'un créateur pour l'objet de sa création, un amour qui grandit, se transforme, en même temps que son œuvre.

B

Pouvez-vous au moins décrire une pareille naissance ? Était-ce en vous-même ?

A

Quelle question ! Bien entendu, tout ce que nous créons est d'abord en nous-mêmes. Mais la chose créée, vous le savez bien, se sépare enfin de nous et alors nous pouvons la regarder avec nos yeux, la toucher avec nos mains. Je lui lance un appel par jeu, comme une pierre : l'écho me revient : c'est un rire, il me ravit !

Un temps.

B, *avec une sorte de petit rire amer.*

C'est drôle ! Je ne comprends qu'à peine ce que vous me dites...

A, *l'interrompant.*

Il n'y a « rien » à comprendre !

B

Alors, c'est comme la musique ?

A

Du moins le mot « comprendre » n'a plus le même sens. Disons que vous « suivez », comme on suit des yeux quelque chose qui change.

B

C'est sans doute cela, puisque je suis entraîné dans votre jeu. Toujours le jeu ! Un jeu d'enfant. Maintenant, c'est « Colin-maillard » : j'ai un mouchoir serré sur les yeux et vous m'entraînez par la main !

A, *riant.*

Attention ! Ne tombez pas !

B

Continuons ! Nous en étions à la création, à la joie de créer.

A, *volubile, avec une sorte de plaisir sauvage.*

D'abord des calculs ! A la base de tout, des calculs ! Des mesures. Des masses de mesures. Méticuleuses !

Minutieuses ! Et puis, quand l'ouvrage a pris forme, mille mains avides s'en emparent. On dirait que c'est pour détruire, pour arracher. C'est peut-être vrai : créer, c'est d'abord une sorte de désastre. Comme il s'y entend, l'homme, comme il est à son affaire quand il faut, à la fois, abattre et édifier, tuer et mettre au monde, séparer, piller et rassembler ! La confusion commence : l'ordre souverain est au bout ! Pour le moment le tumulte, le pire désordre ! Les cris ! Les bruits ! Ce que l'on heurte, ce que l'on brise, brûle, submerge ! Et moi au centre de tout : « Calme-toi, calme-toi, sois patient, attends ! Attends, cela va prendre figure !... » Et en effet, vient le moment où l'on distingue quelque chose !

B, *de nouveau comme se parlant à lui-même.*

L'œuvre, c'est cela. L'œuvre plastique à n'en pas douter. A moins que ce ne soit la scène d'un théâtre, ou les deux : une grande stabilité d'où sort la tragédie. Des formes qui pleurent, qui supplient, qui s'agenouillent. Avec ce rire énorme : un soleil de carton !

A, *continuant de son côté, comme en rêve.*

Je vois un éclair dans la nuit. Là, devant moi, un contour !

B, *même jeu.*

Un plan, un dessin, une figure voilée...

A, *même jeu.*

Une rencontre de lignes absolues, une figure, d'abord sans visage... Maintenant, les courbes s'animent, palpitent, respirent ! L'aurore caresse un tendre volume ! Toute cette ombre amassée dans les creux ! Un relief qui accroche la lumière ! Puis une autre. On dirait une planète offrant sa joue au soleil...

B, *même jeu.*

C'était une statue, dont la lumière fait lentement le tour. Heureux qui voit le temps s'éveiller, puis s'éteindre sur elle !

A, *même jeu.*

L'achèvement est proche. L'ensemble se présente : aisé, habitable, rythmé. Oh ! Les premiers instants, le seuil aimé à peine franchi ! Paupières, volets ! Iris, vitraux ! Jambes, colonnes ! Chapiteaux, chevelure ! Je pénètre dans mon désir ! Je suis le visiteur satisfait et fourbu.

L'édifice, mon tombeau, ma volupté !

B, *changeant de ton.*

Ah ! Cette fois ! Arrêtez-vous !

A, *réveillé.*

Qu'y a-t-il donc ?

B, *haletant un peu.*

Enfin ! Voilà ! Enfin, je crois vous avoir compris... cerné ! Bâtisseur ! Architecte ! C'est bien là votre vocation, non ? Tout objet de votre pensée, tout obstacle à votre regard, tout se résout en monument, tout fluide en stabilité, tout rêve en pesanteur ! *(Un silence.)* Répondez ! Dites que j'ai raison !

A

Peut-être... *(Un temps.)* Peut-être... *(Un temps, puis reprenant, d'une voix de confidence :)* Peut-être, mais écoutez-moi ! Écoutez-moi bien ! Il est un nom, un mot qui retentit à travers l'Histoire et que je ne veux pourtant pas prononcer : ou bien sa banalité nous offusque, ou bien sa splendeur même interdit qu'on le nomme. Mais je veux bien en conjuguer le verbe et dire, comme un des grands fondateurs de la Foi religieuse, parlant de son passé profane : « J'aimais aimer... » vous ne dites rien ?

B

Je vous écoute.

A, *continuant avec une infinie tendresse.*

Elle était tout silence et souvenir. Il suffisait de la regarder vivre, de l'entendre marcher. Une fois passé

le détour de la route, elle était plus présente encore.
Elle ne cessait de cheminer, toujours proche et toujours invisible...

B, *avec une sorte de respect dans la voix.*

Les gens qui aiment vraiment, puissent-ils parler
comme vous ! La femme la plus réservée serait fière
d'un tel hommage !

A, *d'un ton de plus en plus rêveur.*

Une femme... une femme... Oui, vous avez raison :
c'était bien une femme, ce long pays de collines
sauvages, couché au bord de la mer, dans l'odeur des
résines. La noire mâture des cyprès, la fumée grise des
oliviers, le vent froid et courroucé qui rend la chair
glacée comme un marbre, le soleil fou, les vagues
violettes ou vert sombre, tout donne à son visage le
teint mat, orageux et fier, ces longs yeux qui pleurent
dans leur rire. J'adore, sur cette terre, le masque
tragique posé d'une façon si parfaite et si définitive
que, malgré l'ombre remuée par les nuages, il équi-
vaut à la sérénité.

B, *au bord de l'irritation.*

Pourrais-je enfin savoir de qui et de quoi vous
parlez !

A, *avec étonnement et simplicité.*

Je parle... je parle... tout simplement... presque sans
paroles. En tout cas sans raison, — sans « idées »
surtout. Mais j'avance quand même. Je vais où je vais.

B, *véhément.*

Où allez-vous ? Que cherchez-vous ?

A

Je vais à la quête d'un seul et même objet, multiple
en apparence, un et un seul en réalité. Il est sans
limites. Sans nom. Fluide et solide, présent et absent.
Il est et il n'est pas.

B

Diable! Vous mariez Parménide et Héraclite! Et moi qui vous écoute, que faire?

A

C'est le moment du silence. Je vous l'ai dit en commençant. Oui la parole est à son comble quand elle nous force, enfin, à nous taire. C'est que notre silence personnel peur seul lutter avec lui qui nous entoure.

B

Notre silence, oui, mais, aussi la musique. Jouez donc, s'il vous plaît, la fin de ce prélude : là où notre parole s'arrête, il commence. Aucun mot n'est plus nécessaire.

> *On entend au piano la fin du prélude de Bach interrompu au début du dialogue.*

LE DÉSERT DES MOTS

Andante sostenuto

B

Je vous trouve pensif et comme... épuisé ! Serait-ce l'effet de la musique de Bach ?

A

La perfection ne m'épuise pas. Dites plutôt qu'elle me rend « désert » : c'est une nuance !

B

Quel sens attachez-vous au mot « désert », du moins en ce qui vous concerne ?

A

Le mot « désert » ? ? *(Après un court moment de réflexion.)* D'abord, je vous l'ai dit, les mots n'ont pas de « sens » pour moi.

B

Que sont-ils ?

A

Des points de repère, rien de plus. Ou, si vous voulez, des « noyaux », des pôles d'attraction autour desquels pivotent, en grand nombre, toutes sortes d'allusions directes ou indirectes, des images avec leurs reflets, des sons avec leurs harmoniques. Beaucoup de souvenirs aussi et beaucoup d'erreurs. Chaque mot est un système complet, plus ou moins aléatoire, de gravitations. Un astre, un soleil qui a sa naissance, son apogée, son déclin. J'ajoute que, souvent, les plus beaux sont ceux qui sont morts et qui sont inutiles et disponibles.

B

Alors, le mot « désert » ?

A

C'est le plus riche, puisqu'il suggère, par contradiction, la plénitude ! C'est pourquoi, pour le retrouver, il faut partir de très loin.

B, *goguenard.*

S'il faut évoquer la Création tout entière, nous n'en finirons pas !

A, *riant.*

Rassurez-vous, nous allons simplifier ! Nous sauterons à pieds joints de jalon en jalon.

B

Et quel est le premier ?

A

Vous admettrez aisément, j'imagine, que notre vie de tous les jours est, en quelque sorte, alourdie, encombrée par une incroyable quantité de « choses » et qu'à toutes ces « choses » sont attachés, précisément, des « mots » ?

B

Cela me paraît évident. Mais que sont donc ces « choses » ou ces « mots » ?

A

J'appelle ainsi, en premier lieu, les objets concrets les plus proches, ceux dont nous éprouvons la solidité par le contact de notre corps, par les douleurs et les formes qui les signalent à notre vue. C'est de ceux-là qu'il faut, d'abord, *se détacher*.

> UNE VOIX D'ENFANT, *très distincte et sonore, mais à un plan éloigné. Elle est monocorde et sans intonation, comme celle d'un écolier énonçant une énumération dans une « leçon de choses ».*

La chaise, la table, le tableau noir, la craie, le torchon, le portemanteau, les manteaux, les chapeaux, les murs, les fenêtres, l'arbre dans la cour, la pluie, les gouttières, les toits des maisons, les cheminées...

> A, *continuant comme s'il n'avait pas entendu.*

Je me débarrasse ensuite non seulement des choses que nous avons sous les yeux, ici et maintenant, mais de toutes celles que nous ne voyons pas, et dont nous connaissons pourtant l'existence, par notre expérience de chaque jour.

> LA VOIX D'ENFANT

La rue, les autobus, le bulldozer, l'élévatrice, la perceuse automatique, les feux verts, les feux rouges, la gare, les rails, les signaux, les locomotives, les wagons, les coups de sifflets, l'aéroport, le haut-parleur, la caravelle, le décollage, le mur du son...

> B

Si vous voulez vous « débarrasser », comme vous dites, de tout ce qui existe, il vous faudra épuiser le dictionnaire !

> A

Patience, nous y arriverons, à votre « dictionnaire », mais ce sera pour le déchirer ! En attendant, ce que je veux jeter par-dessus bord, ce n'est pas seulement la succession logique de ce que je vois et de ce que je me représente, de ce que j'entends et de ce que je connais : c'est aussi l'accumulation vraiment incroyable, disparate, désordonnée, de tout ce qui passe par mon imagination, quand je m'éprouve vivant parmi les vivants, citadin parmi les citadins.

B

Mais votre imagination est riche! Ce doit être un drôle de bric-à-brac!

A

Mon bric-à-brac personnel n'est pas plus considérable que celui du premier venu, si je mets côte à côte les traces de ma propre vie et les souvenirs de mes lectures, journaux et catalogues compris, sans compter, bien entendu, cet océan de signes : l'univers de l' « audio-visuel » !

B

N'oubliez pas la publicité, ni les graffiti!

LA VOIX D'ENFANT, *accélérant son débit.*

La concierge, le Vésuve, le shérif, la télévision, la mitrailleuse, le lion, Jules est un salaud, la citrouille, la Cordillère des Andes, le cobra, le sang, Irma, je t'aime, à toi pour la vie, les hirondelles, la boucherie, les baigneuses nues, le linge sale, la prison, le poison, les bombes, les cercueils, la police, les réservoirs d'essence, le chat, la vipère, le clairon, la souris, la souricière, le tampon-buvard, le whisky, le jupon, les détergents...

B, *comme une réflexion à part.*

Comment peut-on vivre au milieu de tout cela!

A

Je ne vous l'envoie pas dire!

B

Je m'indigne, mais pas dans le même sens que vous! Je ne me plains pas de ce déluge de mots, mais de toutes les proies humaines que ce déluge engloutit!

A

Laissez-moi continuer. Ce que je veux ensuite évoquer, *pour le conjurer*, c'est l'immensité du chaos qui m'entoure et qui pénètre en moi de toutes parts. Ici coexistent les objets les plus disparates, le minuscule et le gigantesque, les qualités sensibles et les idées générales, les êtres humains et les mouvements de la Nature, les découvertes de la science, les surprises de la technique, les chefs-d'œuvre des artistes, que sais-je encore ? Ouf !

B, *ironique.*

Ce fatras vous incommode ? Voulez-vous que j'ouvre la fenêtre ?

LA VOIX D'ENFANT, *implacable, martelant les mots avec indifférence et cruauté.*

La pitié, l'ordure, le précipice, la contrainte, l'éloquence, le ministre, la fête, la torture, l'opium, le bagne, la tendresse, le mouchard, le proton, le garçon d'étage, la luxure, le Discours de la Méthode, le Principe d'Incertitude, la pollution, le plastique, l'énergie atomique, le Vol du Bourdon, la Ronde de Nuit, l'huile de ricin, l'aménagement du territoire, le sex-appeal, la pendaison, les complexes, les satellites artificiels, le barbecue, la mandarine, la ballerine, le volcan, la famine, la gastronomie, le choléra, le stiptease, l'usurier, le maquereau, le conseil d'administration, le pénitencier, les bonnes manières, la fessée, le progrès...

B

Grâce ! Grâce ! Arrêtez ! Respirons un peu !

A, *durement.*

Je ne vous ferai grâce de rien ! Car ce n'est pas tout. Notre vie est encore bourrée, on l'a dit cent fois, des traces, mal effacées, de l'Histoire, ancienne et moderne. L'écolier le plus ignare a la tête farcie d'innombrables « Images d'Épinal » qui lui viennent de ses livres de classes, et qui concernent tous les siècles...

LA VOIX D'ENFANT

Le pacte de Locarno, la Longue Marche, le traité de Munich, l'incendie du Reichstag, le Rubicon, la Saint-Barthélemy, la Sainte-Vehme, le défilé des Thermo-pyles, la Pompadour, Nefertiti, le passage de la mer Rouge, Borodino, Pharsale, le Golgotha, la guerre de Trente Ans, la guerre de Sept Ans, la guerre de Cent Ans, la guerre des Six Jours, la guerre de Sécession, le bûcher de Savonarole, le retour d'Ulysse, la prise de Constantinople, le 18-Brumaire, les 4 cavaliers de l'Apocalypse, la chute d'Icare, l'invincible Armada, les pestiférés de Jaffa...

B, *d'une voix forte, presque crié.*

Assez! Assez! Votre mixture est sacrilège! Vous entassez, pêle-mêle, les fables qui ne sont que des fumées et des massacres qui ont eu lieu réellement, pour la honte de l'humanité! Tout cela est abominable, repoussant! Ce n'est qu'horreurs sur horreurs, crimes sur crimes!

A, *ironisant à froid.*

C'est ainsi que vous appelez les jolis albums d'images de nos enfants? Allons, je reconnais que ce n'est pas réjouissant. Mais, pour le moment, j'essaie seulement de vous faire comprendre tout ce qu'il faut chasser, coûte que coûte, de notre esprit, tout ce qui nous empêche d'être seul...

B, *l'interrompant avec indignation.*

Ah, oui, et de goûter les saintes joies du « recueillement » c'est-à-dire de l'indifférence et de l'égoïsme!

A

Hé, comme vous y allez! Voudriez-vous que je me laisse submerger par les ruines de l'univers? Je ne suis pas un dieu pour mériter un pareil « crépuscule »!...

Allons, calmez-vous. Nous arrivons bientôt au désert rédempteur !

B, *ironique.*

Et que se passe-t-il quand vous parvenez enfin à ce bienheureux tête-à-tête avec vous-même ?

A

Ne vous moquez pas de moi ! D'abord ce vide — ou ce silence — n'est ni heureux ni malheureux : il est, ou plutôt, il n'est pas.

B

Encore les présocratiques ?

A

Prenez garde : Socrate va venir et il vous fustigera, si vous devenez sophiste !... Mais revenons à l'objet de votre curiosité ! Quand je fais ma gymnastique intellectuelle, j'essaie, en tout premier lieu de partir du plus simple, de la plus évidente constatation !

LA VOIX D'ENFANT

Je suis, tu es, il est, nous sommes, vous êtes, ils sont.

B

Comme vous y allez ! Vous savez bien que ceci est une affirmation douteuse !

A, *riant.*

Certes, puisque, pour affirmer le contraire, il suffit d'ajouter, devant le verbe, une minuscule clé pivotante : la négation ! Et puis les verbes sont articulés, comme des pantins : ils vont en arrière, en avant, ou marquent le pas, à volonté !

LA VOIX D'ENFANT

Je suis, j'étais, je n'étais pas, je ne suis pas, je serai, je ne serai pas, j'avais, je n'ai plus, j'ai été, je n'ai pas été, je ne serai pas, je ne serai plus.

B

A quoi cela vous sert-il de redescendre en Classe Enfantine ?

A

A retrouver l'élémentaire ! A me vider de toutes les images qui m'alourdissent ! Ces verbes primitifs, ces conjonctions-pivots ne sont plus que des fragments de verre. Transparents et brisés, ils ont de moins en moins de contenu.

B

Alors, encore une fois, permettez-moi de vous le dire, votre effort pour vous alléger n'est qu'un exercice d'égoïsme. Quand tous les mots sont vidés de leur sens, il reste la douleur ; elle est inépuisable. Bon sang ! Comment faites-vous pour oublier la douleur ?

A

Nul ne songe à l'oublier. Elle est notre réalité, d'un bout à l'autre de la vie. Mais, précisément, je sais que le terme de toute vie est de dépasser la douleur — par la disparition. Je cherche donc à me procurer, dès ici-bas, ce néant, ce salut. Je me délivre peu à peu de tout par la pensée. Si vous préférez, je secoue le diction-naire et tous les mots tombent, comme des insectes nuisibles.

B, *cinglant.*

Il vous reste, sans doute, assez de vocabulaire, après la méditation du soir, pour réclamer à votre épouse un potage et un œuf à la coque ?

A

Parbleu ! Même les saints et les anachorètes avaient besoin de quelque nourriture pour rester en prière ! Mais je n'en suis pas là ! Rien, même un repas provençal, ne m'empêche de faire en moi le vide, quand je veux. C'est ce que j'appelais tout à l'heure : *être désert.*

B

Trêve de plaisanterie ! Vous m'avez dit que vous parveniez à cet état sans hâte, peu à peu, de degré en degré ?

A

Je cherche à oublier où je suis, qui je suis. J'apprends à gommer les images, à étouffer les bruits, à ne rien connaître.

B

Ce sont encore des mots !

A

Certainement. Mais je vous l'ai dit : je cherche les plus vides. D'ailleurs, pour atteindre mon but, il est une voie plus directe : je choisis les lieux de ce monde-ci où la parole humaine n'a plus accès — ou plus de sens.

B

Que voulez-vous dire ?

A

Il est des paysages primitifs — de plus en plus rares, c'est vrai — où il suffit de vivre, de respirer et de se taire, pour que se produise cette merveilleuse « réconciliation » dont nous parlions tout à l'heure. Les plus proches, les plus chers à mon esprit, ce sont ceux-là qui m'entraînent aussi le plus loin.

LA VOIX D'ENFANT

La lisière de la forêt, le haut de la colline, les champs à perte de vue, une île sur un plateau d'argent, le fleuve qui fuit, l'océan qui reflue, les sentiers obscurs, le premier reflet, l'ombre qui s'allonge, la neige sur les sommets, le brouillard miroitant, un bain de chaleur, l'écume de la mer, le sommeil d'été, les nuits d'hiver, le pré en pente, les gouttes d'eau sur les aiguilles de pin, les roches rouges, le ciel gris, la

pluie sur le lac, une petite étoile avant l'aube, le
tonnerre dans le défilé, le Sirocco, le Mistral, le
Ponant, la Tramontane, la Bise...

B

Encore des mots ! Toujours des mots !

A

Avouez qu'ils sont de plus en plus *vides !* Quoi de
plus vide que le vent !

B

S'ils étaient tout à fait vacants, et fragiles, comme
des bulles de savon, ce ne serait plus des mots :
seulement des sons ou des bruits !

A

Pourquoi pas ? C'est toujours le terme ultime du
langage : ressembler au murmure des choses.

B

Vous croyez vous évader dans le végétal, dans le
minéral. Mais vous restez enfermé en vous-même. Un
pauvre homme, je vous assure, comme moi, comme
nous tous ! Vous verrez quand viendra la maladie... ou
la mort !

A

Je n'élude rien. Je ne me dérobe pas à ma condition
mortelle. Tant que je vis, j'ouvre mes fenêtres à un
espace sans bornes, en tout cas le plus grand que je
puisse concevoir.

B

Espace ! Que veut-il dire encore, pour vous, ce trop
grand mot ?

A

C'est à la fois ce qui peut tout contenir et le refus de
toutes les choses. Le vide absolu.

B

Alors, il est imaginaire ?

A

Je suis moi-même un personnage imaginaire : je ne
suis qu'une voix. Je n'aurai bientôt plus de nom.
Comme vous, comme nous tous !

LA VOIX D'ENFANT, *ralentie et comme apaisée.*

Un souffle. Un battement d'ailes. Un soupir. Un
frémissement. Un passage. L'oubli. Le départ. L'absence. La fin. L'isolement. Le silence.

> *Un temps, puis quelques sons musicaux
> espacés, comme rêveurs, assez discrets.*
> *Puis ils deviennent plus nourris, plus
> rapprochés, tout en restant dénués de
> rythme. Enfin, ils deviennent nettement
> angoissants, avec des sons de batterie :
> cymbales, caisse claire, timbale, etc., tantôt
> très lents, tantôt bizarrement précipités.*

LE CRI

Dramatico

Aussitôt après les derniers sons musicaux.

A

Venez revoir ce paysage que vous aimez tant : montons sur la terrasse !

B

Je me méfie de vos spectacles — imaginaires ou réels ! Vous m'avez déjà joué un tour, au début de notre conversation ! Souvenez-vous ! Un jeu de passe-passe ! A peine parliez-vous de quelque chose et à peine avais-je cru comprendre, que déjà votre imagination mouvante avait substitué une figure à une autre ! Finalement...

A

Finalement quoi ?

B

Finalement, je suis resté sur ma faim !

A

C'est le rôle du langage : il provoque, il ne satisfait pas. Il provoque à d'autres approches, comme il provoque à l'action. Je vous l'ai dit, la parole est un appel, plutôt qu'un contenu. C'est pourquoi nous restons « toujours » sur notre faim.

B

Il y a pourtant des mots que j'aime contempler, sous toutes leurs faces : c'est ce que l'on appelle « réfléchir », je crois.

A

Ne les contemplez pas trop longtemps ! Si vous les fixez, ils s'évanouissent. Répétez mille fois et davantage le même mot, vous verrez : au bout d'un moment, vous ne saurez plus ce qu'il veut dire ! Il faut faire bouger le langage. C'est ainsi que nous avançons : de chute en chute, d'une erreur à une autre. La vie du langage, vous le savez bien, c'est le malentendu. Un glissement perpétuel.

B

Vous parlez en poète ! Pourtant il est des langages exacts. Les divers langages scientifiques et techniques correspondent à des séries précises d'opérations sur les choses, non ?

A

Toute série peut être modifiée.

B

Sans doute, mais les opérations suivent et ce « glissement » comme vous dites, n'a dans ce cas, rien d'arbitraire. Mais vous, vous parlez en poète !

A

Je dis seulement qu'il faut combiner d'une façon nouvelle des éléments déjà connus, et même presque détruits. S'avancer. Aller jusqu'au bord du non-sens. Faire bouger les mots, les allumer, les éteindre, les forcer à produire des étincelles jamais vues !

B

C'est là tout le spectacle que vous m'avez promis ?

A

Non, pas seulement cela. Suivez-moi sur la terrasse ! C'est ici que la parole nous abandonne et que
l'apaisement nous vient.

B, *soupirant.*

J'en doute. Nous ne sortirons pas de nous-mêmes.
Nous sommes enfermés dans nos paroles.

> *On entend les pas des deux hommes
> monter un escalier, fouler un sol dallé, puis
> s'arrêter. Ambiance sonore de plein air. Ils
> sont sur la terrasse.*

A

Le moment est bien choisi : la fin de l'après-midi, la
fin de l'été. Il y a dans ce ciel et dans cet horizon, à la
fois toutes les ombres et toutes les lumières.

B

La première impression est reposante, j'en
conviens. Les demeures des hommes semblent peu de
chose, au pied des montagnes, au milieu des bois, au
bord du golfe... Pourtant...

A

Allons, pas de restriction ! Ce pays sauvage n'a guère
changé depuis les temps antiques, peut-être même
depuis l'âge lointain où l'homme n'était pas encore de
ce monde. Si je le veux, je ne vois ici que solitude. Et
j'en ai grand besoin, pour supporter ma propre vie.

B

Comme nous sommes différents ! Après le premier
éblouissement devant ce vaste espace, ce qui me
frappe, au contraire, c'est que l'homme moderne,
méthodique, implacable, pousse en avant son infer-
nale machinerie ! Depuis ma dernière visite, je
constate hélas ! le progrès de ce trop fameux « urba-
nisme » ! Un noble nom pour baptiser toutes sortes
d'horreurs ! Tenez ! En face de nous, de l'autre côté de

la vallée, une admirable forêt de pins a été trouée par une cité nouvelle. Elle est affreuse. Une plaie béante !

A

Je conviens que cette architecture est laide. Mais elle est faite de tours et de terrasses, comme un escalier cyclopéen, surplombant des rochers abrupts. Au moins, je suppose qu'il fait bon vivre dans ces appartements superposés !

B

Oui, les terrasses sont bâties de telle manière que les habitants ne peuvent se voir les uns les autres. Ce n'est pas si rassurant ! Je penserais plutôt, moi, à un camp de concentration ! Quelque mirador par-ci, par-là... *(Ironisant avec tristesse :)* ... mon Dieu, cela pourrait servir, en cas de guerre !

A

Pourtant, ces sortes d'ensembles, on les appelle tous « Cité heureuse », « Tour du soleil », « Bonjour, silence », que sais-je encore ?

Un temps.

B

Tenez, voilà quelqu'un qui s'avance sur une des plus hautes terrasses !

A

Je le vois, oui. Un homme en vacances, sans doute ! Ou bien, comme disent les agences de voyage, un « joyeux retraité » !

B

Pas si joyeux que ça, on dirait ! Voyez quel bizarre comportement il a ! Il ne marche pas, il court !... Il court jusqu'au parapet ! Soudain, il s'arrête !... Puis, le voilà qui retourne dans l'ombre !... Il disparaît... Non, le voilà qui revient ! Il surgit dans la lumière du jour finissant !... Il recommence à courir !... Il jette ses bras en l'air, il semble égaré!... Que va-t-il faire? Est-ce qu'il sait qu'il y a peut-être 200, 300 mètres de rochers abrupts au-dessous de lui?

A, *sur un ton étrange.*

Probablement, c'est un jeu. Il veut s'habituer au vertige, à l'abîme!

B

Mais voyez! Voyez! Il... il... il enjambe la mince rampe de fer! Bon sang, il faut l'arrêter! Vite! Faites quelque chose!

A

Que pouvons-nous? Rien! Cela se passe à plusieurs kilomètres d'ici! Crier? Il ne nous entend pas!

B

Alors, téléphonez, vite, vite!

A

A qui? Je ne connais pas le nom de cet ensemble.

B, *hurlant.*

Hé! L'homme! Arrêtez-vous! Au secours! Au secours!

A

Votre appel est inutile!

B

Misérable! Insensible! Voyez! C'est fait! L'irréparable est accompli! L'homme s'est jeté du haut du balcon! Une chose effrayante!... Mais... par chance, il a été arrêté par un rocher!... On peut le sauver!... Courons!...

A, *froidement.*

Non! Prenez cette longue-vue! Que voyez-vous?

B

Attendez que je repère ! Que je mette l'image au point !... Là, je le vois ! C'est comme s'il s'avançait brusquement vers moi pour implorer du secours ! Hélas, hélas ! Il a le crâne et les reins fracassés ! Il est inanimé, couvert de sang, ses vêtements en lambeaux ! Mais ne restons pas ici, inertes ! Il faut faire quelque chose !

A

C'est sûrement trop tard... Pourtant je veux bien téléphoner... C'est tout ce que nous pouvons faire... Attendez-moi un instant !

> *Pas précipités sur la terrasse. Pendant un court instant, le silence est occupé par un battement musical régulier, soit un métronome, soit un long roulement de tambour voilé, soit des coups espacés de timbale.*
> *Puis, de nouveau, des pas sur la terrasse. Monsieur A revient.*

A, *un peu essoufflé.*

J'ai téléphoné. Ils étaient prévenus !

B, *épouvanté.*

Comment ? Que dites-vous là ?

A

Oui, c'est un suicide ! L'homme a lancé un appel avant de se jeter du haut de la terrasse. On est parti aussitôt à son domicile !

B

Dans son désespoir, il espérait donc du secours ! Mais vous avez raison : déjà je vois trois, quatre silhouettes accourir sur la terrasse.

Les sauveteurs se penchent... Ils lancent des cordes. L'un d'eux se risque, descend par une longue échelle souple !... Voyez ! Voyez, mon ami ; aujourd'hui, l'homme n'est plus jamais seul, la société le protège !

A, *cinglant.*

Vous êtes fou! La société arrive toujours trop tard!
Seulement pour enterrer ses morts! En voici la
preuve!

B

Mais non, voyons! On va peut-être le sauver...
Tenez! Ils l'étendent sur le sol... Ils se penchent...
Pourvu que!... Hélas non! L'un d'eux secoue la tête.
C'est trop tard!

> *Un temps. De nouveau mais moins long-*
> *temps, le même battement sonore de tam-*
> *bour ou de timbale.*

B

Ah! Misère! Tout notre paysage est gâché, terni,
maintenant! Vous aviez raison : le beau visage de
votre Provence n'est qu'un masque tragique!

A

Ses traits n'ont pas bougé d'un pli! Ce masque est
impassible, éternel! Voyez comme la soirée s'illu-
mine! C'est la couleur d'une invincible tristesse.

B

Plus personne là-bas. On emporte le corps. J'ai
presque honte de regarder le soir s'éteindre longuement. On ne peut imaginer un plus parfait accord
entre ce que nous distinguons et ce que nous ne voyons
déjà plus!...

A

C'est le mariage de la réalité et de l'absence, le
concert silencieux de ce qui s'approche et de ce qui
s'en va...

B, *avec amertume.*

Comme toujours, la tragédie donne la main à la
sérénité...

Un temps.

A

Dans cette échancrure, là-bas, par où vous voyez la mer, et, plus loin, l'île du Levant, comme une longue baleine échouée, l'eau est une nappe d'argent qui commence à briller. Déjà la lueur lunaire monte à travers les chênes-lièges, alors que, de l'autre côté, le soleil est presque englouti, au-delà des collines. Sept rangs de collines ! Je les ai comptées !... Comme tout est redevenu calme !

B

La pire cruauté de ce décor : l'indifférence !

Nos drames perdus dans le paysage, comme la chute du petit bonhomme Icare dans le tableau de Bruegel !... Moi, j'enrage d'*assister* à la catastrophe sans faire un geste, sans protester ! Je me méprise ! Je me hais ! Je veux « participer » !

A

Vous ne pouvez rien empêcher... ou si peu !

B

N'aurais-je contribué que pour une part infime à freiner le malheur, je me sentirais déjà plus digne. Comme si je me sauvais moi-même !

A, *comme changeant de sujet.*

La nuit est tout à fait venue. Le vent est tombé. Il ne nous a laissé que sa fraîcheur.

B, *irrité.*

Quoi ? Nous venons d'assister impuissants, à un suicide et vous parlez de « fraîcheur » ! Décidément, vous me faites horreur !

A

J'ai vu la même chose que vous : j'ai vu un homme mourir. Comme vous, je déteste la mort. Mais maintenant, ce même horizon qui nous a *imposé* le drame, nous impose la paix, la splendeur, le ciel constellé.

B

Cœur endurci ! Votre égoïsme vous aveugle. Même
si vous n'aviez rien vu de terrible avec vos yeux,
l'imagination ne devrait pas vous laisser en repos ! A
chaque seconde, ici ou là, se commet un crime contre
l'homme. A chaque jour son désastre, son massacre !

A

A chaque seconde aussi chante une voix ici ou là. A
chaque seconde naît un enfant, une plante fragile, un
animal soyeux...

B, *se montant peu à peu, haletant.*

Je suis hanté par ce que je sais ! Je vois à distance. Je
vois et j'entends dans ma nuit ! Je vois les traîtres
ramper vers leurs victimes, les baïonnettes qui lui-
sent. J'entends le bruit des verrous qui se referment
sur des innocents, les bombes qui descendent par
grappes, les maisons qui s'écroulent, l'incendie qui
gronde, les mourants que l'on achève ! Je ne peux *rien*
accepter. Je ne peux *rien* oublier. Ce monde-ci n'est
qu'injustice et cruauté. Il m'asphyxie !

A

Rassurez-vous : vous aurez, comme les autres, votre
part de souffrance. Vous n'échapperez pas à votre
propre agonie ! Soyez donc innocent ! Pardonnez-vous
à *vous-même* ce que vous ne pouvez empêcher !

B, *voix de plus en plus indignée,*
de plus en plus réverbérée.

Non ! Non ! Ce n'est pas vrai ! Je ne suis pas
innocent ! Si je ne fais rien pour empêcher ce qui est
horrible, alors je suis coupable, coupable, je suis
criminel ! Je ne veux plus dormir ! Je veux veiller
jusqu'à la fin des temps ! Je veux hurler à la mort ! Je
veux briser la solitude, l'écrasement, la bouche bâil-
lonnée des faibles, la complicité des puissants ! Je
crierai jusqu'à ce qu'on m'entende ! Je crierai jusqu'à

ce que ma gorge éclate ! Les mots n'ont plus d'entrailles, plus de couleur, plus de sang dans les veines, plus aucun sens, plus aucun sens ! Coquilles vides ! Inexistantes ! Inertes ! Pulvérisées ! Incendiées ! Une ordure à jeter aux ordures ! Poussière des poussières. Cendre ! La cendre ! La seule parole valable, c'est le cri. Je veux crier, crier jusqu'à ma mort !

Un temps.

A

Taisez-vous ! Vos cris sont inutiles... Mais je leur reconnais une vertu : ils n'ont pas plus de sens que les mots !

B, *reprenant haletant, mais un ton plus bas.*

Pardon ! Les cris ont une action, s'ils n'ont pas de sens. Ils nous contraignent. Si je crie, c'est dans l'espoir d'être entendu, sauvé. J'attends, j'implore une réponse. Ne serait-ce qu'un autre cri, égal au mien !

A, *ironique.*

Peut-être, en prêtant l'oreille, peut-être la réponse va venir !... Voyez, les derniers nuages se sont dissipés. Le ciel transparent resplendit, comme un visage d'enfant qui vient de pleurer et qui demande la permission de sourire...

B

Homme insensible ! Vos paroles font un bruit sacrilège ! Vous feriez mieux de vous taire, vous aussi !

A, *toujours ironique.*

Attendez ! Attendez encore ! Si la « Réponse » allait venir !... Écoutez !... Écoutez bien !... *(Un vol de corbeaux passe en croassant.)* ... La voilà votre réponse ! Les corbeaux partent à la chasse : la dépouille des bêtes, les hommes fracassés, les terres dévastées... Vous n'aurez pas le dernier mot.

Quelques nouveaux cris de corbeaux qui s'espacent et qui s'éloignent. Ils font place, peu à peu, aux deux notes distinctes, tantôt superposées, tantôt détachées sur un rythme inégal, du chant cristallin des crapauds.

En même temps, on distingue un fort coup de vent.

LE DICTIONNAIRE EN LAMBEAUX

Finale

B

Curieux pays ! Quand le drame a éclaté, il n'y avait pas un souffle dans l'espace : en un clin d'œil, tout change ! Voici le formidable vent du Nord ! Les nuages balayés, volatilisés ! Mais ce torrent d'air froid me transit jusqu'au cœur !

A

Rentrons ! D'ailleurs, il fait nuit. La faible lueur de la lune, à son premier quartier, semble, elle aussi, trembler de froid. Comme les étoiles. Comme la mer. Comme nous.

> *Les deux personnages descendent l'esca-*
> *lier et se retrouvent, comme au début, dans*
> *l'atelier de Monsieur A.*

B

Il est effrayant, votre mistral ! C'est ainsi qu'il célèbre la mort : en soufflant dessus ?

A

Je vous l'ai dit : il donne à ma Provence un visage à la fois étincelant et glacial, plus vrai encore que la chaleur des jours d'été. Il sculpte dans le roc. Cela peut être aussi le marbre funéraire... Mais si vous avez froid à ce point, je peux allumer un grand feu de bois dans la cheminée ?

B

Non, non ! Rien : ni feu, ni lumière ! Je suis triste, c'est tout. Je suis découragé. Je sens que je vais être gagné par votre goût du vide. La nuit... le silence...

Un temps.

A, *légèrement gouailleur.*

Alors, même plus de paroles ? Quel renoncement !

B

Dites : quel dénuement ! C'est vrai : si je n'entends pas la voix d'un être humain, je suis perdu.

A

Contentez-vous du chant des crapauds, du cri d'une chouette. Cela vaut mieux qu'un lieu commun, ou un mensonge.

B

Le mensonge même est une intention. C'est un signe, une présence. Quand au lieu commun quotidien, je l'adore : « Comment allez-vous ? Et vous ? Très bien et vous ? Et vous ? Et vous ? Et vous ? Et vous ? » C'est moins que rien, mais c'est si rassurant !

A

Les mots, toujours les mots ! Décidément, ils vous tiennent compagnie, ils remplacent tout, à vos yeux !

B

Non, mais leur infinie disponibilité me plaît. Leur mobilité... surtout si c'est vous qui montrez la lanterne magique, en mélangeant les visions, comme tout à l'heure. Tenez ! Dans l'obscurité de votre studio, tout peut apparaître. Un nouveau spectacle ! Par le seul pouvoir des mots, pouvez-vous, par exemple, faire surgir de l'ombre, le choc des *couleurs* ?

A

Les couleurs, non, mais l'art des peintres, peut-être !
On peut, en tout cas, essayer de s'en approcher, par un
jeu d'images transposées, d'équivalences...

B

Transposez donc, je vous prie !

A

Diable ! Quelle œuvre ou quel peintre aimeriez-vous
susciter — ou ressusciter ?

B

Aucune œuvre connue ! Tenez ! Imaginez un peintre
qui n'existe pas encore !

A

Comme vous y allez ! Il est déjà difficile de rappeler
à notre mémoire le génie des artistes qui ont achevé
leur œuvre. Comment pourrais-je « imaginer » ce qui
n'est pas ?

B

Si les mots, dites-vous, sont sans pouvoir pour faire
briller en nous les couleurs véritables, ils devraient
être, du moins, capables de dépasser, à la fois, l'art et
le réel, le visible et l'invisible ?

A

Cela ne se peut, vous dis-je !

B

Essayez, par amitié pour moi ! Je vous assure !
L'affreux spectacle m'a plongé dans l'univers de la
tragédie. Essayez de m'apporter un réconfort, une
surprise heureuse !

A

Bon, bon, je cherche. Laissez-moi réfléchir...

B

Je vous écoute. Je ferme les yeux. Je veux vraiment *voir* dans ma nuit... *(Un temps.)* Ne vous pressez pas... il faut quelques instants pour disposer les images, comme des couleurs...

A

Attendez encore un peu !

B

J'attends.

A

Je vois bien poindre quelque chose... mais c'est toujours dans le vocabulaire, bien entendu...

B

Comment ça ? Dans le vocabulaire ?

A

Je veux dire que j'ai mis sur ma palette des affirmations, qui sont, si vous voulez, comme la gamme colorée. Mais je mélange tout au « négatif ».

B

Vous m'intriguez ?

A

Vous allez comprendre tout de suite. Voici !... Le peintre selon mon rêve, selon ma volonté, ce serait celui qui...

Il s'arrête.

B

Continuez ! Je suis impatient d'admirer ses toiles !

A

Vous allez être déçu ! Ce peintre-là serait pareil à celui dont parle Balzac. Son « chef-d'œuvre inconnu » serait tellement dense, tellement riche — les traits et les teintes se détruiraient si cruellement que l'on ne pourrait plus rien distinguer sur sa toile, sinon un effort surhumain et un échec égal à son « génie » !... *(Un temps. Riant :)* La voyez-vous, là-bas, dans les ténèbres, cette toile éblouissante ?

B

Oui, si vous faites un petit effort pour me la décrire !

A

Cette toile qui est en nous et hors de nous, ce sommet du réel qui confine à l'absence finale, ce panneau devenu d'un blanc pur sur la roue vertigineuse des couleurs du spectre, le voici tel qu'il est ou plutôt tel qu'il n'est pas. On n'y verrait ni les objets inertes dans leur obstination, ni les mouvements de la vie dans leur cruel éclat. On n'y verrait ni le jeu de l'ombre et de la lumière qui crée les volumes et les abolit tour à tour (voyez, cette hanche de femme, cet astre, cette pomme sur la table) ni la modulation céleste des nuances qui apaise la soif de nos yeux, ni les mains en avant de ta cécité, ô mon esprit qui dort sous les pierres, ni la course vers ce qui nous fuit, ni l'espérance qui s'étire à l'horizon et soudain se retourne pour nous transpercer. On n'y verrait ni les abominations de la guerre, ni l'ivresse éternelle de la joie, ni l'amour qui nous met au monde et nous ensevelit. On n'y verrait ni ce qui est connu ni ce qui est caché, ni même ce qui est inconcevable... Mais qui de nous n'a pas frémi devant une tache rouge sur un mur abandonné ? *(Un temps.)* On n'y verrait pas non plus « l'envers » de la toile, avec son allure de torchon et son odeur de ficelle !

Il s'arrête pour souffler un instant.

B

Continuez !

A

J'ai tout dit !

B, *ironique.*

Vous voilà donc repris par le Démon de la Négation ! Vous n'avez parlé que de ce qu'il « refuse »,
votre peintre inspiré !

A, *persifleur.*

Il est comme vous et moi : il est parvenu au bout de
son langage. Il ne peut aller plus loin. Il s'arrête. Et
moi aussi, je vais me taire, si vous permettez !

Un silence.

B, *soupirant.*

L'heure s'avance. Nous sommes recrus de fatigue.
Votre échec — notre échec se dissout dans le som-
meil... Je crois... que je vais... *(Il bâille.)* ... moi aussi...
m'endormir...

A

Seuls quelques mots surnagent.

B

Un non-sens absolu ! Un dictionnaire déchiré !

A

Voilà le grand triomphateur : le vocabulaire en
lambeaux !... Il reste quelques feuilles éparses : quelle
lettre initiale choisissez-vous ?

B

Choisissons une ou deux lettres... ou plutôt des sons
et des lettres !

A

Lesquels ?

B

Par exemple, les sons *s* et *z*, la fin de l'alphabet, deux
lettres voisines par leur forme sinueuse et par leur
sonorité ! *s ! z !* L'image zébrée de ce qui craque sous
une poussée intérieure : surgissement d'un être ou
éclatement d'une explosion, la sève, la semence,

l'éclair, l'éclosion et la ruine, naissance et mort !
Quant aux sons *s* et *z*, la déchirure, le sifflement :
oiseau ou serpent, insouciance ou suicide...

A

Trop de sens ! Encore trop de sens ! Faites jouer le
hasard, notre maître !

B

Bien, je commence. Je dis : sirocco... sortilège.

> *Tous les mots qui vont suivre, ou d'au-*
> *tres, que le metteur en ondes ou les acteurs*
> *peuvent ajouter, sans surcharge toutefois,*
> *doivent être prononcés dans la teneur et la*
> *prononciation de chaque langue et non*
> *« traduits » bien entendu.*

A

Stromboli... Satisfecit... Silicate...

B

Sinn... Sonne... Sémiramis... Souffler...

A

Sein ! Sein * !... Solitude... Sainteté... Seele !...

B

Sehen... Sehnsucht... Survivre... Serpent... Saltare...
Sound...

A, *bâillant.*

Succomber... Sacrilège... Sorgen... Saussure...
Socrate... Scandale...

B, *bâillant.*

Stradivarius... Sterben... Surprise... Sadisme...
Seligkeit...

---

* Le verbe *être* en allemand.

A

Sombrero...

B

Sonnailles...

A

Sisyphe... Sicilia... Speak... Sud... Sommet... Sabbia...

B, *dans un long bâillement.*

Sarcophage... Sleep... Schluss ! Schluss ! *(Réverbéré :)* Stop !... Speak... Sound... Speak... Zeus... !

Ils se taisent. Le vent souffle, puis s'arrête.

Rideau

L'A.B.C. DE NOTRE VIE

POÈME À JOUER

À Jacques Poliéri

AVANT-PROPOS

L'A.B.C. de notre vie *est un poème à jouer. Il est destiné à être réalisé avec les moyens du théâtre, mais sa structure formelle est inspirée de l'art musical : il est conçu comme un concerto. Un « protagoniste » joue le rôle de l'instrument concertant, cependant que les autres personnages — et principalement un chœur parlé d'une espèce particulière, — représentent la masse orchestrale.*

Quant à l'argument de l'œuvre, il consiste non pas en un sujet, *mais, — comme en musique — en quelques* thèmes, *diversement associés, opposés ou entremêlés.*

Il y a trois thèmes dominants : le premier souligne l'illusion fondamentale et en quelque sorte vitale, que nourrit chacun de nous, de constituer une entité distincte de l'ensemble de la société. Le chœur, par sa répétition lancinante des mêmes paroles, est là pour rappeler à l'homme seul qu'il n'en est rien et pour lui faire prendre conscience de la pression qu'exerce à tout moment sur lui le monde humain, dans le temps et dans l'espace, dans les profondeurs lointaines du passé historique, aussi bien que dans le moment immédiat, étendu à tout l'univers.

Le second thème exprime le pouvoir que seul possède l'amour, de nier ce passé et cette présence et de créer le splendide isolement du couple, par l'obéissance animale à un principe de recommencement, tout ensemble fugitif et éternel.

Ce thème conduit au troisième, dont l'affirmation clôt l'ouvrage, en dégageant le commentaire perpétuel de l'homme par l'homme, — commentaire représenté ici par le chœur, mais aussi par deux personnes semi-burlesques qui incarnent en quelque sorte les pages du dictionnaire, réduit, par goût de la contrainte, aux premières lettres de l'alphabet (méthode inspirée, toutes réserves faites, des prédéterminations de la musique « sérielle »).

Ce bourdonnement incessant des paroles, qui accompagne toute l'activité humaine, apparaît finalement comme égal — en grandeur et en vanité — aux puissantes rumeurs naturelles : le souffle du vent dans la forêt, le bruit de la mer.

PERSONNAGES

Quatre choristes hommes et quatre choristes femmes (ou davantage si possible). *Les uns et les autres choisis pour la diversité de leurs voix, de façon que les principales tessitures vocales — du grave à l'aigu — soient représentées dans le chœur.*

MONSIEUR MOT, *voix claire, mais masculine (baryton léger par exemple).*

MADAME PAROLE, *voix musicale, claire et chantante, très féminine (soprano).*

LE PROTAGONISTE, *voix « selon les cas », pourvu que l'acteur (jeune de préférence) qui tient ce rôle ait une personnalité, de l'accent, de l'autorité, en même temps qu'un certain « charme » simple, presque faubourien. Le protagoniste est « l'homme de tous les jours » — peut-être un employé, peut-être un ouvrier — qui va vivre devant nous sa journée de congé.*

NOTA. — *Si on ne peut « puiser » dans le chœur des acteurs incarnant le Criminel et les Amoureux, ce seront trois acteurs supplémentaires : un homme trapu et sombre, un jeune homme et une jeune fille.*

REMARQUES

LE CHŒUR

Les textes placés dans la bouche du chœur ne sont jamais dits simultanément ou « à l'unisson », ni scandés à la manière des « chœurs parlés » habituels. Lorsque tous parlent en même temps, ce n'est qu'un murmure plus ou moins fort, voire un brouhaha, mais le texte est toujours indistinct. *De ce fond indistinct se détachent alors des paroles distinctes, mais ces paroles sont toujours dites* successivement, *par des voix différentes, une seule à la fois, tantôt l'une, tantôt l'autre, — jamais plusieurs ensemble. Outre le fond (murmure ou brouhaha) indistinct, c'est la succession plus ou moins rapide des voix séparées, prononçant des paroles distinctes, qui doit donner l'impression chorale.*

MONSIEUR MOT, MADAME PAROLE

Les deux personnages ainsi appelés prononcent les mots du dictionnaire avec le maximum d'impersonnalité —, ce qui ne veut pas dire sans accent et sans nuances. J'entends par là que, pour eux, les mots sont plutôt des notes de musique ou des touches de couleur que des vocables. Les deux personnages jouent, souvent, un rôle burlesque et sont, en général, à mi-chemin entre le sérieux et l'humour.

LE PROTAGONISTE

Celui-ci doit, pour l'interprétation, se laisser aller à son inspiration propre, à son tempérament, de façon à donner au texte le maximum de pouvoir persuasif (sans « éloquence » vaine), en laissant toujours pressentir d'autres sens derrière ce qu'il dit, ou en donnant l'impression que celui qui parle a en lui une grande richesse de ressources, d'expérience vécue, de souvenirs et d'intentions. Au demeurant, il doit jouer très « décontracté », tantôt nonchalant, « les mains dans les poches », tantôt ému ou passionné.

LE DÉCOR

On peut concevoir qu'il n'y ait pas de décor ou qu'il n'y ait qu'un simple rideau, animé par divers éclairages colorés.

Mais on peut aussi imaginer un décor qui, sans être totalement abstrait, soit la synthèse d'une ville, vue à la fois à l'extérieur et à l'intérieur des habitations. Il faut donc des rues, des places publiques, des avenues, tout le désordre puissant et pathétique d'une grande cité qui a poussé au hasard et s'est échafaudée de siècle en siècle. Il faut des immeubles énormes, entassés les uns au-dessus des autres, comme il arrive dans un quartier construit sur une colline abrupte, des fenêtres proches ou lointaines, éteintes ou éclairées, mais il faut aussi quelque chose qui fasse penser à l'envers de ce décor, à l'intérieur des logements, en général étroits, pauvres et désespérément identiques.

Au fond de la scène — qui doit être assez spacieuse pour permettre une évolution aisée des personnages — s'élèvent des praticables, avec trois ou quatre marches profondes, en nombre inégal (par exemple, trois à gauche et quatre à droite), aboutissant à un deuxième plan où plusieurs personnages puissent se tenir ensemble et évoluer, le tout pour traduire divers effets, selon le déroulement du poème, avec différents plans *sonores et visuels.*

L'éclairage sera varié, riche, tantôt fixe, tantôt mouvant, comme dans les rues à circulation intense. Ne pas abuser toutefois des effets (trop souvent utilisés au cinéma) de publicité lumineuse. Même dans le mouvement des éclairages, tout doit être allusion et non « réalisme ».

L'A.B.C. DE NOTRE VIE

a été créé le 30 mai 1959
au Théâtre de l'Alliance Française
avec la distribution suivante :

LE PROTAGONISTE	*Georges Aubert*
PREMIÈRE FEMME RÊVANT	*Brigitte Cormier*
DEUXIÈME FEMME RÊVANT	*Alice Sapritch*
TROISIÈME FEMME	*Solange Sicard*
QUATRIÈME FEMME	*Huguette Cléry*
PREMIER HOMME RÊVANT	*Jean Filliez*
DEUXIÈME HOMME RÊVANT	*Jacques Couturier*
TROISIÈME HOMME	*Roger Montsoret*
QUATRIÈME HOMME	*Jean Pommier*
MONSIEUR MOT	*Pierre Frag*
MADAME PAROLE	*Monique Delaroche*
LE JEUNE HOMME	*Jean-Loup Philippe*
LA JEUNE FILLE	*Claudine Huzé*

Le texte du lecteur était dit par Jacques Poliéri
Peintures projetées de Vieira da Silva
Citations musicales extraites
de l'œuvre de Anton Webern
Mise en scène de Jacques Poliéri.

PROLOGUE

*Après une courte ouverture musicale, devant le rideau
tiré, sur lequel est projetée l'image de la grande ville, un
lecteur — ou le metteur en scène —, éclairé par la lumière
d'un projecteur, s'avance au milieu du plateau et lit le
prologue.*

LE LECTEUR,
sur un ton très simple.

Ici va commencer la sym-
    phonie de la grande
    ville,
symphonie sans musi-
    que, faite de paroles,
    de cris, de murmures.
Ici, avant que le jour ne
    se lève,
les citadins endormis
    jouent leurs songes
    confus.
Un homme parmi tant
    d'autres va lentement
    s'éveiller.
Il veut retrouver son rêve
    d'enfant : la liberté
    dans le vent, les arbres,
    la mer...

Mais la rumeur énorme
   de la ville
ne le laisse pas s'évader.
   Le voilà
repris par l'implacable
   multitude,
enchaîné à l'Histoire, à
   l'événement,
à ce qu'il n'a pas connu, à
   ce qui se passe loin de
   lui.
Seul l'amour recom-
   mence, oublieux et
   neuf
comme au premier jour
   du monde...

> *Un bref silence.*

... Non, l'homme
   n'échappe pas à
   l'homme,
il est son propre paysage
et le murmure qui l'en-
   dort,
après tant de tumulte et
   de tourments,
est son propre murmure,
   l'océan des paroles,
monotone et privé de
   sens
comme le bruit du vent
   dans la forêt.

> *Le lecteur se retire. Le
> rideau reste un instant
> baissé et déjà l'on
> entend le murmure
> indistinct du chœur.*
> *Puis le rideau se lève
> lentement.*

Au lever du rideau, la scène est plongée dans la pénombre. La lumière montera peu à peu, juste pour que l'on distingue les groupes et le décor.

Les choristes sont assis à gauche, sur deux ou trois rangs, au pied des marches. Le protagoniste est étendu au premier plan à droite, sur une sorte de bat-flanc, presque un banc, très simple.

LE CHŒUR *fait entendre un murmure — absolument indistinct — qui tantôt s'accroît, tantôt décroît.*

> *Le protagoniste se lève lentement de sa couche et s'avance vers le devant de la scène, les yeux à demi fermés, les mains en avant, comme un somnambule.*

LE PROTAGONISTE

Je suis le personnage qui parle.
Je suis encore enfoui dans mon sommeil.
Tout à l'heure, je m'éveillerai, mais en ce moment,

je dors, je suis empri-
sonné dans mes rêves.

Un temps.

*Le murmure du
chœur a un rapide cres-
cendo, comme une
vague qui se soulève.*

Il me semble...

Un temps.

Il me semble entendre un
long murmure,
la forêt qui gémit quand
le vent souffle,
les vagues de la mer qui
s'approchent, puis se
retirent...

Un temps.

Murmure bas.

Suis-je au milieu de ton
peuple,
forêt de mon enfance ?
Maintenant que le rêve
nous rapproche,
répondras-tu enfin ? Ta
voix que depuis tant
d'années
j'interroge dans ma
mémoire,
va-t-elle enfin me livrer
son secret ?

*Le murmure du
chœur s'élève à nou-
veau. Tout à coup, un
cri strident — un cri de
femme — s'en échappe.*

On crie !
Non, ce n'est pas la voix
des vagues ni des
arbres.

*Sur le ton d'une sorte
de déception mêlée de
résignation.*

Silence.

Le murmure reprend.

Crescendo. Puis un nouveau cri, la même voix de femme.

De la demi-obscurité où est plongé le chœur, sort une femme vêtue d'un vêtement simple, sans caractère défini, mais qui, par ses gestes et par sa démarche, doit signifier qu'elle est plongée en plein cauchemar.

Un projecteur, qui la rend presque blafarde, la suit pendant qu'elle se déplace lentement vers le devant de la scène. Pendant ce temps, le murmure du chœur s'arrête.

PREMIÈRE FEMME RÊVANT, *elle a les yeux fermés et fait de grands gestes tragiques.*

Approchez-vous !...
Tous !... Arrêtez-vous !...
A l'occident, le soleil du soir rougit les colonnes du temple... A l'orient, la

D'autres sommeils autour de moi murmurent ou crient.
J'entends la houle des rêves innombrables
qui s'échappe sous les portes fermées.
Toute la ville dort,
toute la ville rêve
en même temps que moi.

Le protagoniste va s'étendre à nouveau sur son lit, dans la pénombre.

lune luit sur le toit des usines... Entendez gronder les nuages dans les souterrains !... Le lion monte sur les marches — et le serpent le suit, couvert de pierreries... La foule se prosterne... Elle murmure avec adoration... Puis le silence ! Chut ! J'entends venir la flûte des bergers... Tout s'efface... Voici la savane déserte... où un vieillard que je connais bien... à la lueur des étoiles... lit des livres immenses, hauts comme des maisons... Je te rejoins, mon père... Plus de hâte !... Le temps s'est arrêté ! Plus de hâte !...

Elle s'éloigne lentement comme elle est venue et rejoint le chœur. Le murmure de celui-ci reprend. Cette fois, on distingue les paroles, dites par des voix successives.

LE CHŒUR, *à voix d'abord très basse.*

Je t'attendais... et tu n'es pas venu ! Je t'attendais... et tu n'es pas venu ! Je t'attendais et tu n'es pas venu ! Je t'attendais ! Je t'attendais ! Je t'attendais — et tu n'es

pas venu. Tu n'es pas
venu! Tu n'es pas venu!
Je t'attendais et tu n'es
pas venu! Je t'attendais,
je t'attendais, et tu n'es
pas venu! Tu n'es pas
venu! Tu n'es pas venu!
Tu n'es pas venu!

*Le murmure redevient
peu à peu indistinct. De
nouveau un cri, le même
que tout à l'heure, mais
encore plus strident.
Aussitôt après, une
autre femme, hagarde,
essoufflée, sort du
Chœur et s'avance vers
le devant de la scène.*

DEUXIÈME FEMME RÊVANT,
*elle arrive en courant. Un
projecteur la suit et la
découpe dans l'ombre.*

Les bêtes!... L'en-
nemi!... Ne me touchez
pas!... Vous ne m'attein-
drez pas! *(Criant et se
débattant.)* Non! Non!
Lâchez-moi! Lâchez-
moi!... Ah!... le fleuve!...
Vite, les rames!...
Cachez-moi! Sauvée?...
Sauvée, mais pourquoi,
pourquoi? *(Elle fond en
larmes.)* J'ai laissé le
monde sur la rive! C'était
la vie!... Jamais je n'y
reviendrai! Jamais!
Jamais! Jamais! Jamais
plus!... Ici, tout s'efface,

tout fuit, je ne vois plus
rien... Retenez-moi !
L'eau m'emporte !... Le
sable ! Le vent ! L'espace !
L'abî...î...îme !...

*Elle rejoint le chœur
en courant, comme si
elle tombait dans un
gouffre.*

*A ce moment, mon-
sieur Mot et madame
Parole surgissent, ren-
dus visibles par une
légère touche de lumière,
à chaque extrémité de la
deuxième marche, l'un à
droite, l'autre à gauche.
Ils s'étendent à demi,
dans une pose de som-
meil, et prononcent des
mots incohérents qui
symbolisent le rêve.*

MONSIEUR MOT

Armures ! Bandits !
Caravanes ! Clameurs !

MADAME PAROLE

Anneaux ! Bijoux !
Buissons ! Cerises !

MONSIEUR MOT

Aboiement ! Abandon !
Abolition ! Bombarde-
ment !

MADAME PAROLE

Aumône ! Abeille !
Ciseaux ! Cadran !

MONSIEUR MOT

Caves! Cratères! Chevaux! Cathédrales!

MADAME PAROLE

Billets! Baisers! Batailles! Caresses!

LE CHŒUR, *d'abord indistinct, puis les paroles distinctes se détachent de nouveau sur le murmure indistinct.*

Je t'attendais et tu n'es pas venu! Je t'attendais et tu n'es pas venu! Je t'attendais, je t'attendais et tu n'es pas venu! Pas venu! Je t'attendais et tu n'es pas venu!

Le murmure redevient indistinct.

LE PROTAGONISTE, *étendu, toujours dormant et rêvant.*

Forêt!...

        Un temps.

Forêt!... Forêt!... Soupire et gémis,
forêt de mon enfance!
Je reviens, endors-moi dans ton murmure
qui va jusqu'à la mer...

Murmure bas.   Je t'écoute, souffle apaisé!
Pas de mots, pas de paroles!
Je ne sais pas non plus parler.

Je ne suis qu'un mur-
mure égal à ton mur-
mure...

LE CHŒUR
redevient distinct.

Je t'attendais et tu n'es
pas venu ! Je t'attendais
et tu n'es pas venu ! Je
t'attendais et tu n'es pas
venu ! Je t'attendais ! Je
t'attendais ! Je t'atten-
dais !...

*Le murmure du
chœur redevient indis-
tinct.*

*Un homme — un
rêveur —, se détache du
chœur. Il a l'air décidé
et marche farouchement
de long en large, sur le
devant de la scène, avec
des allures de conduc-
teur de peuples. Un pro-
jecteur le suit.*

PREMIER HOMME RÊVANT,
*d'abord dur, autoritaire,
puis exalté, délirant.*

A l'aube ! Oui, à l'aube,
nous partirons ! Avant
que l'on sache !... Nous
roulerons sans bruit !...
Au premier soleil, nous y
serons... Les uns attaque-
ront, les autres creuse-
ront. Les uns puiseront,
les autres bâtiront. Nous
bombarderons les villes
anciennes, puis nous
pleurerons sur les ruines.

Nous aurons des enfants, nous les tuerons et nous les enterrerons avec beaucoup d'honneurs !... Je ferai bondir les chevaux plus haut, plus vite que les aigles !... Je m'envolerai !... Je m'envole !... Je fais le tour de la terre... Trois fois !... Trois fois on m'acclame ! Hurrah !... Trois fois je meurs ! Trois fois je ressuscite ! Je change le nom des couleurs !... La musique résonne dans nos verres : buvons à la gloire du jour !... Mais... à mon commandement, tout s'arrête ! Tout ! La cendre tombe sur le monde ! La poussière nous ensevelit !... Comme des graines plantées en terre, nous sommes comme des graines... comme des graines !... attendant le réveil !...

> *Un temps. Le rêveur retourne dans le chœur. A peine a-t-il rejoint sa place, qu'un autre rêveur sort du groupe. Il marche les bras en avant comme un aveugle et, d'une façon saccadée, presque à chaque pas, fait le geste d'ouvrir des portes.*

DEUXIÈME HOMME
RÊVANT

Une porte !... Une autre
porte !... Une autre !...
Deux ! Trois ! Cinq
portes !... Toujours des
portes !... Devant moi,
derrière moi, à droite, à
gauche, tout se
referme !... Où aller ?...
(Appelant.) Hé, l'hom-
me !... Hé, dites-moi !... Il
ne répond pas, ne bouge
pas ! Tout droit, tout
blanc ; une statue ?... La
statue s'anime,
s'avance !... Voilà qu'elle
vacille, tombe en pou-
dre !... Et moi, qu'est-ce
que je suis : *La même statue !*... Je suis menacé,
menacé !... Mais quelle
musique gaie *(il prononce
le mot « gaie » avec une
infinie tristesse),* gaie,
gaie, résonne au-delà des
murailles ! L'orgue de
Barbarie passe dans la
rue. Conduit par un pau-
vre aveugle... Les digni-
taires le saluent :
« Excellence ! Excel-
lence !... » C'est moi
l'aveugle. Ma fiancée aux
cheveux gris, couverte de
haillons, une couronne
sur la tête, est pendue à
mon bras. Elle murmure
à mon oreille : « Les territoires sont couverts de

givre ! Les territoires sont
couverts de givre ! »

*Le deuxième rêveur
va, dignement, rejoindre
le chœur. Aussitôt,
celui-ci commence un
nouveau murmure
indistinct, d'abord très
bas, à peine audible,
puis de plus en plus fort,
où l'on distingue tou-
jours les mêmes
paroles : « Je t'attendais
et tu n'es pas venue. »*

*Puis le murmure rede-
vient indistinct et, tan-
dis qu'il continue, cha-
que choriste, à tour de
rôle, va prononcer, à
voix très distincte et
avec les intonations les
plus variées, mais sur le
ton du rêve, une courte
phrase. Les éléments par-
lés doivent se succéder
très rapidement, de plus
en plus rapidement et
exprimer le caractère à la
fois décousu, chaotique
et obsessionnel des rêves.*

CHORISTE HOMME,
tragiquement,
avec précipitation.

L'incendie a com-
mencé !

CHORISTE FEMME,
sur un ton très naturel.

Elle n'a rien voulu me
dire...

CHORISTE HOMME, *avec
une sorte de contentement.*

C'est une belle saison !

CHORISTE HOMME,
criant à tue-tête.

J'étouffe !... Ouvrez
donc les fenêtres !

CHORISTE FEMME,
éclatant de rire.

Je... Je ne vous recon-
naissais pas !... Ce man-
teau de berger !...

CHORISTE HOMME, *à la fois
plein de colère
et d'épouvante.*

Sortez de là !... Je sais
qui vous êtes !... Montrez-
vous, assassins !

CHORISTE FEMME, *sur le
ton de la conversation la
plus banale.*

C'est curieux ! J'avais
posé des fleurs sur ce
banc — et je retrouve un
enfant mort ! Je me
retourne : mon mari se
met à rire... à rire...

CHORISTE HOMME, *à voix
haute, comme annonçant
une bonne nouvelle à des
gens situés loin de lui.*

Les masques sont
prêts !... Vous pouvez
appeler les musiciens !

CHORISTE HOMME

Allons donc, puisque
vous savez voler!... Vous
voyez bien : on se penche
en avant... On se
penche... Regardez-moi...

CHORISTE FEMME,
reproche sombre.

Je ne te comprendrai
jamais, jamais, jamais...

CHORISTE HOMME,
*aimable, donnant
un renseignement.*

Non! Le train ne passe
pas à cette gare... surtout
au printemps!...

> *Il rit.*

CHORISTE HOMME, *sévère.*

Qui est-ce qui se per-
met de chanter, ici ?

CHORISTE FEMME, *sauvage,
peut-être une amoureuse,
peut-être une mère.*

Viens!... Viens vite!...
Viens, je t'en prie !

CHORISTE HOMME, *sur le
ton de la fierté.*

Oui, voici mon Navire!
Dix étages! Bien sûr :
l'eau s'est retirée...

CHORISTE FEMME, *la même
qu'une réplique plus haut.*

Reviens! Reviens! Je
t'en prie! Je t'en supplie!

CHORISTE HOMME,
hurlant.

Frappe ! Mais frappe
donc !

CHORISTE FEMME

Je l'aime !

CHORISTE HOMME, *à voix
basse et haletante.*

Ouvrez !... Ouvrez tout
de suite !...

CHORISTE HOMME, *sur le
ton d'une découverte
joyeuse.*

Tiens ! Des excava-
tions !

CHORISTE FEMME, *comme
à la fin d'une explication.*

Vous comprenez : une
blessure aussi terrible...

CHORISTE HOMME,
gentiment.

J'irai : je vous le pro-
mets...

CHORISTE FEMME,
*ton d'une supplication
angoissée..*

Est-ce qu'il guérira,
dites ?

CHORISTE HOMME, *décou-
ragement et désespoir.*

Je n'en peux plus !...
Tout est fini, mainte-
nant !

CHORISTE HOMME,
interrogatoire brutal.

Répondez ! Sans hési-
ter ! Donnez les noms de
vos camarades !

CHORISTE HOMME,
émotion et ravissement.

Te voilà ! Te voilà
donc ?

CHORISTE FEMME,
surmenage.

Jamais je n'aurai le
temps ! Trop à faire !

CHORISTE HOMME, *recher-
che joyeuse, pendant un
jeu innocent.*

Elle doit bien se cacher
par là !... Hé-ho... hé-
ho !...

*Toutes ces interven-
tions isolées se fondent
dans le murmure géné-
ral qui, d'abord assez
fort, peu à peu s'apaise
et s'arrête.*
*Un moment de
silence.*

LE PROTAGONISTE,
dormant et rêvant.

Le silence !... La paix !...

Un temps.

Puisque la fin de la nuit
    est si belle,
me voilà rassuré sur le
    sort des hommes !

Un temps.

Je sortirai de la ville,
le cœur content.
Je serai seul tout le jour
sans remords.
Je me défais du poids du
monde !
Je ne sais pas ce qui s'est
passé sur la terre
avant l'heure que voici !
Je ne sais pas ce qui se
passe loin de moi en ce
moment !
Je suis léger... léger...

Il bâille et s'étire.

Ah !... Léger !

Un temps.

Je cours sur le dos des
vagues,
je fais jouer l'écume dans
mes mains.

Un temps.

Du mouvement de l'eau
surgit une femme
d'une beauté surhu-
maine.
Elle glisse, elle vole sur la
mer, elle vient vers
moi.
C'est elle, Elle ! qui me
parlait dans le mur-
mure des arbres.
Je lui ouvre mes bras
qui ne la laisseront plus
partir.

*Un temps. Puis avec
ravissement.*

*Le chœur a com-
mencé à murmurer, sur
de nouvelles paroles qui*

Ô murmure, ô voix

ne deviendront percepti-
bles que lorsque le pro-
tagoniste se sera tu.

céleste, loin des
hommes,
murmure de l'eau, mur-
mure de la joie...

    Un temps, plus faible-
ment.

Murmures... secrets... de
l'amour...

LE CHŒUR, *sur un ton de*
reproche monotone et bas,
voix d'hommes alternant
avec voix de femmes.

Je t'avais dit... Tu
m'avais dit...

    Arrêt brusque. Un
temps.

Je t'avais dit... Tu
m'avais dit...

    Nouvel arrêt brusque.
Un temps.

Je t'avais dit... Tu
m'avais dit...

    Un temps. Un peu
plus fort et un peu plus
vite.

Je t'avais dit, tu
m'avais dit.

Je t'avais dit, tu
m'avais dit, je t'avais dit,
tu m'avais dit...

    Un temps, puis cres-
cendo.

Je t'avais dit, tu
m'avais dit, je t'avais dit,
tu m'avais dit, je t'avais
dit, tu m'avais dit...

(Decrescendo.) Je t'avais dit, tu m'avais dit, je t'avais dit, tu m'avais dit, je t'avais dit, tu m'avais dit...

Le murmure du chœur s'apaise et redevient indistinct et léger pendant l'intervention de monsieur Mot et de madame Parole.

Ceux-ci, sur un ton semi-poétique, semi-burlesque, vont se lancer et se relancer quelques mots ni trop vite, ni trop lentement, comme des balles de tennis.

MONSIEUR MOT

Aurore !

MADAME PAROLE

Appareillage !

MONSIEUR MOT

Avril !

MADAME PAROLE

Alliance !

MONSIEUR MOT

Armure !

MADAME PAROLE

Abordage !

MONSIEUR MOT

Aurore !

La lumière du jour commence à filtrer, par quelques rayons obliques.

Pendant que le murmure du chœur continue, la lumière commence à grandir.

Un rayon de soleil levant frappe le visage

MADAME PAROLE

Avril !

    Murmure du chœur.

    Le murmure du chœur s'arrête.

MONSIEUR MOT, *contrefaisant avec une certaine naïveté un écho prolongé.*

Cigales ! Cigales ! Cigales ! Cigales ! Cigales

MONSIEUR MOT, *à sa partenaire, comme pour affirmer leur « bon droit », avec un doux entêtement.*

Aurore !... Appareillage !

du protagoniste. Celui-ci se réveille, se frotte les yeux et se soulève, en s'appuyant sur son coude.

LE PROTAGONISTE

Cigales ?... Cigales ?

    Il secoue la tête, comme pour chasser un bruit importun.

Cigales à têtes d'hommes ?...

Je n'ai jamais vu de cigales à têtes d'hommes...

Cigales ! Cigales !... Cigales !...

LE PROTAGONISTE

Je parle.

Je dis ce que je veux.

Je fais des gestes.

Je me réveille.

Mais j'ai la tête encore pleine du bourdonnement de tous les rêves qui traînent dans la ville.

MADAME PAROLE,
approuvant de la tête,
comme si elle disait
« *Oui, naturellement* ».

Abordage !... Armure !
(Un temps, puis solen-
nelle.) A-ver-tis-se-ment !
(Un temps.)

La lumière a, mainte-
nant, envahi toute la
scène.

LE PROTAGONISTE, *avec le*
plus grand naturel, comme
s'il continuait un discours
intérieur.

Je n'ai jamais vu fabri-
quer les filins d'acier
pour les navires...

Bâillant et s'étirant.

... Mais j'ai vu se déployer
des voiles par temps
clair !

Un temps. Il se lève à
moitié et s'assied sur le
bat-flanc.

... Je ne suis jamais entré
dans les offices
où l'on mesure le temps
qu'il fera...

MADAME PAROLE,
l'interrompant comme
pour « traduire »
ce qu'il vient de dire.

Météo ! Météo !

LE PROTAGONISTE, *avec*
ironie, à haute voix.

Merci !...

A voix normale, conti-
nuant.

... Mais j'ai vu les nuages,
à l'orient,
passer du noir au bleu
sombre,
du bleu au gris pâle, au
grès rose
— et la mer sans un mur-
mure, sans un frisson,
mêlait l'opale et la perle
au corail...

Un temps.

*Le murmure du
chœur reprend, d'abord
indistinct, puis les
phrases se détachent.*

LE CHŒUR

Je t'avais dit, tu
m'avais dit, je t'avais dit,
tu m'avais dit, je t'avais
dit, tu m'avais dit...

*Le protagoniste se lève
et s'étire.*

LE PROTAGONISTE,
d'une voix forte.

J'ai entendu claquer les
volets sur les murs,
les portes s'ouvrir
et je ne veux pas entendre
le reproche courroucé
des voix d'hommes

*Le murmure redevient
indistinct et il continue,
sous les paroles du pro-
tagoniste.*

répondre au reproche
aigu des femmes
à travers les portes et les
corridors...

*Le murmure redevient
plus fort. Les paroles
redeviennent distinctes.*

*Il fait quelques pas,
puis s'arrête pour
écouter.*

LE CHŒUR,
léger crescendo.

Je t'avais dit, tu
m'avais dit, je t'avais
dit... *(Decrescendo.)* Je

A tous les étages, la journée s'annonce par des
reproches :

t'avais dit, tu m'avais dit,
je t'avais dit...

*Le murmure du
chœur continue, indis-
tinct.
Le murmure s'arrête.
Monsieur Mot et
madame Parole s'as-
soient sur la dernière
marche, en haut du pra-
ticable de droite.*

MONSIEUR MOT,
presque gaiement.

Allons !

MADAME PAROLE, *idem.*

Allez !

MONSIEUR MOT

Avancez !

MADAME PAROLE

Avançons !

« Tu aurais dû, tu n'au-
rais pas dû... »
... ou par des conseils
pour le jour qui vient :
« Tu lui diras, je lui
répondrai,
fais bien attention,
prends garde ! »

Un temps.

*Le protagoniste s'est
lissé les cheveux, a recti-
fié sa tenue défaite par le
sommeil et s'apprête à
marcher.*

LE PROTAGONISTE

Voici mon premier pas...
Mon premier pas sur la
terre d'aujourd'hui...

*Il fait un premier pas
comme une démonstra-
tion de danse rythmique
ou de gymnastique. Puis
il gravit les marches et,
arrivé en haut, se
retourne, face au public.*

J'ouvre les volets...

Il fait mine d'ouvrir les volets. Tous les gestes qui suivent, il les exécute symboliquement, comme les acteurs du Théâtre Chinois.

Je respire à pleins poumons...

Geste. Bras étendus.

Je regarde au loin...
Le paysage est tranquille.
Tout y est, côte à côte,
comme dans les images
   d'un livre de classe.

Il désigne successivement les diverses parties d'un paysage et d'un horizon imaginaires, sorte de synthèse géographique.

Ici la ville, ici les banlieues, les buildings...

Monsieur Mot et madame Parole l'interrompent brusquement, comme si, ayant failli manquer une réplique, ils se bousculaient pour le rattraper.

MONSIEUR MOT,
*soulignant comiquement
   la première lettre : B.*

Banlieue !

MADAME PAROLE, *idem.*

B...uildings !

MONSIEUR MOT

Banlieue !

MADAME PAROLE

Buildings !

LE PROTAGONISTE, *haussant les épaules et continuant.*

... Et le grand ciel qui tient les trois quarts de la toile,
de sorte que la ville immense
apparaît toute petite en bas près du cadre,
et que le vent de l'espace apporte et remporte dans les havres du monde
sa cargaison de nuages pour la journée !

Le chœur — voix de femmes seulement — commence à faire entendre à nouveau son murmure, d'abord en sourdine. Puis les mots se détachent distinctement. Tous les choristes sont maintenant debout.

LE CHŒUR, *sur le ton d'une recommandation de ménagère.*

N'oublie pas !... N'oublie pas ce que je t'ai dit !... Tu sais ce que tu dois faire !... N'oublie pas ! Tu sais ! Tu sais ! *(Un temps, pendant lequel le murmure indistinct continue en sourdine. Puis, sur ce murmure, les*

*paroles distinctes repa-
raissent.)* Tu sais ce que
tu dois faire! N'oublie
pas ce que tu dois faire!
N'oublie pas! Tu sais! Tu
sais!

  *Decrescendo, puis
murmure bas, pendant
lequel monsieur Mot et
madame Parole se sont
levés brusquement. Ils
vont se livrer à une ges-
ticulation stéréotypée,
comique et naïve,
comme des écoliers à
qui l'on apprend les
« mouvements » corres-
pondant à une chanson
enfantine.*

        Le murmure cesse.

MONSIEUR MOT, *sur le ton
d'une bonne humeur
de commande,
gentiment bébête
et conventionnelle.*

A l'ouvrage!

  MADAME PAROLE

Au chantier.

  MONSIEUR MOT

A l'abordage!

  MADAME PAROLE

A la cuisine!

  MONSIEUR MOT

Au bureau!

  *Un temps. Ils ont l'air
d'être à court de voca-*

*bles et de chercher
comiquement dans leur
mémoire. Puis ils repar-
tent de plus belle.*

MADAME PAROLE

Au piano !

MONSIEUR MOT

A la lanterne !

MADAME PAROLE

A la va-comme-je-te-
pousse !

MONSIEUR MOT

A l'engrais !

*Des effets de lumière
vacillante et tournante
donnent l'impression
d'une sorte de vertige
burlesque, pendant que
de petites lumières
vertes et rouges s'allu-
ment et s'éteignent et
que de petites sonneries
grêles et ridicules réson-
nent de temps en temps,
selon un déclenchement
saccadé, ainsi que cela
se passe dans les jeux
automatiques des tirs
forains ou les « ma-
chines à sous » des
cafés populaires.*

MADAME PAROLE

A la course !

MONSIEUR MOT

Au trot !

MADAME PAROLE

Au galop !

MONSIEUR MOT

Au trot !

MADAME PAROLE

Au galop !

MONSIEUR MOT

Au trot !

MADAME PAROLE

Au galop !

*Toute cette efferves-
cence burlesque — pen-
dant laquelle le protago-
niste s'est bouché les
oreilles et a fermé les
yeux — s'arrête brus-
quement.*

Un court silence.

LE PROTAGONISTE,
*mimant ce qu'il dit,
comme plus haut,
mais sans ridicule.*

Fermons la fenêtre !
Ouvrons nos portes !
Première porte !

*Geste, à la chinoise,
en même temps qu'il
descend une marche.*

Deuxième porte !

Geste ; une marche.

Troisième porte !

*Même jeu. Il est main-
tenant sur le plateau, au
milieu de la scène, face
au public.*

Comme il y en a, des
portes à ouvrir pour
sortir de chez soi !
Autant que dans un cau-
chemar sans fin !

LE CHŒUR, *assez fort,
sans préliminaire.*

Tu sais ce que je t'ai
dit ? N'oublie pas !... Surtout n'oublie pas !... Tu

sais ce que tu dois faire !
N'oublie pas ce que je t'ai
dit ! Tu sais ! Tu sais !
N'oublie pas !

UN CHORISTE EN SOLO,
     voix forte.

Oui, oui ! Je sais...
Allons, adieu !

MONSIEUR MOT, *en écho.*

Allons !

MADAME PAROLE, *idem.*

Adieu !

MONSIEUR MOT, *idem.*

Allons !

MADAME PAROLE, *idem.*

Adieu !

UNE CHORISTE, *voix*
   chantante, gentille
        et simple.

Adieu ! Bonne journée !

LE CHORISTE

Adieu !... A ce soir !... A
ce soir !

Le choriste sort du
chœur, traverse lente-
ment la scène vers la
droite, passe devant le
protagoniste et disparaît
dans la coulisse.

LE CHŒUR, *les voix*
de femmes seulement.
Calmes, optimistes.

Adieu ! Bon travail !
Bonne journée ! Bon

voyage ! A ce soir !... A ce
soir !... Adieu ! A ce soir !
Bonne journée ! Bon tra-
vail ! Bon voyage ! Bon
travail !

*Pendant que le chœur
des femmes continue en
sourdine, trois des cho-
ristes hommes se déta-
chent du chœur et s'en
vont successivement.
L'un d'eux montera des
marches et disparaîtra à
gauche. Les deux autres
passeront, l'un après
l'autre devant le prota-
goniste, sans le voir —
et disparaîtront à droite.*

DEUXIÈME CHORISTE
HOMME,
s'éloignant.

Au revoir ! Au revoir ! A
tout à l'heure !

TROISIÈME CHORISTE
HOMME

Allons, adieu ! Bonne
matinée !

QUATRIÈME CHORISTE
HOMME

Oui, oui, je sais ! A ce
soir !

Ils s'en vont.

*Le chœur, en sour-
dine, continue un ins-
tant et s'arrêtera sous
les paroles du protago-
niste.*
*Celui-ci s'avance len-
tement vers le devant de
la scène. A chaque pas,
ou presque, un choriste
passe devant lui.*

LE PROTAGONISTE

J'ai rêvé de cigales, en
m'éveillant,
de cigales à têtes
d'hommes :

maintenant je vois des
arbres qui bougent.

Je vois de arbres s'échapper de la forêt et
courir.

Oh ! que j'ai envie de
prendre racine

et de n'être plus qu'une
respiration immobile,

entourée du vent des
montagnes !

*Il étend les bras et se
tient fixé au sol comme
s'il avait pris racine et,
dans cette position, il
imprime à tout son
corps, même à sa tête,
un lent balancement,
pareil à celui d'un arbre
agité par le vent.*

*Puis il secoue la tête
violemment, comme
pour une négation à la
fois obstinée, farouche
et inspirée.*

LE PROTAGONISTE

Non ! Non ! Je ne veux
pas quitter le sol.

Je resterai là !

Je ne veux plus tourner,
tourner,

passer, repasser, aller,
venir !

Je suis arbre, je suis terre
et racines

et le soleil roule autour
de ma tête.

C'est toi qui tournes,
soleil, autour de moi,

car c'est moi, pour un
   jour, le pivot du
   monde,
pour un seul jour !

   Toujours les pieds
   fixés au sol, balançant
   la tête et le corps, les
   yeux fermés.

Je ne bougerai pas, je ne
   bougerai pas !
Je ne veux plus bouger de
   ma vie !

Monsieur Mot et
madame Parole descen-
dent au bas des marches
et se placent côte à côte,
debout, à droite. Puis
brusquement ils se font
signe, comme des musi-
ciens de musique de
chambre qui vont exé-
cuter un morceau. De la
main, ils font mine de
battre une ou deux
« mesures pour rien »,
puis attaquent, avec
entrain, sur un rythme
rapide.

MONSIEUR MOT

Bondir ! Battre !

MADAME PAROLE

Balayer ! Briser !

MONSIEUR MOT

Barrage ! Bastion !

MADAME PAROLE

Bouilloire ! Bifteck !

MONSIEUR MOT

Bâcher ! Bêcher !

MADAME PAROLE

Broder ! Brocher !

MONSIEUR MOT

Bureau !

MADAME PAROLE

Barreaux !

> *Un temps.*

MONSIEUR MOT

Bureau, bureau !

MADAME PAROLE

Barreaux, barreaux !

> *Le protagoniste est rappelé brusquement à la réalité quotidienne. Il cesse d'imiter un arbre et tire sa montre.*
>
> LE PROTAGONISTE,
> *sur un ton naturel.*
>
> Tiens ! Ils en sont à la lettre « B » :
> l'heure s'avance !
> Ô merveille de n'avoir ni hâte ni projet !
> Quoi ? Rien à faire ?
> Hier, demain la fourmilière pour moi comme pour cent mille autres,
> mais aujourd'hui ma liberté,
> ma liberté d'arbre : rien, ni personne !

Écouter le vent, recevoir
le soleil !

*Monsieur Mot et
madame Parole se lan-
cent un regard inquiet et
interrogateur.*

MONSIEUR MOT *et*
MADAME PAROLE, *contre-
faisant le bruit du vent de
façon puérile.*

Vou... ou... ou... ou...
ou... Vou... ou... ou... ou...

LE PROTAGONISTE,
*moitié riant,
moitié méprisant.*

Qu'est-ce que c'est que
ça ?

MONSIEUR MOT,
*timidement,
comme fautif.*

La bi...i...se !

MADAME PAROLE,
même jeu.

La bri...i...i...se !

*Le criminel se détache
lentement du chœur. Il
a l'air sombre et hagard,
la voix sourde.*

LE CRIMINEL,
*s'adressant à quelqu'un
dont il se sépare.*

Assez !... Cela suffit !...
Je sais ce que j'ai à faire :
tu me l'as assez répété. Et
maintenant adieu ! Tu

m'entends ! adieu pour
toujours ! Je ne revien-
drai *jamais* !... Jamais, tu
m'entends !... *(Il monte
lourdement de marche en
marche, le poing tendu,
dans la direction du
chœur.)*... Ou, sinon, si je
reviens, si je reviens !...

*Sur cette phrase ina-
chevée, mais mena-
çante, il s'éloigne sauvagement.*

*Les choristes femmes
entament un murmure
plein de gaieté et de sollicitude sur lequel se
détachent distinctement
les répliques suivantes.*

PREMIÈRE CHORISTE

A tout à l'heure, les
enfants ! Soyez sages ! Il
ne faut pas avoir peur...

*Elle sort du chœur et
disparaît à droite.*

DEUXIÈME
CHORISTE FEMME

Adieu, les enfants,
soyez sages, je reviens
tout de suite...

*Elle sort et disparaît à
gauche.*

TROISIÈME
CHORISTE FEMME

Adieu, les enfants !... Il
ne faut pas avoir peur...

Soyez sages ! Je reviens
tout de suite.

*Elle sort et disparaît à
droite. La quatrième
choriste, restée seule,
sort, elle aussi, du
chœur, fait quelques
pas et va s'asseoir à
gauche, sur la première
marche, comme une
paysanne sur le pas de
sa porte.*

*C'est une femme plu-
tôt épaisse et puissante.
Elle a une voix « mûre »
et grave, mais pas
encore vieille ; elle parle
sur le ton d'une sorte de
mélopée sans fin. C'est
une bavarde, à la fois
attristée par la vie et
résignée, qui se parle à
elle-même et fait les
demandes et les
réponses.*

LA QUATRIÈME CHORISTE

Encore un jour qui
commence ! Dieu sait ce
qu'il nous amènera !
Comment ? Qu'est-ce que
vous dites ? Je dis, je dis
toujours : qu'est-ce que
ça peut bien nous réser-
ver, je vous le demande ?
Et ci et là, et par-ci et
par-là ! Et je te tire par-ci
et je te pousse par-là ! Et
pour quoi faire, tout ça,
pour quoi faire, je vous le

demande ? A quoi ça
sert ? A quoi ça nous
mène ? Et toujours il y en
a qui vivent et il y en a
qui meurent ! Et il y en a
qui se reposent et qui
profitent de la vie et il y
en a qui souffrent et qui
travaillent et qui ont de
la peine et de la souf-
france. Un jour, c'est l'un,
un jour, c'est l'autre. Et
pour quoi faire, tout ce
trafic et tout ce chambar-
dement et toute cette
souffrance, je vous le
demande ? Et quand c'est
fini, ça recommence. Et
ça recommence, et ça
recommence et ça n'a ni
fin ni cesse. Et aujour-
d'hui ! Et demain ! Et
encore ! Et encore !

Un silence.

*Brusquement, le pro-
tagoniste se prend la tête
à deux mains et se jette,
à moitié couché, sur le
bat-flanc, comme en
proie à une souffrance
soudaine.*

LE PROTAGONISTE
*dans un cri violent
mais étouffé.*

Non ! Non ! Pitié ! Pitié !
Aujourd'hui..., je ne veux
rien savoir, rien,
rien d'autre que la splendeur du jour,
du jour qui vient

rageusement,

comme — s'il était pour moi seul !

LA QUATRIÈME CHORISTE, *continuant, obstinée et implacable comme une Parque.*

... Et il y en a qui sont partis et qui sont morts de faim et de soif et de blessures, et qui ne sont pas revenus ! Et j'en ai connu un que sa femme attendait : « Attends-moi, disait-il, j'arrive bientôt. » Et il est arrivé, en effet, mais dans son cercueil. Et celle-là, je ne l'ai pas connue, mais je sais qu'elle attendait aussi, mais lui, pendant ce temps-là, il était parti avec une autre, et c'était fini. Pour toujours ! Et celui-là, quand il est revenu, je vous le dis, il a trouvé sa femme avec un autre et il les a tués tous les deux ! Et je ne parle pas de la tempête qui en a pris des mille et des mille, et de la guerre et des coups de grisou et des machines qui vous broient une main et des arbres qui tombent sur la tête du bûcheron et des autos à toute vitesse qui se cognent dans les virages et de ceux qui crient dans les hôpitaux

Un crescendo sensible et même net vers la fin de l'énumération, mais qui reste quand même sobre, digne, presque monotone...

et de ceux qui souffrent
toute leur vie, et de ceux
qu'on torture, et de ceux
qui sont morts trop tôt et
des enfants sous les bom-
bardements et de celui
qui hurle sous les décom-
bres et que personne ne
viendra délivrer jamais...
*(Elle s'arrête comme
essoufflée. Sur un ton bas,
presque hébété.)*...
Jamais!... jamais!... *(un
temps, plus bas)* jamais!...

> *Un silence.*

Maximum du crescendo.

> *Pendant la tirade de la
> choriste, le protagoniste
> est resté assis sur le bat-
> flanc, face au public,
> dans l'attitude d'une
> méditation accablante.*

LE PROTAGONISTE

Ne m'accable pas, sou-
  venir,
souvenir de ce que je n'ai
  pas connu,
des souffrances que je
  n'ai pas partagées!
A toute heure, quand je
  m'arrête de vivre,
j'entends que quelqu'un
  crie dans ma gorge!

> *Crescendo.*

A toute heure, quelqu'un
  crie,
que je ne peux entendre
et que j'entends quand
  même,
car son cri est plus fort
  que la distance,

Pendant ce temps, les choristes sont revenus se grouper, les uns après les autres, à leur place habituelle, à gauche, au bas des marches.

plus fort que les années,
plus fort que l'oubli.

> *Presque hurlant.*

A toute heure, quelqu'un
    souffre et gémit et crie,
à qui je ne peux porter
    secours,
car je ne le connais pas,
car je ne sais même pas
    dans quel pays ni dans
    quel temps,
et pourtant, son cri est
    plus fort
que le vacarme de la ville
ou que le bruit de mon
    sang !

> *Un temps. Il reprend à voix plus basse, à la fois comme une constata- tion et comme un remords.*

A toute heure sur ce globe
    qui tourne sans fin
et tantôt reçoit le soleil et
    tantôt rentre dans les
    ténèbres,
un rayon de lumière
    transfigure ce que
    j'aime,
et que j'aurais aimé et
    que je ne connais pas :
ou bien ce sont les aman-
    diers au feuillage pâle
    et tremblant,
ou bien c'est le soyeux
    pelage des bouleaux,
ou bien c'est le versant
    des monts couverts de
    neige à travers le

La voix est devenue doucement lumineuse, en même temps qu'elle se fait peu à peu plus confidentielle,

                              émue,

pénétrée d'une sobre et profonde tendresse.

brouillard qui s'en va,
ou bien ce sont les pavés de la mer brûlante qui brillent comme une route au bord d'un promontoire...
et je sais que partout, à tout moment,
il y a quelque chose qui s'éveille et qui resplendit sur un coteau, sur un visage, dans un regard,
dans une voix qui vient de chanter,
dans une main qui se pose
et que j'aurais aimée
et qui me dit adieu
et que je ne connaîtrai jamais!...

          Un temps. Puis avec une grande douceur et une profonde mélancolie.

jamais... jamais...

          Un temps, très bas, comme à lui-même.

jamais!

La lumière est maintenant éclatante. C'est le plein milieu du jour.

Brusquement, rompant le silence, éclate un joyeux vacarme :

des cloches lointaines, des brouhahas de voix joyeuses, pressées, des pas, des rires, des bruits d'assiettes et de verres entrechoqués, puis, très distinctement, les douze coups de midi.

La scène est envahie par les choristes très animés, venant de leur poste habituel, cependant que des machinistes apportent, à droite, une longue table à deux bancs.

A ce moment, se montrent monsieur Mot et madame Parole, apportant une petite table et deux chaises. Ils s'assoient à cette table, face à face.

La quatrième choriste rejoint lourdement les autres, à droite.

Tous font semblant de manger et sont très animés. Peut-être, en sourdine, un peu de jazz.

LE CHŒUR

Hé là-bas!... Par ici!... Par ici, monsieur! mademoiselle! Entrez donc!... Une table pour huit personnes!... Pour moi, ce sera!... Non plutôt!... Oui, c'est ça! Passez-moi le sel, s'il vous plaît! Le poivre! Merci! Le poivre! Le sel! Le pain! Merci! Le sel! Du vin! Encore un peu! Merci!

Monsieur Mot et madame Parole font semblant de manger après chaque mot, ou bien prononcent comme

Le protagoniste se lève brusquement, recule devant les choristes et va se placer à gauche, pendant que ceux-ci viennent à droite.

des gens qui ont la
bouche pleine.

MONSIEUR MOT,
décidément
plein d'à-propos.

Détente!... Délasse-
ment!

MADAME PAROLE, *idem.*

Déjeuner!... Divertisse-
ment!

MONSIEUR MOT

Décongestion!

MADAME PAROLE

Désintoxication!

Brouhaha du chœur,
diminuant quand d'au-
tres parlent, redevenant
plus fort pendant les
intervalles.

MONSIEUR MOT

Décompression!

MADAME PAROLE

Désodorisation!

Le protagoniste paraît
amusé. Il regarde tour à
tour les deux groupes,
comme s'il hésitait entre
eux.

MONSIEUR MOT

Défoulement!

Un temps.

MADAME PAROLE,
comme un conseil à quel-
qu'un qui mange trop vite.

Déglutition!

Brouhaha.

LE PROTAGONISTE,
grave et déterminé.

Non! Je ne prendrai pas
le repas en commun, ni
seul!

Aujourd'hui, pour moi,
rien comme les autres
jours !
Je suis libre, libre
— et même de ne pas
manger, si cela me
plaît.
Je suis un arbre,
je bois la lumière et je me
nourris
rien qu'en étendant mes
bras au soleil !

*Monsieur Mot et
madame Parole s'adres-
sent au protagoniste,
avec une touchante et
ridicule sollicitude
interrogative.*

MONSIEUR MOT

Dépression ?

MADAME PAROLE

Démoralisation ?

MONSIEUR MOT

Déminéralisation ?

LE PROTAGONISTE,
*haussant les épaules et se
moquant d'eux.*

Non ! Dévaluation !...
Désacralisation ! Déta-
chement ! Disjonction !
Discrimination ! Dissé-
mination ! Ding, ding,
don ! Danse du ventre !
Dormez sur vos deux
oreilles ! Délivrez-nous
du mal !... *(A tue-tête.)*
Dormez en paix !

Monsieur Mot et madame Parole font un geste signifiant : « Nous avons fait ce que nous avons pu ! Mais, s'il ne veut pas de nos soins, tant pis pour lui ! » Et, l'air légèrement vexé, ils continuent à faire semblant de manger, mais en se taisant.

Dès les derniers mots du protagoniste, le brouhaha du chœur remonte et l'on entend des bribes de phrases se succéder rapidement, toujours confiées à des voix différentes, de manière à donner une impression de conversation animée et nombreuse avec un résultat à la fois incohérent et banal.

LE CHŒUR

Et qu'est-ce que tu lui as répondu ?... Non, vraiment ?... Est-ce possible ?... Il a dû être bien surpris !... Furieux ? Non, pas possible ! Tu comprends, c'était à cause de ce que vous savez... Passez-moi le sel ! Merci ! Le pain ! Le vin ! Le poivre ! Merci !... Ce n'était pas sa faute !... Ils sont débordés, débordés, je vous dis !... Alors elle a

Le protagoniste est monté sur la troisième marche à gauche et, de là, il regarde et écoute avec étonnement, comme s'il voyait des gens déjeuner pour la première fois de sa vie.

été prise d'un malaise en rentrant chez elle. On l'a opérée d'urgence...

C'est son supérieur!... Il n'y comprend rien! Un pauvre d'esprit!... Très intelligent... Et il a ri! Il a ri! Il ne pouvait plus s'arrêter de rire!... C'est mal organisé, croyez-moi!... Il faut dire ce qui est!... Je n'y ai aucun intérêt, notez bien!... C'est la faute à l'organisation... Ce n'est pas une organisation! Parfaitement! Vous avez raison!... Moi aussi!... Comment j'ai tort!... Et vous?... Non j'ai raison : vous avez tort... Je suis de son avis... Passez-moi le vin! Le café! S'il vous plaît! Merci! Un sucre! Deux sucres! Trois sucres? Et pour vous? Rien, merci! Une liqueur? Jamais... Merci... Merci... J'ai très bien déjeuné!... Moins mauvais que d'habitude! Trois cafés! Merci!...

Le brouhaha continue.

LE PROTAGONISTE,

avec une nuance de colère, mais aussi avec une sorte de tendresse amère et sans illusion.

Et voilà!

Ce ne sont plus les cigales,
ce sont les sauterelles,
les sauterelles à têtes d'hommes !
Elles ont tout dévoré, tout nettoyé,
avec ce bruit féroce que l'on appelle la parole.
Il ne reste pas un brin d'herbe,
pas une feuille au dictionnaire,
le nuage est passé !

Silence total.

Sur les derniers mots du protagoniste, les choristes, ainsi que monsieur Mot et madame Parole, se lèvent de table, se saluent et se dispersent, sauf deux : un jeune homme et une jeune femme qui restent assis face à face, de part et d'autre de la table et se regardent intensément, l'air ravi, sans bouger, sans se dire un mot.

Mais les uns et les autres reparaîtront presque aussitôt et désormais, pendant le reste du poème, représenteront le va-et-vient des passants dans la ville.

LE PROTAGONISTE,
du haut des marches regardant.

Il y a des millions et des

millions de gens dans
cette ville
et dans toutes les villes et
tous les faubourgs
et ces deux-là sont *seuls!*
Pour eux, le monde est un
désert,
mais un désert pareil à
un diamant.
Parlez! Mais parlez
donc!
Parlez pour vous-mêmes!
La parole est inutile et
nul ne vous entend.
Vous savez bien : il n'y a
personne!

LE JEUNE HOMME,
*prenant la main de la
jeune femme par-dessus la
table.*

Qui es-tu?

LA JEUNE FEMME
Je suis.

LE JEUNE HOMME
Qui étais-tu?

LA JEUNE FEMME
Je n'étais pas.

LE JEUNE HOMME
D'où viens-tu?

LA JEUNE FEMME
Je sais vers qui je vais.
Je ne sais plus d'où je
viens.

LE JEUNE HOMME

Me connais-tu ?

LA JEUNE FEMME

Je te connais : c'est Toi.

LE JEUNE HOMME

Mais il y en a tant d'autres : regarde !

Il désigne les passants qui vont et viennent.

LA JEUNE FEMME

Non ! Il n'y en a qu'un seul : tantôt toi, tantôt moi.

LE JEUNE HOMME

Je t'avais cherchée depuis des années et des années !

LA JEUNE FEMME

J'étais cachée dans tes propres yeux, c'est pourquoi tu ne me voyais pas.

LE JEUNE HOMME

Et maintenant, tu es descendue de mes yeux, de sorte que je te vois et que je peux te toucher !

LA JEUNE FEMME

Prends-moi dans tes bras !

Ils quittent la table. Le jeune homme soulève la jeune femme dans ses

bras, comme on porte
un enfant.

LE JEUNE HOMME

Tu es légère comme un
fil... Et pourtant il me
semble — que je tiens le
monde dans mes bras !

LA JEUNE FEMME,
riant.

Repose-moi vite sur le
sol... ou ce serait le
chaos !

LE JEUNE HOMME,
la posant doucement
sur le sol.

Va, maintenant ! Va
devant moi !

LA JEUNE FEMME
fait quelques pas, s'arrête
et se retourne gracieuse-
ment vers lui.

Ainsi ?

LE JEUNE HOMME,
dans le ravissement.

Se mouvoir ! Quel
miracle ! L'air ne résiste
pas : il te porte. Tu es
comme un oiseau qui
nagerait dans la
lumière... Encore quel-
ques pas !

LA JEUNE FEMME,
par espièglerie faisant
mine de s'éloigner.

Comme ceci ?

LE JEUNE HOMME,
avec un cri étouffé.

Ah!... Pas si loin! Tu serais reprise par ce monde inconnu! Tu cesserais d'exister! L'absence nous guette!

LA JEUNE FEMME,
allant un peu plus loin.

Je ne crains rien, puisque tu me regardes!

Tout à coup, elle pousse un cri strident et s'arrête net, ayant aperçu quelque chose ou quelqu'un qui l'épouvante.

LE JEUNE HOMME,
courant vers elle.

Qu'y a-t-il?

La jeune femme, sans un mot, désigne un passant — le criminel —, qui sort, à ce moment, de la coulisse : c'est celui qui était parti de chez lui, le matin, en proférant des menaces. Il marche toujours d'un air sombre, en ruminant de funestes pensées, d'un pas lourd et inquiétant.

LA JEUNE FEMME,
à mi-voix.

Là! Cet homme!

LE JEUNE HOMME

Eh bien! qu'y a-t-il?
C'est un passant!

LA JEUNE FEMME,
à mi-voix.

Il y a un fou dans ma
maison : c'est lui! Je le
reconnais. Il est toujours
en colère. Il menace sa
femme. Ses enfants crient,
sans comprendre...

LE JEUNE HOMME,
*la rassurant en lui prenant
le bras.*

Viens! Il est passé!...
(Souriant.) C'est comme
s'il n'avait jamais
existé...

LA JEUNE FEMME,
encore effrayée.

Crois-moi : c'est un
homme terrible! Il me
fait peur.

LE JEUNE HOMME

Oublie-le! Viens!

LA JEUNE FEMME

Je ne peux pas rester,
maintenant.

LE JEUNE HOMME

Pourquoi? *(Gogue-
nard.)* Parce que tu as
peur?

LA JEUNE FEMME

Mais non ! C'est oublié,
je te le jure.

LE JEUNE HOMME,
pressant.

Alors ? Pourquoi ?

LA JEUNE FEMME

Il faut que je rentre à la
maison. Je te retrouverai
ce soir.

LE JEUNE HOMME

Comme c'est loin !

LA JEUNE FEMME

Je te retrouverai ici.

LE JEUNE HOMME

C'est promis ?

LA JEUNE FEMME,
le regardant longuement.

Vois mon regard !... *(A
voix basse.)* A ce soir !...

*Elle lui tend la main,
qu'il presse contre ses
lèvres.*

*Le protagoniste se lève
et commence à arpenter
le plan supérieur, les
mains derrière le dos, en
réfléchissant.*

LE JEUNE HOMME

Je t'attendrai, confiant !
L'espace aura changé,
tout aura changé : l'air,

la lumière. La terre et
le soleil ne seront plus
à la même place dans le
ciel. Mais, à ce point du
temps que tu désignes —
et qui, lui, ne peut man-
quer le rendez-vous —,
je serai là, pour t'at-
tendre.

*Tout en se parlant à
mi-voix, ils vont, avant
de se quitter, et pendant
tout le monologue du
protagoniste, faire un
certain nombre d'évolu-
tions gracieuses,
comme des danseurs.*

*Pendant ce temps, les
allées et venues des
« passants » se sont
ralenties, puis cessent
tout à fait. Les choristes
se rassemblent et s'as-
soient, les uns derrière
les autres, à gauche,
comme au début du
poème.*

*A ce moment, réappa-
rition de monsieur Mot
et de madame Parole,
l'un venant de gauche,
l'autre de droite et ne se
montrant qu'à moitié,
dans une attitude
comiquement timide :
ils vont littéralement
« souffler » quelques
mots au protagoniste,
comme si celui-ci ne
savait plus son rôle, —*

*ou plutôt comme s'ils
voulaient « l'inspirer ».*

*Monsieur Mot, près de
la coulisse de droite,
commencera à voix
assez basse — voix de
« souffleur » —, mais
assez forte, bien sûr,
pour que le public
entende. Puis il parlera
de plus en plus fort.*

*Madame Parole, qui
lui donnera la réplique,
en fera autant, près de la
coulisse de gauche.*

MONSIEUR MOT,
à voix basse.

Artaxerxès !

> *Un temps.*

MADAME PAROLE,
même jeu.

Alexandre !

> *Un temps.*

MONSIEUR MOT

Abraham !
*Un temps un peu plus
court.*

MADAME PAROLE

Archimède !

Un temps plus court.

MONSIEUR MOT,
crescendo et plus vite.

Abdul-Hamid ! Améno-
phis !

MADAME FAROLE

Attila ! L'Armada !

MONSIEUR MOT

Babylone ! Barrabas !

MADAME PAROLE

Bélisaire ! Bayard !

MONSIEUR MOT

César ! Cléopâtre !

MADAME PAROLE

Charlemagne ! Colomb !

*Ils attendent un ins-
tant, comme guettant
l'effet de leur interven-
tion, puis, dès que le
protagoniste commence
son monologue, ils dis-
paraissent, comique-
ment satisfaits.*

*Le protagoniste fera
toutes sortes d'évolu-
tions pendant sa tirade,
montera ou descendra
des marches, etc. Il
commence comme s'il
enchaînait, sur les mots
historiques que l'on
vient d'entendre et
comme s'il continuait, à
voix haute, un monolo-
gue intérieur commencé
depuis un moment. Le
ton est d'abord comme
furieux et sauvage.*

LE PROTAGONISTE

... Non !...

... non je n'étais pas là,

depuis l'aurore de ce monde !

Ni avant l'histoire ni depuis l'histoire,

je n'étais pas là, bourreau ou martyr, esclave, conquérant ou prophète !

Et je n'ai pas connu cent mille triomphes, ni cent mille désastres sur la neige ou le sable,

— et je n'étais pas là quand les marins des caravelles sombraient avec leur cargaison sous les tempêtes d'occident,

— et je n'ai pas connu les épidémies de peste noire, ni les typhons, ni les villes englouties sous la cendre et la lave,

— et je sais qu'il y en a eu, depuis les siècles et les siècles, et jusqu'aujourd'hui même et jusqu'à ma porte, des supplices et des massacres et des pendaisons, pour les meilleures raisons du monde,

Crescendo, de plus en plus intense et douloureux.

— et des monstres et de cruels sauveurs, et de grandes passions toujours coupables et toujours innocentes et des suicides et des meurtres étouffés au fond des caves,

*La lumière commence
à baisser.*

— et tout ce poids de
l'horreur que je sais et
qui s'est amoncelé sur
la terre,
— et cette foule d'an-
ciens vivants que je
n'ai connus que par
ouï-dire,
cette longue torture de
dix mille et dix mille
années
est comme un bûcher qui
brûle encore en moi
et dont je suis l'avant-
dernière flamme
et sa mortelle fumée
monte le long de ma
vie
comme pour s'échapper
par ma bouche !

*Un temps d'arrêt.
Puis, sur un ton plus
calme, comme inspiré,
parfois ébloui.*

... Et ce n'est aussi que
par ouï-dire que j'ai
connu les faïences lui-
santes
dans le calme intérieur
hollandais
où une femme en bleu
joue du luth
pendant qu'un cavalier
drapé sous son large
chapeau
lui verse une coupe de
rubis,
— et je n'ai pas connu les
jours de fête populaire
et de bénédiction

bavarde dans les
vignobles de Lom-
bardie,

ni la danse des sabots et
des cocardes et des
piques

sur les ruines de la prison
centenaire ;

— et l'on m'a parlé du
ruissellement du son
des cordes et des
cuivres

dans l'oreille d'un sourd
divinisé,

Le crépuscule s'accen-
tue. La lumière devient
oblique et rougeâtre.

— et de l'illumination
du vrai,

quand le savant à la
toque noire

a vu bouger, sous le verre
grossissant,

la cause minuscule des
énormes épidémies,

— et tant d'événements
surprenants et tant de
découvertes et tant de
chefs-d'œuvre

ont été scellés et parache-
vés longtemps avant
ma vie

et cependant je les porte
en moi-même

et ils sont devenus ma
chair et ma raison...
(Changeant de ton brus-
quement, pathétique, se
frappant la poitrine
avec ses poings.)

Monsieur Mot et
madame Parole repa-
raissent pendant la fin
du monologue du prota-

Qu'est-ce que je suis ?
Est-ce que j'existe,
moi qui n'ai rien connu

*goniste, mais sur le pla-
teau du bas et cette fois-
ci, avec simplicité et
dignité, — et non plus
dans une attitude
comique. Ils se sont
assis, avec gravité, l'un
à droite, l'autre à
gauche, sur la première
marche, face au public.*

de tout ce qui m'a fait tel
que je suis ?
Ne suis-je donc rien, rien
d'autre
qu'une halte d'une heure
dans un déroulement
sans fin ?

   *Un temps. Il s'arrête
de marcher et de parler,
comme essoufflé.*

LE PROTAGONISTE, *dési-
gnant les amoureux,
sur un ton soudain
très simple,
presque prosaïque.*

Et cependant, il y a ici,
aujourd'hui,
comme si rien n'avait
existé auparavant,
un garçon et une fille ! *(Il
rit, s'arrête et semble
méditer.)* Un garçon !
Une fille ! Comme si
cela n'avait jamais été,
comme si c'était la pre-
mière fois,
comme si le monde
commençait avec eux,

      Un temps.

comme si c'était l'A.B.C.
de notre vie...

*Monsieur Mot et
madame Parole vont
parler cette fois sans être
comiques, d'une voix
très articulée, très nette,
un peu solennelle, mais
plutôt impersonnelle,
sans accent ni « tré-
molo ».*

MONSIEUR MOT, *lentement,*
détachant les syllabes.

Assassinats !

>   *Un temps.*

Balistique !

>   *Un temps.*

Batailles !

>   *Un temps plus long.*

Confusion !

MADAME PAROLE, *même*
ton et même jeu.

Avenir ?

>   *Un temps.*

Amour ?

>   *Un temps plus long.*

Beauté ?

> *Un temps encore plus*
> *long, puis ce seul et der-*
> *nier mot, avec une into-*
> *nation expressive, à voix*
> *toujours très distincte,*
> *mais sur un ton un peu*
> *plus bas, à la fois confi-*
> *dentiel et solennel*
> *comme un avertisse-*
> *ment mystérieux, plein*
> *de sens et d'espoir.*

Confiance ?

> *Le couple d'amoureux*
> *a fini d'évoluer en se*
> *disant adieu. Elle lui*
> *fait un signe de la main*
> *et disparaît à droite,*
> *tandis que lui, la sui-*
> *vant des yeux longue-*

Le protagoniste s'as-
sied, de biais et dans
une pose libre, sur la
troisième marche, au
milieu, une jambe croi-
sée sur l'autre, le coude
reposant sur la
deuxième marche.

*ment, reste d'abord à la
même place. Puis il s'en
va lui-même, lentement,
vers la gauche.*

*Le chœur recommence à faire entendre
son murmure indistinct, qui s'élève peu à
peu comme une vague.*

*Puis le murmure
redescend, s'affaiblit et
l'on entend des paroles
distinctes, dites sur un
rythme continu, mais
assez lent, avec une
sorte de calme apaisé,
comme si tout était
révolu.*

VOIX D'HOMME

Je suis...

VOIX D'HOMME

J'étais...

VOIX D'HOMME

Je serai...

*Un temps un peu plus
long.*

VOIX DE FEMME

Je vis, je vivrai...

VOIX DE FEMME

J'ai vécu...

VOIX DE FEMME

J'ai aimé...

Un temps.

VOIX D'HOMME

Je pense...

VOIX DE FEMME

Je souffre...

VOIX D'HOMME

Je me souviens...

VOIX DE FEMME

J'attends, j'espère...

Un court silence, pendant lequel le murmure indistinct du chœur s'enfle, puis décroît comme une houle.

VOIX D'HOMME

Je combats...

VOIX D'HOMME

Je guéris...

VOIX DE FEMME

J'ai pitié...

VOIX D'HOMME

Je désespère...

VOIX D'HOMME

Je sais, je crois, je suis sûr...

VOIX D'HOMME

Je ne sais pas, je ne sais plus, je doute...

Crescendo.

VOIX D'HOMME

J'implore...

VOIX DE FEMME

Je supplie...

VOIX D'HOMME,
fortement.

Je défie, je maudis, je
me révolte...

VOIX DE FEMME,
criant.

Sauvez-moi ! Sauvez-
nous !

Decrescendo.

VOIX D'HOMME,
positive.

Je suis sur la terre.

VOIX D'HOMME

Rien n'est seul.

VOIX D'HOMME,
optimiste et virile.

Je parle. On me
répond. J'existe.

VOIX DE FEMME,
basse et triste.

Je parle dans le vide.
Personne !

VOIX D'HOMME,
angoissée.

J'attends... J'attends...
Nul ne vient ! Je suis
seul !

*Toutes les voix se
confondent en un vaste
murmure qui dure un
moment, indistinct,*

*puis sur lequel se déta-
chent distinctement les
paroles prononcées par
le chœur au début, cette
fois comme une mélopée
indifférente et désa-
busée.*

LE CHŒUR, *inexpressif et
     monotone.*

Je t'avais dit... Tu
m'avais dit... Je t'avais
dit... Tu m'avais dit... Je
t'avais dit... *(Un silence.
Plus expressif et doulou-
reux.)* Je t'attendais... et
tu n'es pas venu ! Je t'attendais et tu n'es pas
venu !... Je t'attendais et
tu n'es pas venu... Et tu
n'es pas venu !... *(Un
silence. Crescendo.)* Je
t'avais dit, tu m'avais
dit... Je t'attendais et tu
n'es pas venu ! Je t'attendais et tu n'es pas venu...
Je t'attendais et tu n'es
pas venu ! Je t'avais dit,
tu m'avais dit. Je t'avais
dit... Et tu n'es pas
venue !... Et tu n'es pas
venue. Tu m'avais dit et
tu n'es pas venu. Je
t'avais dit, je t'attendais
et tu n'es pas venu...

*Le chœur n'est bientôt
plus qu'un murmure
indistinct et très bas,
qui disparaît peu à peu
pendant que le protago-
niste parle.*

Le soir est tout à fait venu. Les lumières de la ville s'allument. Les choristes se dispersent et vont et viennent, anonymes, de même que monsieur Mot et madame Parole, confondus dans la foule. Quelques-uns ont à la main une lampe de poche et leur va-et-vient lumineux représente le mouvement nocturne de la grande ville, les phares des autos, les éclairages des fenêtres, des magasins, des affiches lumineuses, etc.

Tout en marchant, ils parlent bouche fermée, bourdonnant légèrement, comme des insectes.

Le protagoniste s'avance lentement vers le devant de la scène et s'étend sur le bat-flanc, comme au début du poème.

LE PROTAGONISTE

De chair et de sang comme moi,
souffrance, folie, sagesse, amour,
la ruse et la haine lourdement mêlées à l'innocence
et cette petite fumée qui danse dans nos têtes !...
Fixés au même point du temps,
voici les uns et les autres qui bougent et parlent dans la ville

à peine un peu plus que
des arbres...

Un silence.

Ma damnation, ma
récompense,
humanité, tu es mon pay-
sage
et comme le vent dans la
forêt,
comme les vagues de la
mer,
le bruit que fait le flot
sans fin de tes paroles
éternellement se res-
semble...

Un temps.

J'ai oublié le sens des
mots.
Je ne suis qu'un mur-
mure
soulevé par la joie,
serré par la douleur.
Des mots ? Moins que des
mots : des sons, des
plaintes, des cris,
des gestes de la voix,
un murmure sans parole
parmi d'autres mur-
mures...

Rideau

NOTE COMPLÉMENTAIRE

Dans sa forme, et dans sa structure, ainsi que dans sa présentation, le poème que l'on vient de lire s'inspire à la fois de l'art théâtral, de la musique de concert, et de la mimographie.

Bien que cet ouvrage, par conséquent, ne soit pas une « pièce » au sens habituel du terme, c'est tout de même le théâtre qui est son plus proche parent et c'est sur une scène de théâtre qu'il doit être représenté.

En effet, le principal moyen d'expression ici employé est le langage parlé et ce langage ne prend son plein sens qu'en étant non seulement récité, mais joué par des acteurs, avec tout l'appareil de l'art dramatique : décor ou éléments de décor (on sait qu'un rideau, ou un escalier, est déjà tout un décor), éclairages, intonations, attitudes et mouvements des interprètes, peut-être, par moments, accompagnement musical (ou, en tout cas, sonore), etc.

Si donc ce « poème à jouer » s'apparente d'abord au théâtre, il en diffère toutefois parce qu'il ne s'y passe aucune « action dramatique » véritable. Sa trame, en effet, est composée non d'événements mais de thèmes poétiques. Ces thèmes, à la manière des thèmes musicaux dans une œuvre symphonique, sont exposés, développés, enchevêtrés selon un plan purement formel et les rapports qu'ils entretiennent entre eux, échappant à l'art du dialogue, obéissent à des préoccupations de rythme, d'alternance des mouvements, d'opposition des effets, qui sont empruntés à l'art musical. À cet égard, L'A.B.C.

de notre vie *est construit sur le même plan qu'un* Concerto : *le soliloque du « protagoniste » (lequel exprime le sens général du poème) fait équilibre avec une masse de voix anonymes (le « chœur ») et tantôt alterne avec cette masse, tantôt lui fait écho, tantôt s'y super- pose, — bref, joue un rôle analogue à celui de l'instru- ment concertant par rapport à l'ensemble orchestral.*

Enfin, ce qui fait que ce « poème à jouer » participe aussi de l'art du mime (ou de l'art de la danse), c'est que les interprètes, dont les attitudes, les gestes et les déplace- ments doivent être dirigés avec précision, sont tantôt « impersonnels » comme les éléments d'un corps de ballet, tantôt expressifs et personnels comme les mimes ou les danseurs incarnant des « rôles » et que tout cela doit se passer dans une atmosphère de transposition — *et, si l'on veut, d'abstraction, — qui n'a rien de commun avec l'atmosphère habituelle du théâtre proprement dit où, de toutes façons, que l'œuvre à représenter soit réaliste ou symbolique, il s'agit toujours de « faire vivre » des personnages et de retracer un événement, avec enchaînement des faits, péripéties, progression et dénouement.*

Il convient, pour terminer, de préciser le rôle particu- lier du chœur, *tel qu'il est ici conçu.*

Le propre de ce « chœur parlé » d'un nouveau genre n'est pas d'imiter plus ou moins le chœur musical, mais de former une sorte de « réserve » qui représente la foule ou la masse humaine et d'où, sur un fond de murmure ou de brouhaha indistinct (tantôt proche, tantôt loin- tain, tantôt léger, tantôt accentué), s'échappent des paroles, des fragments de phrases ou des phrases entières. Mais attention ! ces paroles ou ces phrases ne sont jamais prononcées simultanément *par les cho- ristes, comme cela se pratique dans les chœurs parlés habituels : elles sont dites* successivement *par les diverses voix, dont chacune s'exprime en* soliste, *de façon à être parfaitement compréhensible.*

Ainsi donc, ce qui donnera l'impression de masse, c'est que, d'une part, cette succession des voix distinctes et isolées doit être réglée avec le plus grand soin, de manière à être effectuée très rapidement, *sans le moin-*

dre retard, *que, d'autre part, ces voix doivent être de
tessitures et de timbres très différents, — voix d'hommes,
voix de femmes, voix aiguës, voix de basse, voix gaies,
voix graves, etc. — et enfin que cette succession de voix
diverses doit se superposer au murmure indistinct des
autres choristes au même moment. Pratiquement, cela
suppose une gymnastique vocale très vive, chaque choriste ayant tour à tour à murmurer indistinctement
(parfois à bouche fermée) puis à prononcer distinctement quelques mots, puis à revenir au murmure, et ainsi
de suite.*

*(Il est d'ailleurs à noter que cette « gymnastique
vocale » a pour but d'éviter de mobiliser un chœur trop
nombreux. Il est bien évident que, si l'on n'avait pas ce
souci d'économie des moyens, on pourrait partager le
chœur en deux groupes principaux : ceux qui parlent
distinctement et ceux qui ne font que murmurer*[1]*.)*

*Enfin, de cette masse, de cette « réserve » constituée
par le chœur, s'échappent, à divers moments du poème,
des choristes qui effectuent certains déplacements, ont
certains rôles épisodiques à dire ou à jouer et incarnent,
soit très brièvement, soit plus longuement, divers personnages : rêveurs, passants, dîneurs, etc. Parfois même,
comme les deux amoureux, dans la dernière partie du
poème, ils seront chargés de jouer toute une « scène »,
dans la forme habituelle du théâtre.*

---

1. Lors de la première représentation, à Paris, en juin 1959, le
metteur en scène Jacques Poliéri avait résolu cette difficulté en
enregistrant sur magnétophone les murmures indistincts des choristes.

La triple mort du Client

Trilogie

I

LE MEUBLÉ

Avant le lever du rideau, on entend une musique essoufflée d'orgue de Barbarie, une polka qui voudrait être gaie mais qui, en fait, est déchirante de tristesse, avec des notes qui manquent et des halètements de mécanique usée.

Le rideau s'ouvre.

La scène, dont on doit réduire les dimensions au minimum, par exemple en fermant plus qu'à demi le rideau, représente une salle quelconque, absolument nue.

Au lever du rideau, l'Inventeur — un homme sans particularité apparente — est assis sur une chaise et lit distraitement un journal, en tournant ou faisant semblant de tourner la manivelle qui, dans la coulisse, côté jardin, actionne l'orgue de Barbarie. De temps en temps, il bâille, se gratte la tête ou consulte sa montre. Il semble attendre quelque chose ou quelqu'un.

On sonne. L'Inventeur se lève, pose son journal sur la chaise, va précipitamment vers la coulisse, côté jardin. Il fait mine d'arrêter la manivelle : la musique s'arrête. Puis il se dirige côté cour. Il disparaît quelques instants dans la coulisse pour reparaître seul, mais en parlant à l'Acheteur qui restera invisible pendant toute la scène et sera supposé assis dans la coulisse, côté cour.

NOTA. — *On peut aussi concevoir que l'Acheteur vienne en scène, mais il n'en sera pas moins muet. Il restera, par exemple, assis côté cour, comme s'il regar-*

*dait le Meuble, côté jardin. Dans ce cas, il ne fera —
jusqu'au moment où il s'écroule, tué par le coup de
revolver — que commenter par sa mimique le boniment
de l'Inventeur.*

L'INVENTEUR, *à la cantonade.*

Ah! bonjour, monsieur! Vous venez pour le Meuble,
pour visiter le Meuble?... Donnez-vous donc la peine
d'entrer, c'est ici au fond, juste devant vous!

> *Lorsqu'il est revenu au milieu de la scène,
> il désigne avec satisfaction le Meuble qui est
> supposé se trouver derrière la coulisse, mais
> que l'on ne voit pas.*

Et voici le phénomène! N'est-ce pas qu'il est
beau?... Oui, je lis sur votre visage qu'il produit une
forte impression sur vous... D'ailleurs, c'est toujours
ainsi. C'est toujours ainsi que les acheteurs réagissent
lorsqu'ils se trouvent brusquement en présence du
Meuble. L'émotion leur coupe la parole — comme à
vous-même en ce moment. Mais remettez-vous, je
vous en prie!...

Ah, monsieur, quelle fierté! Quelle fierté pour moi
qui en suis l'inventeur! Oui, quelle fierté de voir que
ce meuble, sorti de mon cerveau et de mes mains,
provoque à ce point l'enthousiasme!... Merci, monsieur, merci à vous aussi pour toutes les marques
d'admiration que vous me donnez!

Vous allez me demander comment je l'ai conçu?
Oh, monsieur, rien de plus simple! Je n'ai pas la
prétention d'en avoir découvert le principe. Non, non!
Ce genre de meubles existe depuis fort longtemps, je
n'hésite pas à le dire. Au XVIIIe siècle, on les appelait
des « va-voir-si-j'y-suis ». J'en ai vu de fort beaux, de
cette époque-là : avec des pieds tournés en dedans,
capsules de rechange, ambiance « Chez-soi » et cris de
détresse en mer, le tout recouvert d'un damier, ébène
et porphyre, muni de pédales en maroquin verni et
agrémenté d'intervalles de séparation...

Mon mérite à moi, — si mérite il y a! — c'est d'avoir
retrouvé ces vieux modèles, déjà si perfectionnés, et de

les avoir mis au goût du jour. Tenez, en haut, tout en haut, vous voyez cette petite galerie de plâtre doré ?... Ça n'a l'air de rien ?... Eh bien, c'est pourtant là tout le secret de ce genre de meubles : si la galerie n'est pas en place, tout le Meuble se disloque et l'appareil ne fonctionne plus. Car la galerie, n'est-ce pas, c'est ce qui termine. Par suite, tout ce qui est dessous en dépend ! C'est comme dans un immeuble : le cinquième dépend du sixième, le quatrième du cinquième et ainsi de suite, jusqu'au rez-de-chaussée. C'est clair.

... Oui, je l'ai commencé il y a juste vingt-cinq ans ! Que de veilles, que de soucis il m'a coûtés ! J'y ai mis toute ma science et aussi toute ma jeunesse. Aussi le Meuble est-il entièrement plein, bondé à craquer du haut en bas... Notez que je le vends *avec tout ce qu'il y a dedans !* C'est pourquoi j'en veux un bon prix. Ah, mais oui ! C'est que ce n'est pas un meuble vide, ça, monsieur, un meuble sans âme, comme il y en a tant, un meuble qui n'aurait rien dans le ventre ! Je vous le dis, c'est plein à craquer !

D'abord, il faut bien, n'est-ce pas ! *Puisque c'est un meuble qui fournit tout ce qu'on lui demande !*... Si vous voulez bien consulter la notice !... *(Il sort un papier de sa poche et le tend à l'Acheteur.)* ... Tenez : vous verrez tous les usages qu'on peut en faire, c'est presque infini... lisez attentivement !... Hein, n'est-ce pas que c'est ahurissant ?... Voyons, qu'est-ce que vous allez lui demander, à mon Meuble ?... Une douzaine d'huîtres, un morceau de musique, la solution d'un problème d'algèbre, une vue stéréoscopique, un jet de parfum, un conseil juridique, que sais-je, moi !... Plaît-il ?... Un plumeau ?... Bon, va pour le plumeau !... Vous êtes modeste !... Attendez... *(Il va vers le Meuble.)* Voici... j'appuie sur les boutons : P... L... U... M... O... (oui, nous avons simplifié l'orthographe) ...j'arme, je tire sur la poignée « Arts Ménagers »... et voici !

> *En effet, après un fracas retentissant de*
> *poulies, de ressorts et de déclenchements*
> *divers, on voit sortir brusquement de la*

> *coulisse un bras humain, mais très raide,*
> *gainé de noir et ganté de blanc, qui tend un*
> *plumeau. L'Inventeur prend le plumeau et le*
> *gardera à la main ou sous le bras jusqu'à la*
> *fin. Le bras rentre, d'un geste saccadé, dans*
> *la coulisse.*

... Vous êtes épaté, hein ? et pourtant, vous n'avez encore rien vu. Il est parlant aussi, l'animal ! Cent pour cent parlant !... Que voulez-vous qu'il dise, hein ?... Comment ?... Ah bon, parfait ! Vous allez être satisfait à l'instant... j'appuie sur les boutons : M... U... S... S... E... T... et... écoutez bien !...

> *On entend de nouveau des bruits de*
> *déclenchement, comme dans un appareil à*
> *sous, puis :*

> VOIX DU MEUBLE, *psalmodiant,*
> *d'une voix nasillarde et niaise.*

L'homme est un apprenti, la douleur est son maître
Et nul ne se connaît tant qu'il n'a pas souffert.

L'INVENTEUR

Que pensez-vous de cette merveille ? Hein, quelle voix !... Et remarquez que vous pouvez l'entendre *autant de fois que vous voudrez* : ce sera toujours *exactement* la même voix, *exactement* les *mêmes* paroles, les *mêmes* intonations ! Ah, oui, monsieur, vous avez raison : c'est une bien grande sécurité pour ceux qui aiment les belles choses ! Tenez, pour vous prouver que je dis vrai, nous allons, si vous le voulez bien, réentendre les mêmes vers, dits par la même voix :

> *Il manœuvre des boutons et manettes*
> *imaginaires. Bruits divers. Mais on entend,*
> *au lieu des vers de Musset :*

> LA VOIX DU MEUBLE, *chantant*
> *de la même voix nasillarde et niaise.*

J'ai du bon tabac dans ma tabatière.
J'ai du bon tabac, tu n'en auras pas.

L'INVENTEUR, *surpris.*

Tiens, qu'est-ce qui se passe ? Une erreur ?... *(Il va inspecter le Meuble.)* ... Oui, une simple erreur d'aiguillage, mais qui n'est imputable qu'à moi seul : non à mon Meuble ! Il est infaillible, lui ; c'est nous, pauvres humains, qui sommes exposés à l'erreur !...

Tenez... vous allez comprendre : vous voyez le quatrième tiroir, là, en partant du bas et à gauche ?... Non, pas ici, là, juste au-dessus du petit amour en bronze surmonté du chapeau de Napoléon !... Là, oui, vous y êtes... Eh bien, sur ce quatrième tiroir, vous voyez la double rangée de boutons ?... les boutons rouges en haut, les boutons verts en bas ? Bon !... Eh bien, si vous tirez le troisième bouton vert et le septième bouton rouge au lieu de pratiquer l'opération inverse, il se produit un petit décalage que nous appelons, dans notre métier, le « Ni-vu-ni-connu ». Comme son nom l'indique, c'est un incident sans gravité apparente, mais en réalité dangereux, parce qu'on ne s'en aperçoit pas. On le corrige par le procédé dit : « Va-comme-je-te-pousse »... Nous connaissons le mal ? Donc, nous tenons le remède ! Recommençons ! Nous disons : quatrième tiroir, septième bouton vert, quatrième rouge... Ça y est !

Manœuvres, bruits, et la voix :

LA VOIX DU MEUBLE, *toujours nasillarde, mais, cette fois, pressée et bafouillante.*

L'homme est un à douleur l'apprenti est son maître
Et nul ne se souffert, tant qu'il n'a pas connaît.
L'homme est un à connaît tant qu'il n'a pas son maître
Et nul ne s'apprenti, souffert tant qu'il pas n'a.
A n'a pas souffert maître, à tant qu'il apprenti
Et douleur homme est un, le connaît nul ne son.

L'INVENTEUR

Oh ! Oh ! Que se passe-t-il ? Mais c'est incroyable ! C'est inadmissible ! Assez ! Assez ! Veux-tu t'arrêter, vaurien !

> *L'Inventeur se précipite, secoue l'appa-*
> *reil, lui donne coups de pieds et coups de*
> *poings. La voix s'arrête.*

Monsieur, je vous en prie, veuillez excuser mon Meuble. Il a trop travaillé ces temps-ci. Je lui ai appris tellement de choses, je lui ai fait tant de lectures, qu'il en est saturé. Ceci, d'ailleurs, n'était qu'un simple incident, un tout petit incident mécanique. Il doit y avoir un piétinement dans les conduits, à moins que ce ne soient les charançons qui aient attaqué le bois de lit du pivot central ! Une nuit de repos, et il n'y paraîtra plus.

... Mais je ne veux pas vous laisser sur cette fâcheuse impression. Je vais demander à mon Meuble de vous faire un cadeau, pour se faire pardonner... Voyons ! Nous allons composer quelque chose de très bien, quelque chose qui sera pour vous un souvenir, même si vous n'acceptez pas l'appareil. Ah, voici ! J'ai trouvé !

> *Il manœuvre un instant l'appareil.*

Et maintenant, monsieur, fermez les yeux et ne les ouvrez que lorsque je vous le dirai : ce sera une surprise... Un... deux... trois... ça y est ! *(Le bras sort brusquement un revolver et tire. Détonation. Dans la coulisse, un grand cri et le bruit de la chute d'un corps. Si l'Acheteur est sur la scène, il s'écroule, touché à mort. L'Inventeur paraît d'abord atterré, puis, haussant les épaules d'un air résigné :)* Musique !...

> *Il reprend la manivelle et, aussitôt, on*
> *entend la même musique d'orgue de Barba-*
> *rie qu'au début.*

Rideau.

II

LA SERRURE

PERSONNAGES

LA PATRONNE
LE CLIENT

    Un salon décoré et meublé avec un luxe de mauvais goût. De mauvais tableaux aux murs, des fauteuils et un petit guéridon dorés. A gauche, en oblique, une porte d'aspect funèbre : elle est de proportions inusitées, peinte en blanc sale, avec un encadrement noir. A mi-hauteur de cette porte, c'est-à-dire à un emplacement anormal, il y a une épaisse serrure, plus grande que nature ; le trou de la serrure est, lui aussi, de dimensions peu communes, bien qu'ayant la forme classique de la clé. Il semble qu'une quantité énorme de nuit soit accumulée et concentrée dans ce trou de serrure. A l'opposé, à droite, une autre porte, mais celle-ci est de dimensions moyennes, ordinaires, humaines.

    Au fond, une fenêtre, masquée par d'épais rideaux fermés, tombant jusqu'à terre.

    La pièce est éclairée à l'électricité.

    Au lever du rideau, la porte de droite s'ouvre brusquement : le Client entre, un peu affolé, poussé par la Patronne.

    Le Client est un pauvre homme timide, aux vêtements et aux gestes étriqués ; la Patronne est une volumineuse dame très mûre, aux cheveux décolorés, vêtue d'une robe prétentieuse aux couleurs criardes. Elle tient à la main un trousseau de clés.

LA PATRONNE, *précipitamment.*

Là, là, asseyez-vous là... en attendant que je revienne ! *(Le Client s'assied. La Patronne referme la porte sur eux, paraît un instant attentive à ce qui se passe de l'autre côté, puis :)* Ils sont passés. Bon, je m'éclipse. Je reviens dans une seconde. *(Elle lui fait un large sourire « commercial » et disparaît du même côté, en refermant la porte sur le Client. Celui-ci, demeuré seul, se dispose à attendre. Il toussote, consulte sa montre, regarde fréquemment du côté de la porte de droite, et commence à donner des signes d'impatience, lorsque la Patronne reparaît, toujours véhémente et empressée.)* Mon Dieu, mon Dieu, mon pauvre petit monsieur ! Je ne vous ai pas fait trop attendre ? Comme je regrette d'avoir fait attendre ce gentil petit client !

LE CLIENT, *se tenant, très intimidé.*

Mais, madame... A vrai dire, madame... J'avais tout mon temps. Mais bien sûr !...

LA PATRONNE

Bien sûr, bien sûr... Vous commenciez à vous impatienter, petit coquin ! Allons, dites-le franchement ! Il est vrai que certains, certains des messieurs qui viennent ici, ne se plaignent pas toujours d'être obligés d'attendre ! Non, ils ne s'en plaignent pas ! Je dirai même que quelques-uns y trouvent, comment vous dire, y trouvent leur compte ! *(Elle rit d'un air entendu.)* Vous voyez ce que je veux dire ?

LE CLIENT, *s'efforçant d'être digne.*

Moi, madame, vous savez, c'est une tout autre question qui m'amène.

LA PATRONNE, *avec ironie.*

Bien entendu ! Chacun de nos messieurs vient *toujours* pour une *autre* raison ! Et vous, mon petit monsieur, vous aussi, naturellement ! Naturellement !

LE CLIENT, *un peu décontenancé,*
mais habité par une passion dominatrice.

Vous savez bien, madame, pourquoi je viens ! Ou plutôt pour qui !

LA PATRONNE

Allons, je plaisantais ! Pauvre petit, pauvre petit monsieur ! On vous taquine. Mais on vous taquine gentiment, parce qu'on sait ce que vous cherchez ! Et parce qu'on sait qu'on vous le donnera ! *(D'une voix chantonnante.)* Qu'on vous le donnera, que le monsieur aura ce qu'il désire, ce qu'il désire !

LE CLIENT, *avec vivacité, d'une voix rauque.*

Où est-Elle ? Dites, où est-Elle ?

LA PATRONNE, *continuant à chantonner.*

Ah, voilà, voilà ! Où est-Elle, la belle des belles ? Où est-Elle, la belle dame pour le petit monsieur ?

LE CLIENT

Je vous en prie : ne plaisantez pas !

LA PATRONNE, *reprenant un ton naturel.*

Vilain impatient ! *(Haussant les épaules.)* Allons, vous savez bien qu'on ne vous aurait pas fait venir pour rien.

LE CLIENT

Je vous le demande humblement, je vous supplie de me le dire : où est-Elle ?

LA PATRONNE, *désignant cérémonieusement*
la grande porte funèbre.

Là !

LE CLIENT, *déjà comme illuminé.*

Là, c'est donc là ? Elle est là, derrière cette porte ?

LA PATRONNE

Puisqu'on vous le dit ! *(Se reprenant.)* Ou plutôt elle n'est peut-être pas encore là en ce moment, mais tout à l'heure, elle sera là *sûrement* !

LE CLIENT, *déçu.*

Ah ? Seulement tout à l'heure ?

LA PATRONNE

Voyons, soyez raisonnable : vous savez bien que rien ne peut se passer en présence d'un tiers ! Même si ce « tiers » est quelqu'un dans mon genre, qui n'est là que pour vous « procurer » ce que vous cherchez !... Tout à l'heure, quand vous serez seul, et si vous êtes bien sage, alors...

> *Elle fait un geste symbolisant quelque chose de merveilleux.*

LE CLIENT, *avec un profond soupir.*

J'ai tellement désiré cette minute, madame !

LA PATRONNE, *riant cyniquement.*

Ça, je n'en doute pas !

LE CLIENT

Pourquoi riez-vous ? Parce que je vous appelle « madame » ?

LA PATRONNE, *cynique.*

Admettons !

LE CLIENT

Ça n'a rien de drôle, vous savez !

LA PATRONNE

Je sais, je sais tout !

LE CLIENT

Ça n'a rien de drôle, une passion pareille ! Depuis des jours, des nuits, des années, je ne pense qu'à

Elle !... Je me disais : Oh ! si seulement je pouvais la voir !... La voir ! Ne serait-ce qu'un instant !... La voir... Même sans qu'elle me voie ! L'apercevoir seulement ! A travers un rideau déchiré, une porte entrebâillée, au bout d'une longue-vue !... Oui, je me disais cela. Je me disais que ça suffirait pour que je sois content. Et maintenant, tout à coup, voilà ! Voilà : cette minute est arrivée !

LA PATRONNE

Patience, mon joli ! Tout à l'heure, tout à l'heure !

LE CLIENT

Après tout, qu'importe maintenant ou tout à l'heure ! Je touche au but !... Est-ce que je rêve ? Dites : est-ce que je rêve ?

LA PATRONNE

Non, mon petit, vous ne rêvez pas. Vous êtes bien là, bien éveillé. En chair et en os. En chair et en os. Pour Elle !... Et vous allez pouvoir la contempler tout votre saoul !

LE CLIENT

Je n'ose encore y croire ! Est-ce que c'est possible ? Est-ce que ce grand bonheur est pour moi ?

LA PATRONNE

Pour vous, mon petit monsieur, pour vous ! Pour vous seul. Tout seul. Tout à l'heure. C'est-à-dire lorsque vous entendrez le signal de...

LE CLIENT

Quoi ? Elle me parlera !... Elle chantera peut-être ?

LA PATRONNE

Ne vous agitez donc pas comme ça ! Et laissez-moi finir ma phrase. Je dis que vous pourrez regarder, que vous *devrez* regarder, aussitôt le signal convenu, c'est-à-dire lorsque vous entendrez sonner 6 heures à la pendule de sa chambre... là... à côté... 6 heures ! *(Avec lenteur.)* Ding !... ding !... ding !...

LE CLIENT, *achevant, dans l'extase.*

... ding !... ding !... ding !... 6 heures ! 6 heures dans sa chambre. C'est bien là, dites-vous ?

Il désigne la porte noire et blanche.

LA PATRONNE

Oui ! Là, de l'autre côté de cette porte !

LE CLIENT, *soudain inquiet.*

Et vous êtes sûre que je l'entendrai, que j'entendrai bien la sonnerie de la pendule ?

LA PATRONNE

Très nettement. Très distinctement ! Une jolie petite sonnerie de pendule de dame... de jolie madame !

LE CLIENT, *fiévreux.*

Une pendule qui est sur sa table de nuit, n'est-ce pas ? Par conséquent, une pendule qui est à côté de son lit, n'est-ce pas ? Je dis bien : *à côté de son lit ?*... Mais répondez-moi donc !

LA PATRONNE

Un conseil : calmez-vous ! Ne vous mettez pas dans des états pareils... *avant !*

LE CLIENT

Et combien de temps faudra-t-il attendre cette sonnerie de pendule ?

LA PATRONNE, *tentatrice.*

Pas longtemps. Un tout petit moment. Ça ne vous fera pas de mal. Vous n'en serez que plus heureux... *après !*

LE CLIENT

On ne viendra pas me... déranger, au moins ?

LA PATRONNE

Pas du tout. Vous serez parfaitement tranquille. Petit coquin ! Vous n'aurez rien à envier aux grands de la terre !

LE CLIENT

Et *où*, et *comment* la verrai-je ?

LA PATRONNE, *désignant le trou de la serrure.*

Par là !

LE CLIENT, *décontenancé.*

Par là ?

LA PATRONNE

Exactement.

LE CLIENT

Oh !... C'est-à-dire...

LA PATRONNE

Quoi donc ?

LE CLIENT

C'est-à-dire qu'il faudra que je regarde par là... par là ?

LA PATRONNE

Eh oui, parbleu ! Dites donc le mot carrément : par le trou de la serrure !

LE CLIENT, *déçu.*

Ah !

LA PATRONNE

Eh bien quoi ? Il n'y a pas de quoi se désoler, que je sache !

LE CLIENT

Oh, non, non, évidemment, mais je...

LA PATRONNE, *se moquant de lui
avec irritation.*

Comment ! Monsieur prétendait tout à l'heure qu'il
voudrait la voir à tout prix ! Qu'il se contenterait de
voir sa Belle à travers une tenture déchirée, une porte
entrebâillée, que sais-je !... Et maintenant que Monsieur tient à sa disposition un point de mire exception-
nel, un beau grand trou de serrure dans une belle
grande porte, Monsieur n'est plus content !

LE CLIENT

Ne vous fâchez pas, madame ! Ne vous fâchez pas !
Je n'ai pas dit que je n'étais pas content ! Je voulais
dire... Je disais... Je pensais...

LA PATRONNE, *bourrue.*

Allons, parlez donc, grand nigaud !

LE CLIENT, *pitoyable.*

Eh bien, voilà : je ne pourrais pas, tout de même...
en voir... un peu plus ?

> *Avec ses deux mains il fait le geste de
> dessiner dans l'air un cercle, grand d'abord
> comme une soucoupe, puis comme une tête
> d'homme, puis comme un hublot.*

LA PATRONNE, *se fâchant maternellement.*

Vous savez bien que ce n'est pas possible, voyons !
Pourquoi posez-vous des questions pareilles ?...
Comment, on s'ingénie à lui procurer ce qu'il
demande ! On prépare tout ! Les choses sont sur le
point de se réaliser ! Et voilà que Monsieur n'est pas
satisfait ! Monsieur ne veut plus se contenter d'un trou
de serrure ! Monsieur voudrait un hublot, une fenêtre,
une porte cochère ! Et quoi encore !... *(Elle hausse les
épaules.)*... Allez, vous êtes impossible ! Vous ne méri-
tez pas le mal qu'on se donne pour vous !... Vous êtes
un insatiable, un gourmand insupportable !... Et puis
vous me faites perdre mon temps. J'ai d'autres clients

qui attendent. Je suis sûre qu'ils seront moins exigeants que vous...

> *Elle lui donne une tape maternelle sur la joue.*

LE CLIENT

Pardon, madame ! Je ne voulais pas vous fâcher. Je sais que vous êtes très bonne pour moi. Merci, madame !

LA PATRONNE

Allez, je vous laisse seul... Seul avec Elle, entendez-vous !... Soyez heureux... *(Soudain sévère.)* Mais rappelez-vous nos conventions !

LE CLIENT, *humble.*

Oui, madame !

LA PATRONNE

Surtout, n'essayez pas d'ouvrir la porte !

LE CLIENT, *protestant avec indignation.*

Oh non, non, madame !

LA PATRONNE

Même si Elle semblait, par son attitude, vous y inviter !

LE CLIENT, *incorruptible.*

Même dans ce cas, non, je n'ouvrirai pas !

LA PATRONNE

Vous vous contenterez donc de regarder ?

LE CLIENT

Oui, madame !

LA PATRONNE

Rappelez-vous bien tout cela ! Et rappelez-vous que vous ne la verrez que lorsque 6 heures auront sonné !

LE CLIENT

...à la pendule de sa chambre. Oui, madame !

LA PATRONNE

C'est bon ! Alors, au revoir, mon petit. Je me sauve. Tâchez d'être... sage. *(Elle rit d'un air équivoque et ignoble.)* Sage !... Si je peux m'exprimer ainsi !

Elle sort en riant.
Le Client attend un instant, puis il fait le tour de la chambre, inspecte les meubles, s'arrête devant la porte.

LE CLIENT

Belle grande porte !... L'image même de ma belle !... Haute, imposante, silencieuse, digne d'elle, en un mot ! *(Revenant au premier plan et s'adressant à lui-même.)* Dis, est-ce que tu peux croire à ce qui t'arrive ?... Est-ce que tu le peux vraiment ?... Est-ce que c'est bien *toi*, toi dont il va être question ?... Est-ce que ce jour est bien aujourd'hui ? *(Il tire de sa poche un carnet et le consulte.)* Oui, il semblerait... Est-ce que je suis bien ici ? *(Il rit.)* Sotte question !... Ce qui est ici est bien ici, du moins à ce qu'il paraît... Et toi, mon bonhomme, es-tu bien toi-même ? *(Il se tâte les bras, les jambes.)* Sans doute, puisque tu peux toucher ton corps avec tes mains ! Allons, installons-nous ! Te voici donc toi-même ici, chez Elle, près d'Elle, comme si tu étais chez toi !... Hum ! Installons-nous !... Est-ce que je me déshabille ? Non, pas tout de suite !... Attends qu'Elle vienne, attends qu'Elle soit là !... Mais peut-être ferions-nous bien, tout de même, de nous mettre à l'aise... Du moins un peu, dirai-je !... Histoire d'être libre de nos mouvements... Voyons... *(Il commence à vider ses poches.)* D'abord ma montre !... *(Il retire sa montre de son gousset et la porte à son oreille.)* Comme tu as bien battu, petit cœur, en attendant cette minute !... Allons, repose-toi un peu. Repose-toi un peu, dirai-je ! *(Il la pose délicatement sur le guéridon.)* Et puis mon portefeuille !... *(Il retire son portefeuille.)* Mon portefeuille !... Là-dedans sont toutes les traces de ma vie... Acte de naissance, livret de famille, livret militaire, photos, empreintes digitales ! Allons, séparons-nous de tout cela ! Ici, je ne suis plus rien. Plus rien qu'un adorateur du Beau Sexe !... Ainsi donc, plus d'identité ! *(Il pose le portefeuille. S'adressant comiquement à lui-même.)* Au fait, comment t'appelles-tu ? Joseph ?... Éloi ?... César ?... Pfuitt !! Plus personne ! Nu comme un ver !... Et sans visage, hein ? *(Il retire d'une autre poche une petite glace et se regarde en faisant la grimace.)* Pouah ! Le vilain bonhomme ! Veux-tu te cacher !... *(Il jette la glace sur le guéridon.)* Arrière ! Va-t'en, toi aussi, témoin stupide ! Incapable de m'embellir !... Mais la beauté, puisque je l'aime, c'est qu'elle est mon alliée ! Ne suis-je pas venu ici pour l'adorer ? *(Regardant la porte.)* Ah ! quand donc entendrai-je le signal ?... Mais peut-être, imbécile que je suis, peut-être le bruit de mes paroles m'empêche-t-il d'entendre ? *(Prêtant l'oreille.)* Ces pendules ont quelquefois un son si grêle, si lointain !... Si j'allais manquer l'heure la plus belle, la plus importante de ma vie !... Non, c'est impossible ! On ne m'aurait pas fait venir ici ! On ne se serait pas moqué de moi ! *(Croyant entendre la pendule.)* Ça y est ! Je l'entends ! Les premiers coups !... *(Déçu.)* Non ! C'est le sang dans ma tête ! L'impatience me rend fou !... Allons, du calme ! Si je continue, je risque de confondre l'illusion et la réalité ! Un peu de silence !... Un peu de repos... Là... asseyons-nous !

> *Il prend un fauteuil, s'assied et s'efforce de se détendre. Soudain des sons cristallins et désuets se font entendre à intervalles réguliers : la pendule de la chambre voisine sonne lentement 6 heures. Le Client se lève, en proie à une vive surexcitation, qu'il a du mal à dominer.*

LE CLIENT

Six heures !... Le signal !... Je... je peux... je dois... je... Il faut aller... Je *dois* regarder !... C'est-à-dire que... C'est stupide... je n'ose pas ! Du plomb dans les jambes !... Mais si, il faut oser ! On te l'a dit ! Il faut !...

Regardé, regarde par là !... Tant pis si cela te paraît difficile !... Rends-toi compte que tu vas *la* voir... Allons !... Courage !...

> *Il se frotte les yeux puis, faisant un violent effort, s'approche de la porte, se penche, et regarde par le trou de la serrure. Tout le temps que durera son monologue, il regardera et commentera ce qu'il voit, tantôt se courbant à la hauteur de la serrure, tantôt se redressant pour parler face au public.*

LE CLIENT, *avec ravissement.*

Oui ! Oui !... C'est bien Elle !... Elle !... Telle que je l'ai toujours vue, telle qu'Elle m'est apparue en mille occasions de ma vie !... Elle !... Peux plus parler !... Encore !... Que je la regarde encore !... Dieu, qu'Elle est belle !... Ces grands yeux profonds ! Cette lenteur dans les mouvements ! Et puis... ces... ces... ces... *formes !* *(Sous l'effet de l'envoûtement érotique.)* ...ces formes pleines, ces formes rondes... qu'on devine sous sa longue robe... *(Il fait des gestes ridicules, et, extasié, comme s'il caressait le corps de cette femme.)* ... On ne se lasse pas de voir... On voudrait toucher... On voudrait *tenir*... Dans ses mains, dans ses bras, ces belles... ces beaux... ces... choses... ces... comment dire... Oh ! je ne trouve plus mes mots. Oh ! comment cela s'appelle-t-il donc ?... Tout !... *(Il fait des gestes grotesques, dessinant dans l'air les formes d'une femme imaginaire.)* Mais comment ? Allons, allons, comment : je rêve. Je ne *vois* pas tout cela ! Je ne fais que l'entrevoir ! Je... je... je l'imagine ! Sous les plus beaux vêtements du monde !... *(Comme heureux de revenir à la décence, à l'innocence, et s'épongeant le front.)* Voyons, je rêvais !... Ah ! l'élégance de sa démarche !... Elle va ! Elle vient ! Elle tourne sur Elle-même !... Elle semble danser ! Comme si c'était la chose la plus naturelle du monde ! *(Lui-même va, vient, danse grotesquement.)* Merveille de grâce ! Quelle légèreté !... Pas un bruit, pas un souffle ! *(Il colle son oreille contre la porte.)* On ne l'entend même pas respirer... Pas même le craque-

ment du plancher sous ses talons ! Même pas le
froissement de sa robe ! Mais... la voilà qui s'éloigne,
qui se perd au fond, au fin fond de la vaste chambre !
(Misérablement plaintif.) Oh ! ne t'en va pas ! Tourne
vers moi tes yeux, ces deux miroirs de ma vie ! Je t'en
prie ! Retourne-toi, rapproche-toi de moi !... Enfin, la
voilà qui revient ! On dirait... qu'Elle remonte du fond
de l'eau ! Elle passe à travers des fumées, des rayons !
Elle sourit, Elle vient, Elle danse !... Te voilà donc, ma
lumière ! Te voilà, mon grand soleil noir !... Mais que
fait-Elle ? Est-ce possible ?... Est-ce possible ?... Est-ce
qu'il est possible, un pareil bonheur pour moi, moi,
ton esclave ?... Oui... Mes yeux ont bien vu... Elle
retire... l'une après l'autre, ses boucles d'oreilles ; l'un
après l'autre, ses longs pendentifs de jais, si bien
accrochés à sa chevelure... A présent, mais oui, mais
oui... Elle fait glisser ses bagues au bout de ses longs
doigts, terminés par des ongles pointus !... Miracle
d'élégance et d'adresse ! Il semble qu'Elle ait ensor-
celé ces objets de métal, ces lourdes pierreries : pas un
son ne s'en échappe ! Et la blancheur de ses poignets
jaillit hors de ses bracelets ! Et son cou paraît plus
haut, plus impérieux. *(Il continue à traduire par des
gestes ridicules tout ce qu'il voit.)* Oh, maintenant,
maintenant ! Elle retire cette veste courte qui faisait
valoir l'ampleur de sa gorge, l'étroitesse de sa taille, le
rebondissement de ses hanches !... *(Il retire son propre
veston et le jette au loin.)* Elle se penche !... Elle se
penche !... Par l'entrebâillement de son corsage,
j'aperçois... Oh ! que c'est beau ! Que c'est beau ! *(Il
joint les mains.)* A présent, voici qu'Elle retire ses
souliers de velours ! Elle les jette, comme ça, au loin,
en se jouant !... Elle... Oh ! j'ai du mal à supporter les
battements de mon cœur ! Voici qu'Elle a dégrafé sa
robe et qu'Elle la fait glisser le long de ses hanches sur
la soie brillante ! *(Il ôte son gilet et apparaît en manches
de chemise avec son col trop large, sa cravate mal nouée,
et des bretelles.)* A ses pieds, autour d'Elle, le sol jonché
d'une couronne de feuilles, pétales tombés de la fleur !
De cette corolle abandonnée jaillit un fourreau noir et
rose, plus court que la robe, tendu sur une chair

ombreuse! *(Il fait glisser ses bretelles de ses épaules, mais son pantalon reste maintenu par une ceinture.)* Dieu! Quelle splendeur!... Des éclaircies! De plus en plus nombreuses! Comme le sol apparaît entre les touffes d'herbe, sous une rafale de vent!... Plus rien que des gaines étroites! Tendues sur des volumes! Serrées dans des replis! Le satin éclatant sous la pression des seins!... Une main, puis une autre les dégrafe! Cela vole autour d'Elle comme des mouettes! Comme des colombes! *(Tout en parlant, il retire de sa poche un mouchoir qu'il jette au loin, puis sa cravate qu'il jette également.)* Voici sa chair! Sa chair elle-même! Ici même! Ici et là! De tous les côtés! La gorge, les bras, la lumière, l'ombre! En haut! Plus bas! D'autres oiseaux s'envolent! La vérité! Le but de toute vie! L'abîme de notre âme! *(Il se jette à genoux, sans quitter des yeux le trou de la serrure.)* Enfin, enfin, ces contours fabuleux devant lesquels tout mon être se prosterne avec reconnaissance!

> *A partir de ce moment, le ridicule de ses attitudes fait place à une sorte de grandeur dans l'égarement.*

LE CLIENT

Ne t'arrête pas en si bon chemin, couronnement de ma vie!... Fais tomber tes derniers vêtements!... Encore!... Encore plus dépouillée! Ne garde plus aucun secret pour moi!... Sois tout entière dans mes regards et, par eux, dans mes mains, dans mon sang!... Ah!... On dirait qu'Elle a entendu ma prière! Merci, merci, ma bien-aimée!... Tu me combles de toutes les bénédictions de la terre!... Plus aucun lieu secret de ta chair, fût-il plus sombre et plus moite qu'un caveau, ne se dérobe à mes yeux! Plus aucun secret de notre naissance!... Il me semble qu'une musique éternelle rôde autour de moi, dans le lointain, sans se faire entendre encore!... Ah, désir! Ah, plénitude! Ah, naufrage!... La houle me soulève! Je vais me briser sur tes bords!... *(Un court silence.)* Mais quoi? Tu ne veux pas en rester là?... Tu secoues la tête, comme si tu disais « non », comme si tu m'avais entendu !... Est-ce ma propre fièvre qui s'empare de toi ?... Comme tes mains tremblent ! Ce tremblement.. peu à peu... gagne tout ton corps !... Vas-tu te livrer à l'une de ces danses magiques des anciens âges ? Que l'on ne peut contempler sans mourir ?... Un frémissement animal accuse le dessin de tes narines, creuse tes joues ! Tes yeux semblent reculer dans leur ombre agrandie ! Ta poitrine respire de plus en plus fort, de plus en plus vite !... Le frisson qui monte de tes chevilles à tes reins, de tes poignets à tes épaules, ah, comme il étire ton image ! Tu grandis, tu t'allonges, comme une tige d'acier dans le feu !... Tes yeux sont de profondes cavités dont l'éclat fixe me fascine ! Tes mâchoires, dont l'ombre accentue le relief, s'entrechoquent avec fureur, avec folie !... Oh, bien-aimée, que deviens-tu, là, sous mes yeux ? Tes hanches, secouées par les vagues de la souffrance, disloquent ton corps admirable !... La lumière, qui tout à l'heure adorait tes formes, plonge des angles dans ton corps ! Tes genoux, tes épaules ? Des cailloux, des couteaux ! Sur les méplats du thorax, les côtes se dessinent comme les galons d'un uniforme. En quelques secondes, comme tu as changé, ma splendeur !

> *La lumière commence à diminuer progressivement et aura complètement disparu aux derniers mots du monologue, cependant que l'énorme trou de serrure sera, seul, violemment éclairé. En même temps que cet assombrissement gagne la pièce, on entend une note tenue, stridente et lancinante qui, d'abord faible, finira par devenir assourdissante et durera encore un court moment après la chute du Client.*

LE CLIENT

Mais qu'y a-t-il ?... Qu'est-ce qui se passe ?... Cette musique ! Elle fond sur moi, s'installe sous mon crâne, non plus comme un appel... mais comme un ordre impérieux ! *(Il regarde de nouveau la serrure.)* Au secours !... Au secours !... Elle fait un dernier effort !

Elle veut se dénuder encore plus! Encore plus! Plus
que jamais femme ne le fit pour son amant! Ha! Hi!
Elle tourne, tourne. Elle se secoue, se secoue, se
secoue!... Ha! Hi! Elle jette! Au loin! Ses joues! Ses
lèvres! Ses seins! Toute sa chair! S'effiloche! En
lambeaux! Hop!... Pour les chiens! Hop! Pour les
oiseaux! Hop! Pour les vers... pour les chacals! Hop!
hop! hop! allez! allez! allez! allez!... Plus rien! Plus
rien! Ni les muscles! Ni les veines! Ni la peau! Ô ma
beauté, te voilà plus nue encore! Plus parfaite et plus
belle que tu ne fus jamais!... Sans même ta chair pour
vêtement!... Les globes de tes yeux ont roulé sur tes
dents!... Ta dernière parure, la douce tiédeur de ton
corps, a rejoint tes bijoux dans le désordre de ta chambre. Au-delà de tes ossements, comme à travers une
cage vide, je vois, je vois encore resplendir *ton lit!*...
Mais toi, toujours debout, toujours debout et animée!
Ta bouche, qui n'a plus de lèvres, me sourit! Ton
front, qui n'a plus de cheveux, s'approche, caressant!
Tes mains d'ivoire, tes bras, secs et vides comme des
fagots, se tendent vers moi avec tendresse! Tes vertè-
bres de marbre, tes jambes minces et fragiles comme
des branches cassées s'avancent à ma rencontre! Oh!
carcasse vide! Fracassante, élégante, grelottante! Je
viens, amour de ma vie! Je viens! Je viens! Je viens!

>   *Les bras en avant, il se précipite sur la
>   porte, s'y heurte durement et tombe à la
>   renverse, étendu sur le sol, inanimé.*
>
>   *A ce moment l'obscurité est totale : seul
>   luit avec intensité le trou de la serrure. La
>   note tenue est à son maximum de sonorité et
>   dure encore quelques instants.*
>
>   *La porte de droite s'entrouvre lentement.
>   Dans l'encadrement lumineux, on reconnaît
>   la silhouette volumineuse de la Patronne.*

LA PATRONNE, *à voix très basse,*
     presque en chuchotant.

Je pense... que le monsieur... est satisfait...

>   *Rideau.*

III

LE GUICHET

PERSONNAGES

LE PRÉPOSÉ, *très digne, très rogue, implacable.*
LE CLIENT, *petit monsieur timide aux gestes et aux vêtements étriqués.*
LA RADIO
LA VOIX DU HAUT-PARLEUR
BRUITS DIVERS AU-DEHORS : *départ de train, sifflements de locomotive, autos, klaxons, coups de freins, et un cri de douleur.*

    Le bureau des « renseignements » d'une administration. Une salle quelconque partagée en deux par une grille et un guichet : à droite, derrière le guichet, se trouve le « Préposé » assis à une table face au public. La table est surchargée de registres, de livres et d'objets divers. Dans un coin un poêle avec un tuyau biscornu. Au mur sont pendus le chapeau et le manteau du Préposé. Son parapluie, ouvert, sèche devant le poêle.
    Côté « public », une porte au fond. A gauche de la porte, l'indication « Entrée ». A droite, l'indication « Sortie ». Un banc fait le tour de la salle.
    Au mur, du côté du public, une grande pancarte sur laquelle on lit : « Soyez brefs ! » Du côté du Préposé, une pancarte analogue portant ces mots : « Soyons patients ! »
    Au lever du rideau, le Préposé est plongé dans la lecture

d'un livre. Il lit silencieusement en se grattant la tête de temps en temps avec un coupe-papier.

La porte s'entrebâille : apparaît la tête du Client, visage falot et inquiet, coiffé d'un chapeau déteint. Puis le Client s'enhardit et entre. Il est effroyablement timide et craintif. Il fait quelques pas sur la pointe des pieds et regarde autour de lui : en se retournant, il aperçoit les indications dont la porte est flanquée de part et d'autre : « Entrée » et « Sortie ». Il paraît hésiter un instant, puis sort comme il est entré : mais, aussitôt après, on l'entend frapper à la porte. Le Préposé, qui n'a, jusqu'à présent, prêté aucune attention au manège du Client, lève brusquement la tête, ferme bruyamment son livre et...

LE PRÉPOSÉ, *criant d'un ton rogue.*

Entrez !

Le Client n'entre pas.

LE PRÉPOSÉ, *encore plus fort.*

Entrez !

Le Client entre, plus terrifié que jamais.

LE CLIENT, *se dirigeant vers le guichet.*

Pardon, monsieur... C'est bien ici... le bureau des renseignements ?

LE PRÉPOSÉ, *ouvrant bruyamment le guichet.*

Ouin.

LE CLIENT

Ah ! bon ! Très bien. Très bien... Précisément, je venais...

LE PRÉPOSÉ, *l'interrompant brutalement.*

C'est pour des renseignements ?

LE CLIENT, *ravi.*

Oui ! oui ! Précisément, précisément. Je venais...

LE PRÉPOSÉ, *même jeu.*

Alors, attendez !

LE CLIENT

Pardon, attendre quoi ?

LE PRÉPOSÉ

Attendez votre tour, attendez qu'on vous appelle !

LE CLIENT

Mais... je suis seul !

LE PRÉPOSÉ, *insolent et féroce.*

C'est faux ! *Nous sommes deux !* Tenez ! *(Il lui donne un jeton.)* Voici votre numéro d'appel !

LE CLIENT, *lisant le numéro sur le jeton.*

Numéro 3640 ? *(Après un coup d'œil à la salle vide.)* Mais... je suis seul !

LE PRÉPOSÉ, *furieux.*

Vous vous figurez que vous êtes le seul client de la journée, non ?... Allez vous asseoir et attendez que je vous appelle.

> *Il referme bruyamment le guichet, se lève et va ouvrir la Radio. Une chanson idiote (d'un chanteur de charme par exemple) envahit la scène. Le Client résigné va s'asseoir.*
> *Le Préposé inspecte son parapluie ; le jugeant sec à présent, il le referme et va le pendre au portemanteau. Puis il se taille un crayon, sifflote ou chantonne l'air qu'il est en train d'entendre, enfin revient auprès de la Radio et, en tournant le bouton, remplace la chanson par le bulletin météorologique.*

LA RADIO

Le temps restera nuageux sur l'ensemble du territoire, avec baisse de la température amenant un sensible rafraîchissement... *(A ces mots le Préposé remet du charbon dans le poêle et le Client remonte le col de son manteau.)...* Quelques ondées intermittentes dans les régions pluvieuses, des tempêtes de neige sur les hautes montagnes, le beau temps persistera dans les secteurs ensoleillés. Vous venez d'entendre le bulletin météorologique.

> *Le Préposé arrête la Radio, se frotte les mains longuement, va s'asseoir à sa table, ouvre le guichet et...*

LE PRÉPOSÉ, *appelant.*

Numéro 3640! *(Le client, plongé dans une rêverie, n'entend pas. Le Préposé, appelant plus fort.)* J'ai dit : numéro 3640!

> LE CLIENT, *sortant brusquement de sa rêverie et regardant précipitamment son jeton.*

Voilà! Voilà!

> *Il se lève et s'approche du guichet.*

LE PRÉPOSÉ

Votre jeton!

LE CLIENT

Oh! pardon! Excusez-moi! Voici.

> *Il rend le jeton.*

LE PRÉPOSÉ

Merci!

LE CLIENT

Monsieur, je venais précisément vous demander si...

LE PRÉPOSÉ, *l'interrompant.*

Votre nom?

LE CLIENT

Mon nom? Mais je...

LE PRÉPOSÉ

Il n'y a pas de « je ». Quel est votre nom?

LE CLIENT

Voici... Voici ma carte d'identité...

> *Il cherche dans sa poche et en retire un portefeuille... Mais le Préposé l'arrête.*

LE PRÉPOSÉ

Je n'ai pas besoin de votre carte d'identité ; je vous demande votre nom.

> *Le Client fait entendre un murmure indistinct.*

LE PRÉPOSÉ

Comment écrivez-vous cela ? Épelez, je vous prie !

LE CLIENT

M... U... Z... S... P... N... Z... J... A tréma... K... deux E... S... G... U... R... W... P... O... N... T... comme Dupont.

LE PRÉPOSÉ

Date et lieu de naissance ?

LE CLIENT, *dans un souffle.*

Je suis né vers la fin du siècle dernier, dans l'Ouest...

LE PRÉPOSÉ

Des précisions ! Vous vous payez ma tête, non ?

LE CLIENT

Pas du tout, pas du tout, monsieur. Plus exactement je suis né à Rennes, en 1897.

LE PRÉPOSÉ

Bon ; profession ?

LE CLIENT

Civil.

LE PRÉPOSÉ

Numéro matricule ?

LE CLIENT

Catégorie A-N° J 9896. B4. CRTS. 740. U4. B5. AM.
3 millions 672 mille 863.

LE PRÉPOSÉ

Vous êtes marié ? Vous avez des enfants ?

LE CLIENT

Pardon, monsieur... Puis-je me permettre... de
m'étonner un peu ? J'étais venu ici... pour demander
des renseignements... et voilà que c'est vous qui m'en
demandez !... Je...

LE PRÉPOSÉ

Vous me poserez des questions quand *votre* tour
viendra... Je vous demande si vous êtes marié, si vous
avez des enfants ! Oui ou non ?

LE CLIENT

Euh... oui... non... c'est-à-dire...

LE PRÉPOSÉ

Comment : c'est-à-dire ?

LE CLIENT

Enfin ! Ah ! C'est si contrariant ! Moi qui étais
pressé...

LE PRÉPOSÉ

Alors, si vous êtes si pressé que cela, vous avez
intérêt à répondre vite, et sans hésiter.

LE CLIENT

Eh bien oui, là, j'ai été marié et j'ai des enfants...
deux enfants.

LE PRÉPOSÉ

Quel âge ?

LE CLIENT, *agacé, presque prêt à pleurer.*

Oh ! je ne sais plus, moi... Mettez : dix ans pour la
fille et huit ans pour mon garçon.

LE PRÉPOSÉ

Vous-même, quel âge avez-vous ?

LE CLIENT

Mais je vous ai donné ma date de naissance tout à l'heure !

LE PRÉPOSÉ

La date de naissance et l'âge, ce n'est pas la même chose. Les deux indications ne figurent pas au même endroit sur la fiche du Client.

LE CLIENT

Ah... parce que vous faites une fiche pour tous ceux qui viennent ici... vous demander des renseignements ?...

LE PRÉPOSÉ

Bien sûr ! Comment nous y reconnaître sans cela ?... Je vous ai demandé votre âge !... Allons...

LE CLIENT

Alors, attendez. *(Il fait un calcul mental.)* 1952 moins 1897... 7 ôté de 12, reste 5, 89 ôté de 95 reste 16... cela fait, voyons, 5 et 16 = 21 ans, non, 16 et 5, 165 ans !... Non. Ce n'est pas possible... voyons, je recommence...

LE PRÉPOSÉ, *haussant les épaules.*

Inutile ! J'ai fait le calcul : vous avez cinquante-cinq ans exactement.

LE CLIENT

Oui, c'est cela, c'est cela ! Merci, monsieur !

LE PRÉOSÉ

Que ne le disiez-vous plus tôt ! C'est fou le temps que l'on peut perdre avec des clients inexpérimentés !... Maintenant, tirez la langue !

LE CLIENT, *tirant la langue.*

Voilà !...

LE PRÉPOSÉ

Bon. Rien à signaler. Montrez-moi vos mains !

LE CLIENT, *montrant ses mains*.

Voilà !...

LE PRÉPOSÉ, *regardant attentivement*.

Hum ! La ligne de Mort coupe la ligne de Vie. C'est mauvais signe... mais... vous avez la ligne d'existence ! Heureusement pour vous !... C'est bon. Vous pouvez aller vous asseoir.

LE CLIENT

Comment ? Je ne peux pas encore vous demander de renseignements ?

LE PRÉPOSÉ

Pas tout de suite. Attendez qu'on vous y invite.

Il referme bruyamment le guichet.

LE CLIENT, *désespéré et larmoyant*.

Mais, monsieur, je suis pressé ! Monsieur !... Ma femme et mes enfants m'attendent, monsieur... Je venais... vous demander des renseignements urgents, monsieur !... *(A ce moment on entend le sifflement d'un train au départ.)* Vous voyez que nous sommes dans une gare, monsieur, ou que la gare n'est pas loin ! Je venais précisément vous demander conseil pour un train à prendre, monsieur !

LE PRÉPOSÉ, *radouci, ouvrant le guichet*.

C'était pour les heures des trains ?

LE CLIENT

Enfin oui, entre autres oui, d'abord pour les heures des trains, monsieur... C'est pourquoi j'étais si pressé !

LE PRÉPOSÉ, *très calme*.

Que ne le disiez-vous plus tôt ! Je vous écoute.

LE CLIENT

Eh bien, voici : je voulais, enfin je désirais prendre le train pour Aix-en-Provence, afin d'y rejoindre un vieux parent qui...

LE PRÉPOSÉ, *l'interrompant.*

Les trains pour Aix-en-Provence partent à 6 h 50, 9 h 30 (première et seconde seulement), 13 heures (billet de famille nombreuse), 14 heures (célibataires), 18 heures et 21 heures (toutes classes, tout âge, tout sexe).

LE CLIENT, *suivant son idée.*

Merci, merci beaucoup !... Oui, je voulais rejoindre à Aix-en-Provence un vieil oncle à moi, qui est notaire et dont la santé, voyez-vous, décline de jour en jour, mais...

LE PRÉPOSÉ

Au fait, je vous en prie !

LE CLIENT

Bien sûr, excusez-moi. C'était pour arriver à ceci : je voudrais, enfin je souhaiterais serrer encore une fois dans mes bras, mon vieux parent d'Aix-en-Provence, mais voilà que j'hésite vraiment entre cette direction et la direction de Brest ! En effet, j'ai à Brest une cousine également malade et, ma foi, je me demande si...

LE PRÉPOSÉ, *catégorique.*

Trains pour Brest : une Micheline à 7 heures, un Train Bleu à 9 heures, un Train Vert à 10 heures, un omnibus à 15 heures avec changement à Rennes. Train de nuit à 20 h 45, vous arrivez à Brest à 4 h 30.

LE CLIENT

Ah, merci, merci beaucoup, monsieur. Si j'en crois vos indications, je devrais donc aller voir ma cousine de Brest, plutôt que mon vieil oncle d'Aix-en-Provence ?

LE PRÉPOSÉ, *sec.*

Je n'ai rien dit de ce genre. Je vous ai donné les heures des trains : un point, c'est tout.

LE CLIENT

Sans doute mais, ou je me trompe fort, ou il m'a semblé que vous manifestiez une certaine préférence, une sorte de préférence personnelle pour ma cousine de Brest et je vous en remercie, oui, je vous en remercie, bien que ce soit, en somme, au détriment de mon vieil oncle d'Aix, auquel je porte une affection qui...

LE PRÉPOSÉ

Mais enfin, monsieur, prenez toutes les décisions que vous voudrez ! C'est votre affaire, que diable ! Moi, je suis ici pour vous donner des renseignements ! *(Le Client ne répond pas. Le Préposé, encore agacé mais presque condescendant.)* Mais enfin, monsieur, répondez !

LE CLIENT, *infiniment triste et doux.*

Ce n'est pas à moi de répondre, monsieur... C'est à vous... Et moi qui aurais tant désiré un conseil, pour savoir ce que je dois faire... ce que je dois faire... quelle direction prendre...!

UN HAUT-PARLEUR, *au loin,*
sur un ton étrange et rêveur.

Messieurs les voyageurs pour toutes directions, veuillez vous préparer, s'il vous plaît... Messieurs les voyageurs, attention... messieurs les voyageurs votre train va partir... Votre train, votre automobile, votre cheval vont partir dans quelques minutes... Attention !... Attention !... Préparez-vous !

LE CLIENT, *reprenant sa question.*

Oui, je voudrais tant savoir quelle direction prendre... dans la vie... et surtout...

LE PRÉPOSÉ, *toujours rogue, lui coupant la parole.*

Dépêchez-vous, je n'ai pas de temps à perdre ! Que désirez-vous savoir ?

LE CLIENT

Je n'ose vous le dire !

LE PRÉPOSÉ

On ne fait pas de sentiment ici !

LE CLIENT

Je croyais qu'au contraire dans les gares... Il y a tant d'allées et venues, tant de rencontres ! C'est comme un immense lieu de rendez-vous...

LE PRÉPOSÉ

Vous avez donné rendez-vous à quelqu'un ?

LE CLIENT

Heu, oui et non, c'est-à-dire...

LE PRÉPOSÉ

Une femme, naturellement ?

LE CLIENT, *ravi.*

Oui, c'est cela : une femme. Comment l'avez-vous deviné ?

LE PRÉPOSÉ, *haussant les épaules.*

Mais à votre costume, voyons !

LE CLIENT

Comment, à mon costume ?

LE PRÉPOSÉ

N'êtes-vous pas habillé en homme ?

LE CLIENT

Bien sûr !

LE PRÉPOSÉ

J'en conclus que vous êtes un homme. Ai-je tort ?

LE CLIENT

Non, certes !

LE PRÉPOSÉ

Eh bien ! si vous êtes un homme, c'est une femme que vous cherchez. Ça n'est pas plus difficile que ça !

LE CLIENT

Quelle perspicacité ! Et quelle simplicité dans ce raisonnement : un homme... donc une femme !

LE PRÉPOSÉ

Évidemment ! Mais quelle sorte de femme cherchez-vous ?

LE CLIENT

Une femme du genre « femme de ma vie ».

LE PRÉPOSÉ

Attendez que je consulte mes fiches. Voyons. Votre nom commence par *m* et finit par *t*... bon... *(Il feuillette ses fiches.)* Voici : une femme brune répondant au nom de Rita Caraquilla a traversé la rue à 15 h 45, allant dans la direction du Sud-Ouest. Est-ce cela ?

LE CLIENT

Je ne le pense pas. La femme de ma vie serait plutôt blonde... blonde tirant sur le châtain... Enfin, entre les deux.

LE PRÉPOSÉ, *cherchant encore dans ses fiches.*

Alors, serait-ce plutôt celle-ci : Mademoiselle Rose Plouvier, modeste... *(Regardant de plus près.)* Non, pardon ; modiste, franchira le porche de l'immeuble d'en face, demain à 9 heures du matin. Elle se rendra chez une cliente, Madame Couchois, qui...

LE CLIENT, *tristement.*

Non ! Inutile, monsieur. Cela ne peut pas être cette personne : je ne serai plus ici.

LE PRÉPOSÉ

Dans ce cas, je regrette : nous n'avons personne, entre aujourd'hui 15 h 45 et demain 9 heures, qui réponde au signalement. Est-ce tout ?

LE CLIENT

Non, ce n'est pas tout. Je voudrais savoir... ce que vous pensez, très exactement... de ma façon de vivre.

LE PRÉPOSÉ

Expliquez-vous ! Des détails !

LE CLIENT

Volontiers... Voici... Le matin, je me lève de bonne heure et j'absorbe un grand verre de café... Est-ce que c'est bon, cela, pour ma santé ?

LE PRÉPOSÉ, *doctoral et catégorique.*

Ajoutez-y une petite quantité de lait. C'est préférable. Notamment pour la constipation.

LE CLIENT

Ah ! Bon ! Merci. Permettez que je note ?

Il prend rapidement des notes sur son calepin.

LE PRÉPOSÉ

Continuez !

LE CLIENT

D'autre part, pour me rendre à mon bureau le matin, j'emprunte la voie ferrée dite « Métropolitain »... et lorsque je peux m'asseoir (ce qui n'est pas toujours possible), j'ai coutume de lire un grand journal d'information.

LE PRÉPOSÉ, *durement.*

Pour quoi faire ?

LE CLIENT

Eh bien, je ne sais pas, pour passer le temps, pour ne pas oublier l'alphabet... pour me tenir au courant...

LE PRÉPOSÉ

Au courant de quoi ?

LE CLIENT, *dans un souffle.*

De tout... ce qui se passe... ici ou là !...

LE PRÉPOSÉ

Inutile ! Vous n'avez rien à savoir. D'ailleurs on ne peut pas tout savoir. Lisez plutôt un journal pour enfants. C'est excellent. Ça éclaircit le sang. On digère mieux et on engraisse moins.

LE CLIENT

Bien, monsieur. Bien. Je note également ce précieux conseil. *(Il note.)* Nous disons : café au lait... pour la constipation... journal d'enfants, pour la digestion... *(Sans transition avec un soupir.)* ... Ah ! tout cela ne nous rendra pas le paradis perdu !

LE PRÉPOSÉ

Lisez Milton ou la troisième partie de *La Divine Comédie !*

LE CLIENT

Je les lis, monsieur. Je les lis, ces livres admirables. Mais les immenses étendues qu'ils offrent à notre imagination, je ne les ai pas encore rencontrées entre la place de la Contrescarpe, où j'habite, et le boulevard Sébastopol, où se trouve le lieu de mon travail !

LE PRÉPOSÉ

Prenez un autre chemin !

LE CLIENT

J'ai essayé, monsieur. J'ai essayé, croyez-le bien. Mais ça n'a rien changé, absolument rien ! Au contraire, plus je prends le Métro, plus je constate que le paradis s'éloigne de moi.

LE PRÉPOSÉ

Avez-vous essayé du désespoir ?

LE CLIENT

Du... quoi ?...

LE PRÉPOSÉ, *comme parlant à un sourd.*

Du désespoir métaphysique. Oui, enfin, de l'angoisse, de l'angoisse du désespoir ou encore de la fréquentation de votre inconscient, de « l'homme souterrain » ?

LE CLIENT

Hélas ! je ne le connais que trop, l'homme souterrain ! Il est particulièrement abondant sur la ligne Ivry-Porte de la Chapelle.

LE PRÉPOSÉ

Eh bien, mais justement ! N'avez-vous pas éprouvé une sorte de soulagement moral en constatant combien les philosophies crépusculaires, les théories de l'angoisse et du désespoir étaient... comment dire... identiques à votre sort ? Il y a là une sorte d'harmonie, de convenance esthétique, qui devrait vous réjouir, non ?

LE CLIENT, *hochant la tête.*

Dites plutôt que la peinture de l'Enfer me ramène à mon enfer quotidien, de sorte que je m'y enfonce un peu plus chaque jour. Ah... monsieur ! Comme je le disais encore hier à mon chef de bureau, Monsieur Claquedent : Théophile Gautier a écrit :

> Si les oiseaux avaient des ailes
> Je partirais avec elles

ou... quelque chose d'approchant.

LE PRÉPOSÉ, *doux mais ferme.*

Mais, permettez : ils en ont, des ailes, les oiseaux !

LE CLIENT, *déçu.*

C'est vrai !... Alors, que faire ?

LE PRÉPOSÉ, *du ton le plus naturel.*

Consacrez-vous à une grande tâche : soyez chef
d'industrie, conquérant, homme d'État ! Vous verrez :
vous sentirez une sorte d'amélioration.

LE CLIENT

J'y ai souvent songé, mais le moyen ? Ça n'est pas si
facile.

LE PRÉPOSÉ

Oh, avec un peu d'habitude !... Tenez, regardez-
moi : ne suis-je pas arrivé à une haute situation ?

LE CLIENT, *avec respect.*

C'est vrai !... Mais je n'ai pas votre assurance, votre
autorité... Non, voyez-vous : moi, j'étais plutôt fait
pour le rêve...

LE PRÉPOSÉ,
sur le ton d'un commandement militaire.

Alors, rêvez !

LE CLIENT

Bien sûr, je rêve. Je rêve chaque fois que je le peux.
Surtout éveillé, bien entendu. Car lorsque je dors, eh
bien... rien ! Un trou noir ! Je rêve donc le jour, dans la
rue, au restaurant, au bureau ; cela m'aide à vivre !
Malheureusement, mes rêves sont flous. Oui, ils manquent de netteté. Je voudrais leur donner un peu plus
de « corps », un peu plus de coloris.

LE PRÉPOSÉ, *sur un ton prosaïque et détaché.*

Vous avez tort. A votre place, au point où vous en
êtes, je franchirais d'un bond le dernier fossé qui me
sépare de la vie éternelle.

LE CLIENT

Mais, qu'appelez-vous la « vie éternelle » ?

LE PRÉPOSÉ, *emphatique.*

J'appelle ainsi le fait de vivre en esprit, *par* et *pour* l'Esprit, et de tenir pour néant les accidents de la vie, les contingences de la réalité. Vous me suivez ?...

LE CLIENT

Ah ! je vous suis ! Monsieur ! Avec quel enthousiasme je vous suivrais ainsi ! Jusqu'au bout du monde !

LE PRÉPOSÉ, *devenant lyrique*
et prophétique, parodiquement.

Je vous emmène plus loin que le bout du monde : là où les formes ne sont plus que des idées, où les êtres ne sont plus que des essences, où règne une immobile clarté, en équilibre entre un avenir déjà révolu et un passé qui *devient* !

LE CLIENT, *extasié.*

Je vois... je vois... quelle pluie d'étoiles !

LE PRÉPOSÉ, *rectifiant.*

Il n'y a *même plus* d'étoiles !

LE CLIENT, *docile.*

Quelle pluie d'absence d'étoiles !

LE PRÉPOSÉ, *les yeux blancs.*

Quelle absence ! Quelle absence ! Où êtes-vous ?

LE CLIENT, *d'une voix vague*
de petit enfant perdu.

Ici !... Ici !

LE PRÉPOSÉ, *immense et lointain.*

Erreur. Vous n'êtes plus ici ou ailleurs. Vous n'êtes nulle part !

LE CLIENT

Cependant, je vous entends. J'entends votre absence
de voix proférer un néant de paroles... Je ne suis plus :
j'étais. Je ne souffre plus : j'ai souffert. Je ne vis plus :
j'ai vécu.

LE PRÉPOSÉ, *catégorique mais inspiré.*

En esprit !

LE CLIENT, *même ton.*

Je suis esprit.

LE PRÉPOSÉ, *même ton.*

J'ai les ailes de l'esprit.

LE CLIENT

Je vole auprès de vous !

LE PRÉPOSÉ

Adieu, petite terre, adieu, adieu !

LE CLIENT, *agitant son mouchoir.*

Adieu, petite boule de terre !

LE PRÉPOSÉ, *agitant aussi son mouchoir.*

Adieu, et bonne continuation !...

> *Le bruit d'un klaxon d'auto appellant
> rageusement, suivi du démarrage de plu-
> sieurs voitures, les tire de leur envoûtement.
> Ils se regardent d'un air étonné et se remet-
> tent à parler sur un ton normal.*

LE PRÉPOSÉ

Hein ?

LE CLIENT

Quoi ?

LE PRÉPOSÉ

Comment ?

LE CLIENT

Plaît-il ?

LE PRÉPOSÉ

Nous disions ?

LE CLIENT

Je disais que...

LE PRÉPOSÉ, *résigné.*

Je vous écoute.

LE CLIENT

Je... J'aurais encore une question à vous poser.

LE PRÉPOSÉ

Laquelle ?

LE CLIENT, *avec un air malicieux.*

Celle-ci : à votre avis, quelle sera ma destinée sur cette terre ?

LE PRÉPOSÉ

Pour que je puisse vous répondre, il me faut faire votre horoscope. Une minute, je vous prie, voyons. *(Il cherche dans ses papiers.)* Ah ! un détail me manque. Quel mois, quel jour et à quelle heure êtes-vous né ?

LE CLIENT

Le 1er mai, à 21 h 35.

LE PRÉPOSÉ

Bon ! Je vois ce que c'est : le Lion entrait avec la Vache dans la constellation du Vampire, et Galilée s'éloignait de Poséidon, mais les Quatre-Fils-Aymon s'avançaient royalement sur la Couronne de Méduse et le Paraclet faisait sa jonction avec Lucifer, lorsque Madame votre mère vous mit au monde.

LE CLIENT

Quoi ? Il s'est passé tant d'événements dans le ciel au moment de ma naissance ?

LE PRÉPOSÉ

Ne dites pas « au moment », dites : *pour* ma naissance !

LE CLIENT, *toujours souriant.*

Et ce grand remue-ménage céleste, qu'est-ce qu'il
prépare pour moi ?

LE PRÉPOSÉ, *glacial.*

C'est selon.

LE CLIENT

Comment : c'est selon ? Est-ce qu'un destin peut
changer « selon » les circonstances ?

LE PRÉPOSÉ

Vous m'avez mal compris. Je voulais dire : selon vos
questions, je répondrai.

LE CLIENT

Ah ! Bon ! Vous me rassurez !

LE PRÉPOSÉ, *inquiétant.*

Il n'y a pas de quoi.

LE CLIENT, *commençant à s'inquiéter,*
mais riant faiblement pour se rassurer.

Vous alliez me faire croire que je n'avais pas de
destin !

LE PRÉPOSÉ

Cela vaudrait peut-être mieux !

LE CLIENT

Trêve de plaisanteries !

LE PRÉPOSÉ, *pianotant sur sa table.*

En effet !

LE CLIENT

Quelle question dois-je vous poser ?

LE PRÉPOSÉ, *avec détachement.*

S'il vous faut poser une question pour savoir quelle question vous devez poser, nous n'en finirons pas ! Je ne suis pas le Sphinx !... ni Œdipe !

LE CLIENT

Évidemment.

LE PRÉPOSÉ

Ni vous non plus, d'ailleurs.

LE CLIENT

Bien entendu... Voyons... que vous dire... Ah ! J'y suis : une bonne petite question banale, quelque chose qui ne soit pas urgent, qui me laisse tout mon temps devant moi, une question sur mon avenir : par exemple... Voici. *(Hilare.)* Quand mourrai-je ?

LE PRÉPOSÉ, *avec un très aimable
et très affreux sourire.*

Enfin, nous y voici : mais, dans quelques minutes, mon cher monsieur. En sortant d'ici.

LE CLIENT, *incrédule et goguenard.*

Ah ! vraiment ! Comme ça ! En sortant d'ici ? Pourquoi pas ici même ?

LE PRÉPOSÉ

Cela serait plus difficile, il n'y a pas ce qu'il faut. On ne meurt pas, ici !

LE CLIENT, *se montant.*

Ah ! il n'y a pas ce qu'il faut ? Et votre poêle, il ne peut pas prendre feu, non ? ou bien nous asphyxier ? Et la maison ne peut pas s'écrouler sur notre tête, non ? Et... votre parapluie ? Et... votre porte-plume ? Et votre espèce de sale petite guillotine ?

> *Il désigne le guichet. Le Préposé le laisse tomber implacablement, puis le relève aussitôt.*

LE PRÉPOSÉ

Vous m'avez posé une question : j'ai répondu. Le reste ne me concerne pas.

LE CLIENT, *haussant les épaules.*

Alors, je vais vous en poser une seconde : n'y a-t-il rien à faire pour éviter tout cela ?

LE PRÉPOSÉ, *implacable.*

Rien.

LE CLIENT, *toujours incrédule.*

Rien du tout ? Absolument rien ?

LE PRÉPOSÉ, *irrévocable.*

Absolument rien !

LE CLIENT, *soudain démonté.*

Bien... bien... je vous remercie. Mais...

LE PRÉPOSÉ

Mais quoi ? Je pense que c'est tout, n'est-ce pas ?

LE CLIENT

C'est-à-dire... je voulais encore vous demander quand... vous demander si... enfin comment...

LE PRÉPOSÉ, *l'interrompant.*

Quand, si, comment ? *(Il hausse les épaules.)* Vous vous rendez compte, je suppose, que vos deux avant-dernières questions — ou plutôt mes deux dernières réponses — rendent à peu près inutiles toutes les autres questions et réponses ? Du moins en ce qui vous concerne...

LE CLIENT, *atterré.*

C'est pourtant vrai !...

LE PRÉPOSÉ, *se montant un peu.*

Si vous aviez commencé par là, vous nous auriez, à l'un et à l'autre, épargné bien du souci ! Et quel temps perdu !

LE CLIENT, *redevenu humble et tremblant,
comme au début.*

Comme c'est vrai, monsieur ! Oh, pardonnez-moi !
La curiosité, n'est-ce pas !

LE PRÉPOSÉ, *bon diable quand même.*

C'est bon ! Mais n'y revenez plus, hein !

LE CLIENT, *déchirant.*

Hélas !

LE PRÉPOSÉ, *pour sa propre justification.*

Tous les renseignements que vous désiriez, je vous
les ai donnés.

LE CLIENT, *obséquieux.*

C'est exact, monsieur. Je vous remercie, monsieur.

LE PRÉPOSÉ

Ne me remerciez pas, j'ai fait mon métier.

LE CLIENT

Oh ! ça c'est vrai ! Vous êtes un employé modèle.

LE PRÉPOSÉ, *modeste.*

Je ne cherche qu'une chose : satisfaire la clientèle.

LE CLIENT

Merci, monsieur, vraiment merci... Du fond du
cœur... *(Il va à la porte, puis se ravise.)* Au fait, combien
vous dois-je ?

LE PRÉPOSÉ, *grand et généreux.*

Ne vous inquiétez pas de cela : vos héritiers rece-
vront la petite note.

LE CLIENT

Merci. Merci beaucoup. Alors... au revoir, monsieur...

LE PRÉPOSÉ, *se levant,*
avec une sorte de respect funèbre.

Adieu, monsieur !

> *Le Client sort très lentement, à regret, bien*
> *entendu... A peine a-t-il refermé la porte sur*
> *lui, on entend un bref appel de klaxon, un*
> *violent coup de freins, et, presque en même*
> *temps, un hurlement de douleur. Le Préposé*
> *écoute un instant, hoche la tête et va à son*
> *poste de Radio. On entend une « chanson*
> *de charme » à la mode. Puis il va s'asseoir à*
> *son bureau et se plonge dans ses papiers.*

Rideau

LA COMÉDIE DU LANGAGE

LA TRIPLE MORT DU CLIENT
Trilogie

ŒUVRES DE JEAN TARDIEU

Aux Éditions Gallimard

Poésie

ACCENTS.

LE TÉMOIN INVISIBLE.

JOURS PÉTRIFIÉS.

MONSIEUR MONSIEUR.

UNE VOIX SANS PERSONNE.

CHOIX DE POÈMES.

HISTOIRES OBSCURES.

FORMERIES.

COMME CECI COMME CELA.

MARGERIES. Poèmes inédits 1910-1985.

Poésie/Gallimard

LE FLEÚVE CACHÉ.

LA PART DE L'OMBRE.

L'ACCENT GRAVE ET L'ACCENT AIGU

Prose

FIGURES.

UN MOT POUR UN AUTRE.

LA PREMIÈRE PERSONNE DU SINGULIER.

PAGES D'ÉCRITURE.

LES PORTES DE TOILE.

LE PROFESSEUR FRŒPPEL.

LES TOURS DE TRÉBIZONDE.

Théâtre

THÉÂTRE DE CHAMBRE.

POÈMES À JOUER *(Théâtre II).*

UNE SOIRÉE EN PROVENCE OU LE MOT ET LE CRI
(*Théâtre III*).

LA CITÉ SANS SOMMEIL (*Théâtre IV*).

Éditions illustrées

JOURS PÉTRIFIÉS, avec six pointes sèches de Roger Vieillard.

L'ESPACE ET LA FLÛTE (*poèmes*), variations sur douze dessins
de Pablo Picasso.

CONVERSATION-SINFONIETTA, essai d'orchestration typo-
graphique de Massin, coll. « La lettre et l'esprit ».

Livres illustrés pour enfants

IL ÉTAIT UNE FOIS, DEUX FOIS, TROIS FOIS... OU LA
TABLE DE MULTIPLICATION MISE EN VERS. Ill. d'Élie
Lascaux. *Épuisé. Nouvelle édition, collection Enfantimages.*

JEAN TARDIEU UN POÈTE, *collection Folio Junior, série En
poésie.*

Traductions

GOETHE : *Iphigénie en Tauride.* — *Pandora* (Théâtre de Goethe,
Bibliothèque de la Pléiade).

HÖLDERLIN : *L'archipel* (Deux fragments dans *Accents*).

Chez d'autres éditeurs

LE FLEUVE CACHÉ (Schiffrin), *Épuisé.*

POÈMES (Le Seuil). *Épuisé.*

LES DIEUX ÉTOUFFÉS (Seghers). *Épuisé.*

BAZAINE, ESTÈVE, LAPICQUE, en collaboration avec André
Frénaud, et Jean Lescure (Carré).

LE DÉMON DE L'IRRÉALITÉ (Ides et Calendes). *Épuisé.*

CHARLES D'ORLÉANS (P.U.F.) *Épuisé.*

LE FAROUCHE À QUATRE FEUILLES, en collaboration avec
André Breton, Lise Deharme et Julien Gracq (Grasset).

DE LA PEINTURE ABSTRAITE (Mermod).

JACQUES VILLON (Carré).

HANS HARTUNG (Hazan).

HOLLANDE. Textes pour des aquarelles de Jean Bazaine (Maeght).

C'EST À DIRE. Une phrase inédite. Avec huit aquarelles de Fernand Dubuis (Éd. G.R.).

DÉSERTS PLISSÉS. Texte accompagnant 24 frottages de Max Ernst (Bolliger).

OBSCURITÉ DU JOUR. Coll. « Les Sentiers de la création » (Skira). *Épuisé.*

UN MONDE IGNORÉ. Textes pour l'album de photographies de Hans Hartung (Skira).

LE PARQUET SE SOULÈVE. Poèmes accompagnant six compositions originales de Max Ernst (Brunidor-Apeïros).

L'OMBRE LA BRANCHE. Poème accompagné de lithographies de Jean Bazaine (Maeght).

DES IDÉES ET DES OMBRES. Texte accompagné d'estampes de Pol Bury (R.L.D.).

POÈMES À VOIR. Illustrations de Pierre Alechinsky (R.L.D.).

UN LOT DE JOYEUSES AFFICHES. Illustrations de Max Pappart (R.L.D.).

CARTA CANTA, avec un « Portrait à la diable » pour une suite de dix eaux-fortes en couleurs de Pierre Alechinsky (chez Lydre et Robert Datron, imprimeurs et éditeurs à Paris).

Impression Bussière à Saint-Amand (Cher),
le 29 février 1988.
Dépôt légal : février 1988.
1ᵉʳ dépôt légal dans la même collection : septembre 1987.
Numéro d'imprimeur : 3963.

ISBN 2-07-037861-6./Imprimé en France.

THU 10 - 12
SUN
MON 10:30 →